女，1979 年生，黑龙江望奎人，文学博士，广西教育学院教务处副处长、副研究员。主要从事中国现当代文学及少数民族文学研究。近年来在省级以上学术期刊发表专业论文多篇，出版合著著作 4 部。主持市厅级项目 3 项；参与国家级项目 2 项，参与省部级项目 2 项。主要学术兼职有中国少数民族文学学会会员、广西写作学会副秘书长、广西文艺评论家协会理事、广西桂学研究会会员等。

张淑云

◎ 国家社会科学基金项目"少数民族女性文学的中华文化认同与传承研究"
（批准号：15BZW190）阶段性成果

◎ 广西教育学院学术著作经费资助出版

张淑云 著

地方文化图景的建构

江苏大学出版社
JIANGSU UNIVERSITY PRESS

镇 江

图书在版编目（CIP）数据

地方文化图景的建构／张淑云著. — 镇江：江苏
大学出版社，2021.11
ISBN 978-7-5684-1696-2

Ⅰ．①地… Ⅱ．①张… Ⅲ．①女作家—文学评论—中
国 Ⅳ．①I206

中国版本图书馆 CIP 数据核字（2021）第 246326 号

地方文化图景的建构
Difang Wenhua Tujing de Jiangou

著　　者／张淑云
责任编辑／张　　平
出版发行／江苏大学出版社
地　　址／江苏省镇江市梦溪园巷 30 号（邮编：212003）
电　　话／0511-84446464（传真）
网　　址／http：//press.ujs.edu.cn
排　　版／镇江文苑制版印刷有限责任公司
印　　刷／江苏凤凰数码印务有限公司
开　　本／710 mm×1 000 mm　1/16
印　　张／13.25
字　　数／230 千字
版　　次／2021 年 11 月第 1 版
印　　次／2021 年 11 月第 1 次印刷
书　　号／ISBN 978-7-5684-1696-2
定　　价／48.00 元

如有印装质量问题请与本社营销部联系（电话：0511-84440882）

序

黄晓娟 *

早在 2004 年，张淑云就考入广西民族大学攻读硕士学位，跟着我从事中国少数民族文学研究和女性文学研究。她是一个从遥远的黑土地黑龙江省考入广西的学生，安静、内敛，却慢慢爱上了广西这片红土地，在研究上也聚焦于少数民族女性文学。毕业后她在广西教育学院从事教学管理工作，在管理岗位上仍始终坚持对少数民族文学的研究。2015 年，她再次跟随我攻读博士学位，参与我主持的国家社会科学基金项目"少数民族女性文学的中华文化认同与传承研究"，并以此作为选题来源撰写了博士学位论文。论文顺利通过答辩，获得答辩专家的一致好评。博士毕业后，淑云仍不断修改完善她的学位论文，突出其"地方文化建构"的理念。在著作《地方文化图景的建构》即将出版之际，作为她的导师，我其感欣慰。这部著作不仅是国家社会科学基金项目"少数民族女性文学的中华文化认同与传承研究"的阶段性成果，也是淑云个人学术研究历程中的一次阶段性总结。

这是一部有创新的著作。著作以获全国少数民族文学创作"骏马奖"的女作家的作品为研究对象，研究少数民族女作家通过地方书写体现对中华优秀传统文化的自觉传承，旨在挖掘少数民族的地方文化资源，促进中华文化和各民族优秀文化的传承与创新。从文化传承的视角切入少数民族

＊ 黄晓娟，女，广西民族大学副校长，教授，博士生导师；中国写作学会副会长，广西写作学会会长。

女性文学研究，体现出一种研究视角的创新。从目前的研究状况来看，在文化如何影响文学创作、文化现象在文学作品中是如何体现等方面的研究较多，而从逆向思考角度，就文学对文化的传承进行研究的还不多见，她的著作对于少数民族文学研究和女性文学研究来说都是研究视角的创新，是一种新的研究空间的拓展。以地方理论为中心研究少数民族女性文学，是一种研究方法的创新。这一研究方法有助于突破少数民族女性文学研究现有状态和格局，能够为少数民族女性文学研究探索新的研究路径。基于"地方"理论的基础之上，对少数民族女性文学中的地方书写进行文化传承研究，为少数民族女性文学重新探索一个新的研究视域，这将为少数民族女性文学研究展现别样的图景。

这是一部有情怀的论著。淑云多年来跟随我从事少数民族文学和女性文学的研究，这部著作是她研究情怀的体现，不仅体现了对少数民族女性文学生态的关注，还体现了对少数民族女作家人生的关怀，饱含一位女性研究者与女作家的情感共鸣。少数民族女性文学中，地方是如何在文化、文学现象和作家的创作中被体现和生成意义的；少数民族女作家是如何将"地方"以文字的形式得以存留并进一步还原"地方"面貌的；地方的文化是如何在作家文本中被传承的？这些问题，是淑云在研究过程中不断思考的问题，也是该著作极力探讨并试图解决的问题。在该著作中，少数民族作家笔下的地方书写呈现出真实而有深度的面向，在中国当代文学史书写中也显现出独特的意义。

一花独放不是春，百花齐放春满园。55 个少数民族的文化与汉族文化在中华大地上和谐共生，共同创造了灿烂的中华文化。少数民族女性文学在对地方的书写中展示了民族文化的多元性，女作家们自觉探索和传承民族文化的优秀传统，对于保护和传承中华文化的多样性和丰富性做出了巨大的贡献。淑云的著作对于地方文化的关注，亦为中华文化的传承做出了自己的贡献。

目录
contents

第二章　物态的地方：物我和谐与文化相融的精神传承

第三章　生命的地方：女性生命意识的延续

第四章　文化的地方：地方文化记忆的传承

第五章　传承与创新：少数民族女性文学的走向

绪论

中国当代少数民族女性文学，在创作数量上成果丰硕，是中国文学大花园中的七彩繁花。尽管"少数民族女性文学"的概念一直被遮蔽在"少数民族文学"的概念之内，但一些女作家如霍达、赵玫、叶广芩等已进入学界的研究视野。研究者们正努力挖掘她们的文学价值和文化内涵。新时期以来，少数民族女性文学已经成为中国当代文学中一支重要的力量。如果对这一文学现象仍持续忽视，将在一定程度上遮蔽中华多民族文学的丰富性和中华文化的多元性，影响人们对少数民族女性文学及相关文化现象的理解与接受。少数民族女作家的现代性体验及情感诉求的一致性和相近性，决定了少数民族女性文学的特征及其研究的合法性。女作家更贴近自然，远离物质世界对人类精神的异化，她们一方面从优秀传统文化的土壤中获得滋养，另一方面又站在更高的艺术层面来审视传统文化与内在精神。她们对生命的本真有着更深切的体验，因而对人类历史和人类命运存在的意义有着深层的思考。她们的创作基于对自然与生命的原生形态的书写，并在这一书写中展现文化承继变迁的过程。少数民族女性文学显现着一个潜在的话语症候，即不能被硬性纳入中国文学，甚至女性文学的知识谱系之内，而是呈现出独具特色及地方性特征的殊异性的文学现象。她们以众声和鸣的方式在中国当代文坛彰显着独具特色的魅力，以其丰富的文化意蕴和地方性特征成为中国文学和文化的亮丽风景。

第一节
研究对象及问题意识

一

研究对象的确定

少数民族文学与主流文学之间长期以来处于碰撞与互融的状态。少数民族女性文学实际上参与了中国文学史的建构过程，为中国当代文坛提供了一系列创新型的文学作品，推进了中国当代文学思潮与流派的交流与对话，成为中国少数民族文学和中国文学的重要组成部分。少数民族文学以其充沛的"边缘活力"彰显出中国文学生成的多源性，其与传统文化和地方文化紧密的关系，蕴含着独特的文化品性和精神高度，显示出美学形态的多元性。少数民族女性文学因其文学传统、文化资源、女性思维方式和审美观念等独特性，形成丰富的地方性的文学样态，特别是在全球化和多元化语境下，更凸显其地方性特征和鲜明的地域文化记忆特色。

之所以选取少数民族女性文学为研究对象：一是，少数民族女性文学就其文学与文化价值而言，是中国文学的重要组成部分，是中华文化延续的一脉，应该作为一个独立的研究对象引起学界的重视。二是，这种研究其本质蕴含着一个潜在的话语，即"少数民族女性文学"的成就作为性别文化发展的一部分，表现出新的质素。短短几十年的发展，少数民族女性文学已经成为一道引人注目的文学风景线。少数民族女性文学创作成果之丰富浩繁，难以一一穷尽，因此，笔者将研究范围锁定在获"骏马奖"的女作家作品上，分析她们的地方书写与文化传承之间的契合，希望以此一窥少数民族女性文学创作的深层意义。不可否认，获"骏马奖"的作品在艺术境界上存在着较大的差异，但其文化价值是不可忽略的。55 个少数民族中的无数位女作家创作出大量的作品，通过聚焦获"骏马奖"的女作家的作品可以形成一扇透视窗，以此窥见少数民族女作家的创作样貌。这些获奖作品带着各地女作家写作的信息，彰显着鲜明的地方文化特色和文化传承意识。在她们所创作的地理场域内，她们的作品体现的是一种地方生活、地方经验，可以使读者了解不同地方的文化。迪克斯坦说："一个时代的文化是一个统一体，无论它有多少不同的分歧和表面的矛盾。只要触及其中的任何一部分，它就会揭示自身的秘密：一旦结构暴露，部分就揭示了整体。"① 作为中国文学史的一部分，少数民族女性文学可以为我们分析当代文学提供一个不为人注意的视角，从而为我们带来不一样的观感。

由于笔者语言的限制，在具体文本个案分析中以"骏马奖"获奖女作家的汉语创作或汉译作品为主，其少数民族母语创作仅作为一种母语写作的文化现象进行分析。出于行文论述的方便，本书所涉及的"少数民族文学"主要指少数民族作家文学，这一划分的标准是："不能以作品是否使用了本民族语言或是否选择了本民族题材为标准，正确的标准只能是作者的民族成分。"② 因此，"少数民族女性文学"就是指具有少数民族身份的女性作家文学。本书论述的重点在于挖掘"骏马奖"获奖女作家作品在地方书写中所呈现的文化传承意义，因此着重讨论"骏马奖"获奖女作家的作品，对于尽管优秀但未获奖的作品不做过多讨论，男作家的作品也不在讨论之列。在此，须明确的是，通常我们讲的"中华民族"与"56 个民族"，其"民族"所指的层次和内涵是有区别的：前者是民族国家层面上的"民族"，后者是指一个统一的民族国家内部不同族群层面上的"民族"。1988 年，费孝通先生对此表示："中华民族这个词用来指现在中国疆域里具有民族认同的 11 亿人民，它所包括的 50 多个民族单位是多元，中

---

① ［美］莫里斯·迪克斯坦：《伊甸园之门——六十年代美国文化》，方晓光译，上海：上海外语教育出版社，1985 年，第 29 页。

② 李鸿然：《中国当代少数民族文学史论》（上），昆明：云南教育出版社，2004 年，第 13 页。

华民族是一体，它们虽则都称'民族'，但层次不同。"① 中华人民共和国成立以前，"民族"所指的这两层含义的区别并不明显。随着1949年中华人民共和国的成立、民族识别工作的开展和民族政策的实施，在中华民族的大家园中，各族人民的身份认同意识和"中华一体"意识增强。尽管"在民族自治行政区域的建构和一系列'少数民族'特殊政策的推行中，更加强化了国家层面民族与族群层面民族含义的混合，强化了民族等同于民族国家的定义"②，但在中华民族多元一体格局的视域下，"民族"一词在不同的语境中有不同层面的含义。

少数民族女作家拥有双重边缘身份，她们在现代语境中产生的文化寻根、身份认同、族群观念更为突出。这是少数民族女性文学面临的最为根本的文化共性，在这一文化共性的基础上形成地域特点、文化特性，成为中华多民族文学整体格局中重要的组成部分。在本书的论述过程中，笔者尝试把"骏马奖"获奖女作家作品的地方书写与文化传承作为一个紧密联系的命题，在中华文化认同的前提下，探讨文学作品所体现的不同地方的文化如何实现传承和创新。笔者希望，本书以"骏马奖"获奖女作家的作品为例提出的在地方书写中显现的文化传承的价值是具有一定普遍意义的，能够为探讨中华文化的认同与传承提供一个可供参考的角度，进而重新思考文学写作在中华文化认同与传承中的建构意义。

二

为什么选择"地方"

以"地方"作为研究少数民族女性文学的视角，由多元文化语境和当前的学术研究语境所决定。"地方学"是跨学科、综合性、系统性的新兴学科，在全球文化越来越趋向同一性的情况下，多元文化相互交融共生，文化的独有性特征趋于消散，"地方"逐渐进入人们的视野。中华文明作为古老的东方文明绵延不断，是世界文明的独特一元。中华民族文化的传

---

① 刘锦：《中国文化多样性与民族国家——从费孝通〈中华民族的多元一体格局〉谈起》，《探求》，2014年第4期。

② 黄晓娟：《民族身份与作家身份的建构与交融——以作家鬼子为例》，《民族文学研究》，2006年第3期。

承、创新与发展亦成为学界讨论的重大话题。进入后现代社会以来，各种"后"学思潮风起云涌，文学的零散化、碎片化和无序化问题逞一时之盛。特别是在文学的商品化、娱乐化趋势渐趋凸显之时，文学日益呈现出能指狂欢或詹姆逊意义上的"深度模式"被削平的状态。在这一整体语境下，少数民族女性作家却以其中华文化认同意识、女性性别意识及自觉的文化身份建构意识，坚守着中华优秀传统文化中的价值观念和生态伦理，使当代文坛呈现出另一种风景。

从当前的学术研究语境来看，"地方"之所以受到一定程度的重视，源于西方理论界通过"地方"对现代性进行深刻反思的努力。随着西方人文主义地理学的发展，地方意识逐渐增强。有人把美国人类学家克利福德·吉尔兹的《地方性知识：阐释人类学论文集》的发表，看作 20 世纪90 年代人文社会科学研究整体转向的一个契机：从基于国家民族为单位的探讨转向对地方文化的发掘。在反思"现代性"的后现代语境中，地方的被重视不再是地理学科的专利，在文学批评领域，生态女性主义批评从某种层面来说亦是对地方研究热潮的回应。女性与地方、空间、自然之间存在着天然的联系，开启了对文学的多维观照及多种阅读的可能性空间。女性与空间的特殊联系，使女性写作充满了对更为广泛的地域差别或地方性话语的发现的可能。

少数民族女作家的创作相对于男作家的创作而言，其作品从一种性别的视野展示了女性个体与地方文化相关联的另类风景。不只是因为她们对于自身所生活地域的文化生活和心理的洞悉，更重要的是她们站在女性的立场，已超越了对日常风俗的表达，作品中透露了女性的深层精神心理的诉求。她们不断追索着当代女性文学精神内核的深度，更努力坚持在创作中传承着地方文化的灵性，同时，还在男作家有意无意的视野和精神偏好中努力进行弥补和挖掘新的场域，丰富了女性文学自身的内涵，有利于中国文学的整体发展。当然，地方视角对于当代女性文学发展的意义更为重要。少数民族女性文学是一个新开展的向度，地方本身的故事慢慢增加，地方地理的呈现从来没有缺失过。地方的地形地景与人文生态、不同区域的特性已在书写模式上展现出差异。女作家们出生或成长之地的地理位置的不同，决定了其在文化上的独特气质。这些女作家在多元文化的撞击下，虽然会有远离主流文化的孤独感，但其民族属性所赋予的文化的自豪感是无法泯灭的。少数民族女作家将深邃、敏锐的目光投向广袤的大地和遥远的历史，关注民族与文化的发展。

中华大地地域辽阔，地方文化资源丰富多样，共同汇成中华文化的海洋。费孝通先生对中华文化的多元一体格局有详细的论述："中华民族作为一个自觉的民族实体，是近百年来中国和西方列强对抗中出现的，但作为一个自在的民族实体则是几千年的历史过程所形成的。……它的主流是由许许多多分散孤立存在的民族单位，经过接触、混杂、联合和融合，同时也有分裂和消亡，形成了一个你来我去，我来你去，我中有你，你中有我，而又各具个性的多元统一体。这也许是世界各民族形成的共同过程。"[1] 在我国多民族杂居和多元文化融合的现实语境中，少数民族文化的独特性固然是文化传承首先要考虑的事，但多民族杂居地区形成的特异的文化地方性亦是文学书写和文学批评无法忽略的事实。简单地把"民族性""文化身份"作为评价作品价值的唯一依据和标准，既没有看到民族性在当前全球化多元化语境下都要进入文化多元互动的现实，也没有完整地认识到少数民族文学民族性书写的多形态性。"保护地方叙事的权利，或者说保护叙事的地方性，就是保护文学的多样性，没有地方性叙事的存在和发展，就没有真正的文学多样性。"[2] 在文学发展过程中，民族性固然是一个重要特征，但如果仅仅单纯强调少数民族文学的民族性，则容易陷入二元对立的思维模式中，忽略文学的丰富性从而走向封闭。多元文化的融合、地方与中心的互补应成为当代文学的追求和理想。

在由地方意识对少数民族女性文学进行研究的过程中，强调问题意识是十分必要的。在少数民族女性文学中，地方是如何在文化、文学现象和作家的创作中被体现和生成意义的；少数民族女作家如何将"地方"以文字的形式得以存留，并进一步还原"地方"面貌的；地方的文化是如何在作家文本中被传承的？在上述总体问题之下，少数民族女性文学中的性别、审美、城市、乡村、生态、文化等种种具体问题中的地方呈现，带动着笔者对这些问题和地方本身的思考。对于本书来说，提出什么样的问题，不仅决定着将面对的"地方"的具体内涵，也决定了地方书写在作家

---

① 费孝通：《文化的生与死》，上海：上海人民出版社，2013 年，第 539 页。

② 葛红兵、宋桂林：《小说：作为地方性语言和知识的可能——现代汉语小说的语言》，《中国现代文学研究丛刊》，2011 年第 10 期。

创作中的文化传承意义的呈现。也正是"地方"的视角启发了笔者对"问题"的发现和对少数民族女性文学的文化传承意义的思考。这种问题意识确立的缘由在于人们必须通过地方具体的言说语境来发现地方、书写地方。尽管少数民族女性文学、文化现象复杂多样,但本书还是尝试将少数民族女性文学文本置入地方文化语境中加以分析,透过文本形式揭示其中地方书写的内涵,从而在更深层次上揭示少数民族女性文学创作的文化内涵及文化传承意义。

总之,地方视角的选择,是由当下多种因素共同决定的。从"地方性"来看待少数民族女性文学,或可将"地域性"和"民族性"的研究推向深入。少数民族女性文学的地方书写有着极为复杂的因素,如母语思维对汉语写作的影响、口头文学对案头文学创作的影响、文体类型的选择对作家创作的影响等,这些因素从根本上形塑了少数民族女性文学的地方性的审美表达,这些对于充实中国文学史书写、促进中华文化的传承,其意义自不待言。

第二节
概念界定及研究思路

一
"地方"的内涵

在开始正式研究之前，首先应该明确本书所指"地方"的内涵是什么。如何界定"地方"亦是本书的一个切入点。在人们的认识中，"地方"往往与区域、空间、位置相提并论。在人们日常的汉语使用过程中，"地方"指人或物所存在的地域或空间，但是进入理论视野中的"地方"的内涵并不像日常生活中所使用的那样简单。单纯的空间或地域并不体现为意义，仅仅是自然科学领域的一种现象。在人文社会科学研究领域，理论意义上的"地方"（Place）是区别于现实物理空间（Space）和地域（District 或 Region）的。按照人文地理学的观点，物理上的空间一旦被人们所熟识并且被赋予了价值和意义才成为"地方"。也就是说，"地方"的意义是在具体的经验感知和情感驻入中呈现出来的。段义孚的人文主义地理学思想强调人的主体性作用，只有当空间被人类赋予意义和情感时，"地方"才得以生成。"地方"不仅是承载"人—地"活动的物理单位，表现了地理层面的意蕴，其还具有丰富的文化内涵，表现出人对"地方"的主观能动作用。地方性的形成，包含着人类活动的轨迹，形成了人对"地方"的经验性的感知和认同。段义孚从经验的视角出发来阐发"地方"，即从人的情感、思想、感觉等方面使"地方"生成价值与意义。

"地方"是一种空间单位构成，也是具有人文意义的地理环境区域，包含价值、情感、理性或非理性的意义组合及其结构的概念。也就是说，"地方"可以划分出"地方感"——人对地或环境的一种情感，以及"地方性"——彰显一个地方或空间（场所）所具有的区别于另外一个地方的本质属性。"地方"强调人类主体的意义，并强调这是物质主义与人本主义的重要差异。人对空间有了更多的经历和认知后，便使空间附着了人的情感，从而将"空间"转换成了"地方"。如同著名地理学家约翰斯顿所述，这些地方可能会被正式地认定为地理的本质或者较不正式地被认定为互动的社会关系、意义及集体记忆所组成的位置①。也就是当空间或物质环境承载了人的意识和情感，具有了历史、经验、意义等符号时，也就生成了"地方"最基本的概念意义。由此可见，"地方"主要由三种属性构成：其一，"地方"必须具有客观物质属性，可以是物体、地理、景观、空间、地域、场所、环境等；其二，"地方"被赋予生命情感属性，这些物质性环境之中要蕴含人的意识、情感、经验等；其三，"地方"具有文化意义属性，即有文化、价值和意义。三种属性共同构成"地方"的基本内涵。

地方的三种属性和形态构成一个互为关联的动态文化机制。物质形态是客观存在的物质世界，这是人思考的出发点和基础；生命情感状态是人对世界的观察和体验，客观物质世界被人所感知，附着于人的情感和认识；文化意义则强调人作用于客观环境的主观能动性。地方形态的动态关联，最终表现为人地关系的相互联系和相互作用。在少数民族女性文学的研究中，人与地方形成的相互关联的文化机制主要表现为作家与地方的双向塑造：一方面，客观物质世界影响女作家的创作；另一方面，女作家以其特有的人生经历和情感经验在文学世界中塑造独特的地方景观。

---

① 王爱民：《地理学思想史》，北京：科学出版社，2010年，第62-65页。

二

研究思路与结构安排

　　本书对少数民族女性文学进行研究，拟采取的研究思路与对"地方"的理解和认识密切相关。经由前文对"地方"内涵的三种属性即客观物质属性、生命情感属性和文化意义属性的归纳，"地方"的三种属性共同作用于少数民族女作家的创作。然而，每一位女作家都是具体的生命个体，都有各自的生命经验，在作家个体经验的影响下，作品对地方书写亦运用不同的方式，表现出不同的特征，每位作家的不同作品也会有不同的侧重，特别是在获"骏马奖"的女作家作品中，除长篇小说外，中短篇小说多以作品集的形式出现，每部作品集中的不同单篇作品亦有独立的特征。因此，这些获奖作品在地方书写中亦有各自的表现方式，从各自不同的角度彰显着文化意义。

　　基于上述认识，本书从作家个体经验出发，以考察不同作家对地方书写的不同处理方式来体现其作品各自的文化传承意义为逻辑结构的出发点。本书更侧重的是在少数民族女性文学书写中，从客观物质属性中的物质形态、自然地理和地理空间三个方面生成的生命意义、文化传统和文化精神在文学创作的地方书写中实现文化的传承。整体上看，"骏马奖"获奖女作家作品中的文化传承通过地方书写的方式来完成，地方书写大致存在三种形式：一是客观物质形态经由作家情感的注入或文化知识的描述，具有一定的文化意义、文化价值；二是想象中的自然地理在作家笔下被赋予生命意义，形成一种文化精神；三是现实地理空间中延续下来的民间风俗和传统文化成为作品描述的对象，作家以此彰显地方的文化传统和本民族文化传统。少数民族女作家之所以能够进行这一系列的书写，前提是女作家在人地关系中以对地方的认同为基础，在地方认同和身份建构的基础上实现作家与地方的双向塑造。

　　因此，本书首先在第一章"地方书写中的人地关系"中，梳理"骏马奖"获奖女作家作品的整体情况，以及这些女作家的地理分布情况，经由作家与出生成长的地理区域而产生的地方认同的情感和身份建构意识，生成个体创作经验。作家与地方有着双向塑造的关系，地方既影响着作家的创作，作家也在作品中塑造着地方。少数民族女作家拥有民族、性别及生活或出生地的特殊地理籍贯的多重身份，这多重身份具有特殊的文化内涵，这是女作家们创作的基础。第二、三、四章进一步展开对具体作家作品的分析论述，在具体分析论述的这三章中又依据作家在创作中表现出的对地方书写的不同特征来论述。第二章"物态的地方：物我和谐与文化相融的精神传承"，主要从作家对建筑、器物、城乡景观等客观物质形态的书写中，挖掘传统和谐文化的内涵。第三章"生命的地方：女性生命意识的延续"，作家以自然地理为审美对象，在自然地理环境中展现诗意栖居的文化精神和对传统生命美学的传承。第四章"文化的地方：地方文化记忆的传承"，对作品表现的现实地理空间中的民族文化和地方文化进行个案分析，主要选取东北、西南、湖北等地区的作家的作品。第五章"传承与创新：少数民族女性文学的走向"，从整体上观照少数民族女性文学在地方书写中显现的文化传承和创新意义。

不论是想象的还是真实的，作品里的物质形态、自然地理、地理空间都是构成地方书写的重要内容，它们在作品里又具有了艺术与文化的意义。由此，"骏马奖"获奖女作家通过这些地方书写的方式实现文化传承。本书研究少数民族女性文学的地方书写与文化传承，重在通过地方书写研究重建少数民族女性文学与地方文化的关系，挖掘少数民族女性文学背后所蕴涵的深厚而广博的文化资源，并不断传承拓展这种文化资源，而这仅靠审美研究是无法完成的。少数民族女作家的文本以自身的卓越性参与到文化史的书写和文化传承中去。从少数民族女性文学的民族性、地方性层面挖掘其文化传承的互动机制，探究其文化传承的表现形态，是本书研究的重要目的。讨论中国当代少数民族女性文学的地方书写和文化传承问题，既需要挖掘和梳理少数民族女性文学地方书写的表现，对作品所包含的不同地方的自然图景、风俗民情、文化传统等进行分析，又要充分考虑到少数民族女性文学处于世界性和本土性的多元文化交汇中，从少数民族女性文学的个体创作经验出发，以作家作品为本位，充分揭示地方性在文化传承中的作用和意义。

第三节
研究现状及研究意义

一

地方书写的发展轨迹及其研究现状

就中国文学传统来看，"地方"在中国文学发展中并不是一片空白，关于"地方"的文学思维也在漫长的历史长河中逐渐形成。先秦时期古人已关注文学与地方的天然亲缘关系，产生了明确的思想和论述。我国第一部诗歌总集《诗经》已将地方意识融入对文学现象的考察。《诗经》主要取材于北方中原地区黄河中下游各地的民歌、乐调，分成风、雅、颂三类，表现了北方的风土民情，充满了现实主义精神。战国末年屈原的《离骚》《九章》《天问》是在楚地民歌基础上创作的诗歌，主要表现南方汉水、长江流域的风土人情，充满了浪漫主义精神。南北不同的地域产生的《诗经》与《楚辞》成为中国文学传统现实主义和浪漫主义创作的两大源头。传统文学的地方观念对文学创作有着重大影响。"地方"与"文学"之间有着内在的关联，周作人在《地方与文艺》一文中指出，所谓地方性"并不以籍贯为原则，只是说风土的影响，推重那培养个性的土之力……把土气息泥滋味透过了他的脉博，表现在文字上"①。现代文学中，老舍书

---

① 周作人：《地方与文艺》，王光东主编《中国现当代乡土文学研究》（上卷），上海：东方出版中心，2011年，第5页。

写北京，沈从文书写湘西，萧红书写东北，沙汀、彭家煌、鲁彦等一大批优秀作家均赋予作品强烈的地方色彩。中国现代文学的血管里流淌着地方文化的血液，可以说地方文化滋养了现代文学的生命。

现代化进程中，"利益的驱动让人们的关注点集中于现在，以致过去成了需要找回的'事物'"①。"寻根"就是一种找回，找回中华民族文化之根。20 世纪 80 年代掀起的"寻根文学"热潮，是一种从地方文化中寻找个体认同与支持的创作。当时文学界虽无"地方"的明确提法，但"地方"的意义不言自明，"及至 1984 年，人们突然惊讶地发现，中国的人文地理版图，几乎被作家们以各自的风格瓜分了"②。地方文化造就了作家的风格。在这里，"地方"被视为一种去中心化的力量，显现出特殊的权力作用，它跟作者个体意识的伸张互为表里。在寻根文学思潮中，作家开始追寻荒蛮、原始、古朴的文化印迹，特别是在拉美魔幻现实主义文学思想的冲击下，地方的族群、传统，特别是文化日益进入人们的视野。如莫言的高密、韩少功的楚地、贾平凹的秦地、李杭育的葛川江等，女作家王安忆的小鲍庄、刘索拉的大西南等都是对地方文化的书写。"少数民族作家虽然并没有人声称寻根，但独特的文化素养，使他们在现代化浪潮冲击中，本能地注目于自己生长的民族的原生文化。"③ 少数民族作家对自身民族的原生文化不存在"集体记忆断裂"的情况，更多的是一种传承，在追溯中传承。地方文化与民族文化同居于少数民族作家的内心，少数民族作家因其本民族文化的影响，"在文学中思考自己民族所特有的事情，挖掘自己民族文化的独特魅力，主动地从民族文化立场出发反映本民族人民的现实处境和精神状况"④。

在当代文学创作中，"地方军团"的崛起成为文坛中有趣的现象。"桂军""陕军""湘军""豫军""苏军"等文学创作"军团"的繁荣，体现了地方文化与文学认同的黏合，文学已被各地政府纳为地方文化建设的重要内容。中国当代女性文学研究于 20 世纪 80 年代初露锋芒，理论的译介

---

① 李丹梦：《文学"乡土"的地方精神》，北京：北京大学出版社，2014 年，第 50 页。
② 季红真：《历史的命题与时代抉择中的艺术嬗变——论"寻根文学"的发生与意义》，《当代作家评论》，1989 年第 2 期。
③ 季红真：《历史的命题与时代抉择中的艺术嬗变——论"寻根文学"的发生与意义》，《当代作家评论》，1989 年第 2 期。
④ 杨玉梅：《略论新时期民族文学的自觉求索》，《百色学院学报》，2011 年第 2 期。

和建构在 90 年代达到鼎盛，一直延续到 21 世纪初。理论上的建构，除了全面系统地翻译西方女性主义理论、把握新的西方女性主义理论，学者们还积极开展对中国女性作家自身创作的研究，并建构中国本土的女性主义文学批评理论。但在近年来的文学批评中，对少数民族女性文学的理论研究仍不多。20 世纪 80 年代以来，随着"地方军团"的发展壮大，少数民族女性文学在多元文化语境中展开，少数民族女作家已成为一种数量可观，并且具有强烈的民族认同感、蕴含着独特的性别意识的文学现象。她们的创作与 20 世纪后期女性写作思潮形成一种对话和呼应关系，既有一种先锋性的文化批判意识，同时又展现出自己独有的民族特色。随着中国文学史研究方向和领域的不断拓展，少数民族女性文学的研究也逐渐成为新的学术增长点，在课题立项、学术专著出版、高水平研究论文发表等方面都不断推进。但综观近 40 年来的文学批评领域，对少数民族女作家的整体研究尚显缺乏。

从目前的研究状况来看，研究主要集中于族别文学或地域文学，侧重于作家的民族身份和民族意识，且成果分布极不均衡。就目前的研究成果来看，仍以单篇论文为主，从地域文学的角度对作家所属地域进行群体性研究较多。近几年，一些研究者跨越了单一的地域性与民族性的研究，将少数民族女性文学作为一种文学类型进行研究，形成了一些专著。黄晓娟教授在专著《中国当代少数民族女性文学研究》（上海文艺出版社，2014年）中，搜集整理了 221 位少数民族女作家资料，涉及 43 个少数民族，可以说比较全面地展示了中国当代少数民族女性文学发展的面貌。王冰冰的《跨民族视域中的性别书写与身体建构——新时期以来少数民族女性创作研究》（浙江工商大学出版社，2015 年）从身份建构的角度分析新时期以来的少数民族女性创作。从不同地域、不同民族、不同体裁研究少数民族女性文学的专著有李长中的《当代人口较少民族文学的审美观照》（社会科学文献出版社，2015 年）、魏巍的《中国当代少数民族女性诗歌研究》（人民出版社，2016 年）等。在目前的研究中，学界多将主流文学标准用于少数民族女性文学研究，将少数民族文学的民族文化意义与精神价值作为观照少数民族女性文学的角度，忽视了少数民族女性文学自身的文化及审美价值，因而并没有深入思考背后深层的地方性特征，以及其对于中华文化传承的深层意义。从文化的传承角度研究少数民族女性文学的成果更是少之又少，少数民族女性文学在文化传承中的意义问题并未引起足够的重视。

学界对于"骏马奖"本身的关注却是近几年才开始的。对"骏马奖"的研究，从评奖制度的角度进行研究的有李翠芳的《全国少数民族文学创作"骏马奖"的文化现象反思》（《当代文坛》，2017 年第 3 期）、翟洋洋的《"骏马奖"评奖标准的历史演变：分析与启示》（《民族文学研究》，2018 年第 1 期）、李翠芳的《"骏马奖"与新时期以来少数民族文学的价值流变》（《民族文学研究》，2016 年第 2 期）、向贵云的《全国少数民族文学创作"骏马奖"评奖特征考察》（《扬子江评论》，2016 年第 3 期）等。对"骏马奖"获奖作家作品进行研究的有石文的《贵州少数民族作家获"骏马奖"作家群体研究》（《中国民族博览》，2017 年第 10 期）、尹利丰的《获骏马奖的云南少数民族作家小说研究：作品中的原始主义与现代文明的碰撞》（《北方文学（下旬刊）》，2013 年第 7 期）、哈斯高娃的《蒙古族作家获"骏马奖"小说创作研究》（内蒙古师范大学，2015 年硕士学位论文）、李翠香的《新时期"中国少数民族文学"发展与文学思潮演进的关系研究——以"全国少数民族文学""骏马奖"获奖小说为考察对象》（福建师范大学，2011 年硕士学位论文）等。对"骏马奖"获奖女作家作品进行研究的仅有黄晓娟的《新世纪少数民族女性文学的中华文化认同与传承研究——以获"骏马奖"的女作家作品为例》（《广西民族大学学报（哲学社会科学版）》，2015 年第 5 期）和《当代少数民族女性文学的中华民族共同体意识——以获"骏马奖"的女作家作品为例》（《南开学报（哲学社会科学版）》，2018 年第 6 期）。可见，在丰富而浩繁的"骏马奖"获奖作品中，女作家的作品并木引起足够重视。

文学领域的地方研究仍然狭隘地局限于"地域性"上。20 世纪 90 年代以来，当代文学与"地方"的研究主要集中在区域文学与区域文化的关系研究上。1995 年，湖南教育出版社出版了北京大学严家炎教授主编的"20 世纪中国文学与区域文化丛书"①，这是 20 世纪 90 年代我国较早出版

---

① 这套丛书包括：李怡的《现代四川文学的巴蜀文化阐释》，逄增玉的《黑土地文化与东北作家群》，朱晓进的《"山药蛋"派与三晋文化》，李继凯的《秦地小说与"三秦文化"》，费振钟的《江南士风与江苏文学》，魏建、贾振勇的《齐鲁文化与山东新文学》，刘洪涛的《湖南乡土文学与湘楚文化》，马丽华的《雪域文化与西藏文学》，等等。严先生又另撰"总序"冠于丛书之前，就文学与区域文化关系提出了一些新的见解。

的文学与区域文化关系研究的成果。但就"地方书写"切入文学文本研究的成果，仅有对一些作家或作品的个案分析散见于期刊论文中，系统性的研究专著还不多见。

二
创新之处及研究意义

（一）研究视角的创新：从文化传承的视角切入少数民族女性文学研究

从目前的研究状况来看，在文化如何影响文学创作、文化现象在文学作品中是如何体现等方面研究较多，从逆向思考角度就文学对文化的传承进行研究的还不多见。本书对于少数民族文学研究和女性文学研究来说都是研究视角的创新和一种新的研究空间的拓展。文学研究与其他学科的研究不同，文学的表现方式以语言文字为主，作家对语言的编织源自于现实的感性和体验。文学是作家的审美感性表达的结果，文学的地方书写是对当今学界地方研究的一个回应和补充，各学科对地方的研究已有较多成果，而经由文学对地方的发现是另一种研究的开拓。

文学是特定地方文化和民族文化的审美表达，是该地方及该民族的文化信息与意义的主要载体，呈现或折射出特有的民族及地方文化色彩，浸润着特定民族和某一地方的思维方式、文化性格、审美风尚等。简言之，文学体现一种特定的文化精神，是文化存在的一种具体样式。文学以其具有的审美性特点，不仅不是对文化的否定，反而是一种文化诗学意义上的呈现。少数民族女性文学承担着保护、传承和创新少数民族文化的重任。少数民族女作家坚持文化传承意识，才能以更为强烈的文化自觉和文化自信意识提升少数民族女性文学创作的价值内涵。萨仁图娅在她的报告文学《尹湛纳希》（获第八届全国少数民族文学创作"骏马奖"）中清晰地认识到这一点："文化的传承需要一种开放性结构和世界性眼光。文化是一种表意实践，通过符号及其意义的传递，构成社会的意义是形态和价值观念。文学作为文化的象征和形象载体，在潜隐的层次上寓蕴着文化变迁的内容和轨迹。"① 少数民族女性文学不断从本民族民间口头文化中汲取创作资源，进行民间口头文学与作家案头文学创作之间的互动、诗性思维和哲学精神的互融、传统审美观念和现代文学观念的对话，形塑着少数民族女性文学的文化意蕴；对原始自然生态和神秘气息的艺术描绘、对民间风俗礼仪的审美再现、对宗教信仰和生死轮回观的民族志书写，使少数民族女性文学呈现出典型的民族特色和地方特色。

（二）研究方法的创新：以地方理论为中心研究少数民族女性文学

地方承载着民族、民间文化的秘密。就少数民族女性文学而言，它的主体是具有少数民族族别属性的女作家，其在民族地区的生活成长经历构成了她们创作的基石。作品中的"地方"既呈现为记忆与想象、经验与无意识"胶结"、对话的过程，又构建出一个预先在那里的、实体的"地方"。正如刘大先在阐述少数民族文学创作中出现的一种现象时所说："追溯族群渊源，彰显被正史系统遮蔽的边缘族群过去的暗角，挖掘被无视和忽略的地方经历。"② 对于少数民族女作家来说，地方认同是一种原生性的，她们并不需要为了维系一种个人化的叙事来说明区域的认同，而是在各种不同层次的原始记忆、集体情感或依恋的释放中，实现对地方的书写。

地方的视角是去中心化的，是一种去除中心文化的视野，对少数民族女作家坚守的"边地"的发现意味着对中心文化的补充。"地方"强调去中心化，不是他文化，亦不是对自我中心的验证，而是在中华文化的大花园中呈现美美与共的地方文化特色。如果从文化意义上说，"中原"是中心，"北京"是中心，边疆是边缘，那么在地方视角中，"中原"是地方，"北京"亦是地方，地方是对中心的补充，是文化多元性的展现。从地方的视角切入少数民族女性文学的研究，有助于挖掘少数民族女性文学独特的文化内涵，能够为少数民族女性文学研究探索新的研究路径和拓展新的研究空间。基于"地方"理论的基础之上，对少数民族女性文学中的地方书写进行文化传承研究，能够为少数民族女性文学重新探索一个新的研究视域。

---

① 萨仁图娅：《尹湛纳希》，沈阳：辽宁民族出版社，2002 年，第 357 页。
② 刘大先：《文学的共和》，北京：北京大学出版社，2014 年，第 148 页。

地方理论提供了一种跨学科的学术方法。它从地理学的角度对文学进行批评与阐释，将大量的地方、民间和民族资源引入文学研究中，与作家文学创作构成对话关系，从而开拓了文学研究新的视野。在此基础上，运用"地方"的视角和方法研究少数民族女性文学的文化传承意义，会进一步拓展少数民族文学和女性文学研究的视野，具有重要的方法论意义①。

（三）研究对象的聚焦：以获"骏马奖"女作家作品为例研究少数民族女性文学

"骏马奖"是目前我国少数民族文学创作的最高奖。1981 年，全国少数民族文学创作评奖活动成功举办，此后每四年举办一次。在 1999 年第六届评奖活动中，奖项更名为"全国少数民族文学'骏马奖'"，2005 年再次更名为"全国少数民族文学创作'骏马奖'"。"骏马奖"的设立极大地鼓励了少数民族作家的创作，特别是对少数民族女作家的创作更是给予充分肯定。尽管每届"骏马奖"的评奖类别都有不同程度的调整，但实际上每一届的评奖标准都将优秀的文学与文化传统的继承与创新作为一个重要内容，旨在鼓励和弘扬优秀传统文化，强调地方性和民间优秀文化的展示与传承。以"骏马奖"获奖女作家作品为例研究少数民族女性文学的地方书写与文化传承，一方面可以挖掘"骏马奖"获奖女作家作品所蕴含的独特的文化意蕴；另一方面，可以通过"骏马奖"的透视窗，窥见少数民族女性文学创作的样态。

（四）研究的意义

中华文化及各民族各地方文化的延续与发展离不开文化传承。文化传承通常是指文化主体在时间上的延续，"文化的形成发展以及所具的符号意义主要还是通过民族这个人们共同体来实现的，文化的纵向传递是文化延续的主要方式"②。文化的传承涉及人类文化的延续性，在人类学、社会学、民俗学等领域都受到关注。任何民族的历史、文化、传统都蕴藏在特定的生存地理、空间或物质实体之中，正是有了特定地理、空间的界限，一个民族的文化和传统才得以传承或延续，即使是想象中的地理，也能承载文化记忆的延续。没有哪一种文化是可以脱离"地方"而存在的。这也

---

① 张淑云：《世纪转型：文学地理学视域下的当代壮族文学》，《广西教育学院学报》，2017 年第 1 期。

② 赵世林：《云南少数民族文化传承论纲》，昆明：云南人民出版社，2011 年，"导论"，第 1 页。

是本书将地方书写与文化传承联结在一起的思考所在。

我国 55 个少数民族，在族源、地方文化、生产生活方式、民俗风情、文学发展历程及其民间资源等方面存在明显的差异，其文学发展呈现出与汉族文学的不同特征。从地理方位来看，少数民族女作家分布在祖国的东南西北，她们笔下的世界具有驳杂的色彩和丰富的内涵，从山川海岳到乡土民风，陶冶出她们作品不同的文化品格和审美趣味。丰富发达的民间口头传统是少数民族作家创作的丰厚土壤，影响着文学审美方式，构成了少数民族女性文学的民间性文化特征，这一特征使其文学承担着多民族国家内文化多样性的传承、保护与发展等重任。对于一个民族来说，族群个体正是通过对本民族文化的传承才结成稳定的民族共同体，文化传承始终是推动民族形成和发展的内驱力。"一个地方的作家与学者，他们文字书写的一个重要意义就在于形象地保存了一个地方与民族的文化记忆。"[1] 一个地方特有的文化历史记忆，经由作家的创作在作品中得以保留和延续。文化能够缔造人、塑造民族的性格，根本原因就在于此[2]。在少数民族女作家的文学创作中，这种心理传承往往表现为对地方文化意识的深层次揭示、对人物性格的塑造和行为方式的呈现。

少数民族女作家围绕自身所处的地方文化场域，建构了独特的文学世界，有助于我们深刻理解中华文化内部的多元性。少数民族女作家在挖掘历史文化记忆的过程中讲述地方故事，在地方书写中展示中国山河之壮丽，在历史追忆中挖掘中华民族之魂魄。少数民族女性文学也展示了中华美学的丰富性和多民族文学的多元性，弘扬了中国传统哲学、美学精神，不断传承中华文化精神。少数民族女作家在地方性书写中形成诸多不同于主流文学的艺术特征和审美形态，蕴含着丰富而复杂的边缘性书写经验。就此意义而论，从地方书写和文化传承层面切入少数民族女性文学研究，其实是在探究文学审美与特定的地方文化之间存在的共性关联及其之间的互动因素。这种综合性、整体性的研究方法，是深入探究少数民族女性文学内在机理的必要选择。

---

① 郭景华：《民族性、地方性和现代性的交响——新世纪以来新晃小说创作述评》，《怀化学院学报》，2016 年第 4 期。

② 赵世林：《云南少数民族文化传承论纲》，昆明：云南人民出版社，2011 年，第 8 页。

第一章 ○○ 地方书写中的 人地关系

"地方"作为人文地理学的名词，来自于"新人—地关系"当中的对空间意义的介入分析，即"地方"从人的认知角度来认识人与地方之间的空间关系，包含经济关系、社会关系、文化关系、生态关系等。地方侧重于揭示一处地理空间人的身体感知经验和情感体验、自我身份认同之间的关系。地方叙事文本亦以自身的卓越性参与到文化史书写中来。生态后现代主义学者斯普瑞特奈克用"复杂的地方观念"的范畴来讨论人与环境的关系。这个环境既包括自然环境，也包括文化社会环境。她认为人是嵌入在自然和文化环境中的存在物，人与"地方"是密切联系在一起的。鉴于地方对人的影响，以及它作为相关的生态社会背景的"身份"，它的重要性正在自我显现出来①。在现代世界观中，地方是与限制连在一起的：社会纽带、大家庭、传统及局部的自然需求。对作家与其生活之地的人地关系的梳理，可以探寻作家审美心理的构成。在传统文化式微、现代性风险日益增大的情况下，少数民族女作家思考如何通过创作存续文化传统、延续文化生命的问题。传统与现代之间多元文化冲击日渐激烈，种族记忆渐趋淡化，身份意识混杂，少数民族女作家更自觉地追求地方文化价值的表述，她们为中华文化传承、民族身份延续而写作。

---

　　① ［美］查伦·斯普瑞特奈克：《真实之复兴：极度现代的世界中的身体、自然和地方》，张妮妮译，北京：中央编译出版社，2001年，第4页。

第一节
"骏马奖"获奖女作家的地理分布

一
获奖女作家作品概述

中华人民共和国成立以来，在民族政策的鼓舞下，少数民族文学创作得到了较大发展，特别是 20 世纪 80 年代以来，在后现代文化背景的影响下，中国少数民族文学在中华文化认同中形成了多元化文学局面。少数民族女作家们在统一的中华文化建构中，以其独特的视角，捕捉着各自不同的文学和文化景观，形成各具特色的文本境界，有的侧重于对本民族文化的书写，有的侧重于对中华历史记忆的寻找，等等。在文学多元化与文化多元化的社会语境中，少数民族文学创作日益丰富。全国少数民族文学创作奖（后更名为全国少数民族文学创作"骏马奖"）的设立，为少数民族文学的繁荣发展打造了良好的平台。在此基础上，少数民族女性写作也呈现出繁荣的趋势，少数民族女作家已成为当下少数民族文学与当代文学不可或缺的重要组成部分。全国少数民族文学创作"骏马奖"与茅盾文学奖、鲁迅文学奖、全国优秀儿童文学奖为国家级四大文学奖项。其评奖历史较茅盾文学奖长，至 2019 年已成功举办 11 届。"骏马奖"也是国内少数民族文学创作的最高奖项，其活动宗旨在于培养少数民族作家和繁荣少数民族文学创作，弘扬民族精神，维护民族团结，承传少数民族文化。奖项的设立极大地推动了少数民族文学的发展，获奖作品也是审视少数民族文学创作成就的一个重要窗口。

11届"骏马奖"，共有74位女作家的89部（篇）作品获奖，其中1部为作家兼学者黄玲教授所著的作品评论集。该书以73位女作家的88部（篇）文学作品为讨论对象。通过女作家获奖情况可见，少数民族女性的文学才华得到了展现并由官方认可。文学并不是她们生活中可有可无的点缀，也不是性别压抑中的自我释放，她们的创作体现的是一种社会责任的担当。获得"骏马奖"的女作家的作品，扩展了少数民族女性文学的交流空间。少数民族女性文学作为特定民族文化的审美形式，既受各种文化因素的影响，又受文学自身创作规律的制约，同时也是各族文学互动的结晶。新时期以来，随着少数民族文化转型持续加剧、现代性和全球化思潮的涌入，少数民族文学经历了从社会意识形态回归到审美意识形态、从一元走向多元的发展过程。纵观历届"骏马奖"获奖女作家的作品，可以看出创作走向和审美嬗变的轨迹。

第一、第二次文代会确定描写社会主义新生活和社会主义新人的创作原则，少数民族女作家也汇入当时共同的文学创作潮流中。她们创作的审美视点与汉族作家趋于同步，审美趣味指向与当时的主流话语相契合的生活现象。"骏马奖"第一届获奖作品的基点立于新生活的横断面上，并没有深入挖掘本民族的特色，甚至获奖名单中对作家的族属信息等亦未明确标注。作品主要以单篇较多，主题思想突出，凸显时代主流意识，注重对美的歌颂。如益西卓玛的《美与丑》对草原人民心灵美的赞颂，邵长青的《八月》对特殊年代里人性美的呈现，马瑞芳的《煎饼花儿》对新时期母爱的歌颂，符玉珍的《年饭》对美好生活的歌颂，李甜芬的《写在弹坑上》对英雄之美的颂歌，等等。这些作品均体现出对中华文化美德的体认与传承。第二届获奖女作家的作品中显现出女性意识苏醒的趋势，如景宜的《谁有美丽的红指甲》、董秀英的《最后的微笑》、阿蕾的《根与花》等开始对少数民族女性命运观照，彰显少数民族女作家创作的女性意识。她们的创作表现出有别于男作家作品的不同特色。男作家的创作视象更倾向于对宏大革命历史叙事的关注，如在前两届获奖作品中，壮族作家陆地的《瀑布》、满族作家寒风的《淮海大战》、维吾尔族作家柯尤慕·图乐迪的《战斗的年代》、彝族作家李乔的《一个担架兵的经历》等均以宏大的革命历史进程为叙述对象。相对于男作家的创作，女作家们将眼光指向最熟悉的实实在在的具体生活，以女性对生活的感知和认识方式渗透到文学创作中，创作出了具有鲜明的女性化特征的作品。她们以女性特有的细腻和感受力，用温婉的抒情和精致的笔触营造出清新优雅的风格。

20世纪80年代中期以后，在寻根文学的潮流中，少数民族作家自觉探索民族文化内涵，挖掘民族文化的魅力，在肯定和张扬自我民族身份的基础上，追寻地方文化的根脉，地方书写日渐清晰。如边玲玲的短篇小说《丹顶鹤的故事》写了发生在东北自然保护区的故事，杜梅的短篇小说《木垛上的童话》写了大兴安岭地区鄂温克族的故事，石尚竹的诗歌《竹叶声声》具有浓郁的南方气息。第三、第四届获奖作品开始涉及女性与民族历史的胶合，如第四届获奖作品董秀英的《马桑部落的三代女人》将民俗文化因子与女性意识相融合。少数民族女作家的文化身份问题开始跃出历史地表，以现代性意识重新审视本民族生存状态和精神风貌，在作品中不断探寻地方文化价值，以现代性精神观照本民族的前世今生，也观照女性的现世生存体验。达斡尔族的阿凤在《咳，女人》中探讨达斡尔族女性突破生育观念的束缚，意在追求一种女性自立自强的人格独立精神。壮族岑献青的《秋萤》是对八桂大地上的壮乡女性的深切关怀，民族的风俗与女性的生命律动交织在一起。阿凤的《咳，女人》和岑献青的《秋萤》都具有强烈的女性意识，表现出少数民族女性对自我生命尊严的守护。

进入20世纪90年代，少数民族女性文学走出对新人新事新生活歌颂的时代主旋律，民族文化身份意识和女性意识更为强烈，女性意识、民族文化与地方文化交织在一起。作家在民族原始记忆的释放中，体现出对某一地方的情感和依恋。地方文化与同居于记忆一角的民族历史的互动，成为地方书写中无法割裂的部分。地方书写成为少数民族女性文学的书写常态，催生出关注现实、思考当下且深具民族审美特性的文学样态，展示了少数民族文学的复杂性特征。第五届至第七届"骏马奖"获奖女作家作品一方面表现出女性写作的特质，即向女性生命本真的回归，主要在散文和诗歌创作中表现明显，如赵玫的《一本打开的书》、梁琴的《回眸》、罗莲的《年年花开》等；另一方面是向民族历史深处开掘，在小说创作方面较为明显，如霍达的《补天裂》、央珍的《无性别的神》等。关于历史，一般可以分为两类：一类是真实存在的"史实"，即过去真实发生的事情；

一类是与特定的文学叙述结合起来，通过口头文本传续下来的"历史"。"骏马奖"获奖女作家的作品，便是将两类历史交织在一起，共同完成对于民族历史的追寻，既有虚构和想象，亦有知识的再现，是文化认同转向"地方"的开始。在满族庞天舒的《落日之战》、藏族梅卓的《太阳部落》等长篇小说中，对虚构与想象的历史表现得最为明显。云南回族女作家的报告文学《血线——滇缅公路纪实》则是真实历史的再现，作品以1937—1945年的全面抗日战争为背景，表现了滇缅公路上云南各族人民的浴血奋战史实，再现了那段真实而疼痛的历史记忆。

到了21世纪，随着国家对文化发展的高度重视，少数民族文化作为中华文化大花园中灿烂的花朵越来越成为作家创作的优势资源，因此而带来的文学自觉与文化自信使得少数民族文学获得了新的发展契机，呈现出花团锦簇、多元共生的繁荣景象，具有广阔的发展前景①。第八届至第十一届"骏马奖"获奖女作家作品中，民族性与时代性相融合，表现出文化传承与创新的新质素。如满族作家庞天舒的《落日之战》、鄂温克族作家杜梅的《在北方丢失的童话》、达斡尔族作家萨娜的《你脸上有把刀》等作品对大兴安岭地区的历史与现实的执着书写；纳西族作家和晓梅的《呼喊到达的距离》、回族作家叶多多的《我的心在高原》、佤族作家董秀英的《马桑部落的三代女人》等是云南高原文化的探寻；土家族作家叶梅的《五月飞蛾》、苗族作家龙宁英的《逐梦——湘西扶贫纪事》构建了湘楚大地的生存空间。"艺术的地方色彩是文学生命的源泉，是文学一向独具的特点。地方色彩可以比作一个无穷地、不断地涌现出来的魅力。我们首先对差别感兴趣：雷同从来不能吸引我们，不能像差别那样有刺激性，那样令人鼓舞。如果文学只是或主要是雷同，文学就毁灭了。"②这种差异性存在使得一个地域的文化风俗凸显出其在文化人类学和社会学中的独特意义。在受众的审视中，这些被解读过的文化现象不仅获得了更多的欣赏，吸纳了更多的受众，同时，也经过了学理化思维的洗礼，这种区域文化逐渐在科学学科中演化为具有地方色彩的文化知识体系，丰富和构建了人类知识和审美结构的乡土一面和内容的多样化。

---

① 杨玉梅：《民族文学的坚守与超越评论集》，北京：作家出版社，2013年，第4页。

② ［美］赫姆林·加兰：《破碎的偶像》，刘保端，等译：《美国作家论文学》，北京：生活·读书·新知三联书店，1984年，第84–85页。

二
作家的地理分布

"民族"在某种程度上也意味着一种地理性的概念。民族聚居区或自治地方往往处于地理上的边疆地带。作家长期生活的那个地方的地理特点和人文环境，深深地浸入作家的创作思维中。人与地的关系往往造就了文学的地缘特征，考察作家创作的空间地理背景，目的是了解作家基于何种历史积淀得以实现对民族文化和地方文化的传承性创作。每一位少数民族作家都离不开本民族文化和地域文化的滋养，文化的熏陶和浸染一般以集体无意识的方式内化为作品的审美特性。

从作家的写作区域而言，以我国的地理版图自东向西来看，历届"骏马奖"获奖的 73 位少数民族女作家大体可以分为：东北地区 11 人（吉林 6 人、辽宁 4 人、黑龙江 1 人）约占女作家总数的 15%，内蒙古 9 人约占 12%，新疆 9 人约占 12%，青藏高原 7 人（西藏 6 人、甘肃 1 人）约占 10%，云贵高原 23 人（云南 12 人、贵州 7 人、四川 3 人、重庆 1 人）约占 32%，京津 3 人约占 4%，广西 3 人约占 4%，其他共约占 11%，包括湖南 2 人、湖北 1 人、陕西 1 人、海南 1 人、江西 1 人、宁夏 1 人、山东 1 人。单从省、市、自治区的行政区划来看，云南、贵州、新疆、西藏、内蒙古等北部、西部少数民族聚居区省（自治区）的获奖女作家在数量上颇占优势（表 1-1）。"骏马奖"获奖女作家所在之地大部分均非经济发达地区，民族文化保存较完整，创作资源较为丰富。从女作家的地理分布可以看出，北京作为首都，在很多方面处于中心，但在"骏马奖"评奖中并不占优势。同样，内陆和东部省份的获奖女作家也并不多。由此可见，少数民族女性文学创作多体现边缘的风采，是边地风物与文化的呈现，其地方性特色是对"中心"的补充。

表 1-1 第一至第十一届获"骏马奖"女作家地理分布表

序号	作家	民族	作家所在地	人数
1	袁智中	佤族	云南	
2	伊蒙红木	佤族	云南	
3	董秀英	佤族	云南	
4	白山	回族	云南	
5	叶多多	回族	云南	
6	司仙华	傈僳族	云南	
7	娜朵	拉祜族	云南	12 人
8	玛波	景颇族	云南	
9	景宜	白族	云南	
10	黄雁	哈尼族	云南	
11	和晓梅	纳西族	云南	
12	艾傈木诺	德昂族	云南	
13	乌云其木格	蒙古族	内蒙古	
14	乌仁高娃	蒙古族	内蒙古	
15	齐·敖特根其木格	蒙古族	内蒙古	
16	韩静慧	蒙古族	内蒙古	
17	斯琴高娃（合作）	蒙古族	内蒙古	9 人
18	苏莉	达斡尔族	内蒙古	
19	萨娜	达斡尔族	内蒙古	
20	阿凤	达斡尔族	内蒙古	
21	杜梅	鄂温克族	内蒙古	
22	热孜菀古丽·玉苏甫	维吾尔族	新疆	
23	其曼古丽·阿吾提	维吾尔族	新疆	
24	努瑞拉·合孜汗	哈萨克族	新疆	
25	米拉	俄罗斯族	新疆	
26	哈依霞	哈萨克族	新疆	9 人
27	哈里达·斯拉因	维吾尔族	新疆	
28	阿提克木·则米尔	塔吉克族	新疆	
29	阿尔曼诺娃	柯尔克孜族	新疆	
30	叶尔克西·胡尔曼别克	哈萨克族	新疆	

续表

序号	作家	民族	作家所在地	人数
31	杨打铁	布依族	贵州	7人
32	肖勤	仡佬族	贵州	
33	王华	仡佬族	贵州	
34	张顺琼	布依族	贵州	
35	石尚竹	水族	贵州	
36	罗莲	布依族	贵州	
37	禄琴	彝族	贵州	
38	许莲顺	朝鲜族	吉林	6人
39	李惠善	朝鲜族	吉林	
40	金英锦	朝鲜族	吉林	
41	金仁顺	朝鲜族	吉林	
42	格致	满族	吉林	
43	李善姬	朝鲜族	吉林	
44	央珍	藏族	西藏	6人
45	唯色	藏族	西藏	
46	仁增措姆	门巴族	西藏	
47	梅卓	藏族	西藏	
48	雍措	藏族	西藏	
49	次仁央吉	藏族	西藏	
50	王雪莹	满族	辽宁	4人
51	庞天舒	满族	辽宁	
52	边玲玲	满族	辽宁	
53	萨仁图娅	蒙古族	辽宁	
54	陶丽群	壮族	广西	3人
55	李甜芬	壮族	广西	
56	岑献青	壮族	广西	

序号	作家	民族	作家所在地	人数
57	鲁娟	彝族	四川	
58	阿蕾	彝族	四川	3人
59	雷子	羌族	四川	
60	孟晖	达斡尔族	北京	
61	霍达	回族	北京	2人
62	龙宁英	苗族	湖南	
63	贺晓彤	苗族	湖南	2人
64	邵长青	满族	黑龙江	1人
65	叶广芩	满族	陕西	1人
66	赵玫	满族	天津	1人
67	梁琴	回族	江西	1人
68	马金莲	回族	宁夏	1人
69	马瑞芳	回族	山东	1人
70	叶梅	土家族	湖北	1人
71	冉冉	土家族	重庆	1人
72	益希卓玛	藏族	甘肃	1人
73	符毓珍	黎族	海南	1人

根据表1-1的统计，"骏马奖"获奖女作家的地理分布与其族群分布具有极高的吻合性，如吉林省以朝鲜族女作家为主，内蒙古自治区以蒙古族和达斡尔族作家为主，辽宁省以满族作家为主，西藏自治区以藏族作家为主。云南省是我国拥有少数民族最多的省份，55个少数民族，云南省就有51个，其中世居民族有15个。云南获"骏马奖"的12位女作家来自9个民族，除回族外均为云南省世居民族。新疆、贵州、四川等地获奖女作家的族别也基本属于所在地区的世居民族。由此可以看出，各地的世居民族相互交融杂居构成地方共同体，各民族作家在创作时必然受地方文学生态和多民族交错杂居的地方文化的影响。散居于各地的少数民族作家的创作除带有本民族的文化印迹以外，亦受所居之地文化的影响，如来自云南、北京、山东、宁夏等地的回族女作家，她们的作品除具有回族文化特质，

还融入了作家所在之地的文化，形成了地方的生动记忆。族群（民族）的形成离不开一定的地理范围，地理是族群形成的物理环境空间。"那些具有共同血缘并在历史进程中保持了种族与文化稳定性的原生型族群其族群认同与地域认同是重合一致的；而那些建构型族群（民族）的人口与地域分布格局达到相当的规模，其内部存在着地理和方言上的地域差别。除了那些散居和流动性较强的族群（民族），多数族群认同往往是与地域认同相一致的。"① 少数民族女作家的创作始终注重与民族传统的结合，地方意识、地方认同是少数民族女作家始终坚守的文化认知。

出生地意味着一种地方身份，对出生地的关注是少数民族女作家关注的一个出发点，她们的文学世界都有与现实世界对应的地理坐标，以及对本地历史文化的追溯与情感的记忆。历史时间和地理因素是她们创作无法回避的两个要素，地理与时间常常交织在一起，把具体的历史事件作为故事创作背景，这是一种"地方经验"的融入。"突出'地方经验'在小说写作中的重要性，就是要求作家避免'概念化'写作，与他所生活的'地方'有着深刻的血肉联系，有进入生活的独特思想能力、对话能力和审美能力。"② 少数民族女性文学是文学的民族化和地方性的表述，在语言、文体、叙事、修辞等方面具有民族性与地方性的美学特征。在考察"骏马奖"获奖女作家作品时，一个有意味的现象是，她们的作品在虚构中呈现真实，地方名称、民族文化符码都实实在在地进入作品中，如泸沽湖、北京牛街、恩施野三关等既是真实的地理名称，也是作品中构建的"地方"。

---

① 李占录：《现代化进程中族群认同、地域认同与国家认同之间关系探讨》，《中南民族大学学报（社会科学版）》，2015 年第 3 期。

② 王光东：《新世纪小说创作中的"地方经验"问题》，《社会科学》，2017 年第 5 期。

第二节
作家与地方的双向塑造

地方不仅仅是印在地图上的符号标记，更是一个人的感情附着的焦点。一个地方对人的思想和感受有着重要的影响，而人们赋予一个地方的意义和价值又成为这个地方的一部分。作家与地方，以及作品与地方存在相互生成的关系，就作家而言，地方影响作家的审美心理和创作心态，同时作家也在作品中塑造一个地方。文学作品中充满了对地方景观的描写，作品中的地理空间不仅是人物活动和故事情节展开的场所，地方的语言、风俗、文化、景观也往往成为作品描写的核心，作家以此建构起独特的地方文化空间。段义孚认为地方的创造是有可见性的，规模庞大的山川景区不需要作家的创作也会被人们所熟知。文学艺术通过描述不够引人注意的人文关怀领域，如西部的一个小镇、河流边上的一个县城、大城市中的一个街区，通过作家的创造，这一地方成为具有亲切经验感知的地方，并被读者所接受。有些地方对人们来说具有重要的意义，但并不是所有地方都是可见的，而作家通过文学创作塑造了一个可见的地方。真正的作家能够在作品中创造一个地方，通过对地方的建构展现独特的人文风俗与时代特征。

一
地方依恋与地方认同

地方书写意味着文学作品具有一种地缘性的创作方式，而这种地缘性与作家的人地关系分不开。少数民族女作家在人地关系中往往表现出一种地方依恋感。段义孚以恋地情结来描述人与地方或环境之间的情感关系，在他看来，这种联系包含了情感、态度、价值和世界观①。"所谓地方依恋，即人和某一对他有特殊意义的地方之间基于情感、认知、行动的一种纽带关系，由地方依靠和地方认同两部分组成，其中地方依靠反映的是当地的休闲设施对于提高人们的精神愉悦的重要功能；地方认同是一种精神性依恋，指某个特定地方被认为是人们生命中的一部分，并对其持有持久浓厚的情感。"② 地方认同，确切地说是对地方的一种文化认同，表现为对民族传统、民间艺术、风俗习惯等的认同。这一认同在作家笔下通过地方书写来呈现，对于作家来说，生活在不同的地方，其文化认同也表现出不一样的情态。生活在北京、上海等大都市的作家，其作品的都市情感更为浓厚；而生活在远离都市的乡村的作家，其生命经验往往更具有一种乡土情怀。作家往往对所生活成长的地方有着深厚的依恋感和文化的认同感，这种情感驱使着他们在创作中表现出对"故乡"经验的书写，这在少数民族女作家的作品中体现得尤为明显。她们的创作往往用现代文化的眼光审视书写着民族故里的经验。

作家的地方认同首先来自于故乡，故乡凝结着人的亲密性的记忆，给人一种认同感和安全感，由此"故乡"转化为"地方"。作家对故乡的情感认同亦是一种地方性文化认同，而"故乡"又是一个不断延展的"地方"。作家从村庄走出，到乡镇，到县城，到城市的迁移过程，也是"故乡"不断展开的过程。生活于县城的人，他的故乡可以小到村庄，也可以大到乡镇；生活在城市的人，他把县城看作自己的故乡；对于生活在外省

---

① Yi-Fu Tuan. *Topophilia*：*A Study of Environmental Perceptions，Attitudes，and Values*. New York：Columbia University Press. 1990.

② 黄向、吴亚云：《地方记忆：空间感知基点影响地方依恋的关键因素》，《人文地理》，2013 年第 6 期。

的人，他的故乡则是另一个省的名字；移居国外的人，他的故乡就是国家。行政区划对人的地方认同有着重要的影响。作家不论是对故乡的认同，还是对生活之地的认同，都是一种地方认同，能够产生强烈的地方依恋。比如土家族女作家叶梅"对故乡恩施与生活在这一片土地上的土家族父老乡亲有着难以割舍的深厚感情"①。叶梅的作品所蕴含的文化价值，与其对故乡恩施的认同与依恋息息相关，"作为一位心怀梦想的作家，叶梅离故乡越远，反而对故乡的文化历史产生更加亲密的感情"②。她的作品充满了丰富的地方经验和独特的女性气质，传递出对本民族人性美、人情美的赞颂。

　　对于少数民族女作家来说，"故乡"意味着一个有着象征意义的"地方"，而不仅仅是行政区划的名称，那些具有地理性标志的山川河流，都是她们的精神故乡。对白族女作家景宜来说，苍山洱海是她的故乡，"多少年来，我故乡的山水、亲人，洱海中的老木船，那些给过我最初启蒙的民间艺术家、和我一起工作过的文艺工作者常常出现在我的记忆里。我是苍山洱海的女儿"③。佤族女作家伊蒙红木的故乡就是阿佤山，勤劳善良的阿佤人创造了丰富的民间文学资源，那些流行在阿佤人心间的故事、歌谣和传说，都是伊蒙红木文学创作的丰硕资源。伊蒙红木生于阿佤山，又一直在这里工作、生活，阿佤山对伊蒙红木来说意味着一种血浓于水的深厚情感。文学创作不仅是伊蒙红木讴歌故乡和族人的一种方式，更是连接故乡与山外的通道。故乡构成了作家或诗人作品中永远的意象。水族诗人石尚竹在她的诗歌《竹叶声声》中写道："我的故乡哟，漫山是竹的碧波。寨里，塘中竹影轻摇，寨旁，翠竹染绿了小溪水，染绿了水家女的裙裳……"④ 空间批评家佩洛认为："地方与身份在社会构成中紧密相连。家园通常属于女性的空间领域，在这里她们获得自我认同。"⑤ 在故乡，少数民族女作家们获得一种家园认同感，故乡具有了地方性。

---

　　① 吉狄马加：《五月飞蛾·序》，叶梅《五月飞蛾》，北京：中国文联出版社，2004 年，第 3 页。

　　② 黄晓娟：《新世纪少数民族女性文学的中华文化认同与传承研究——以获"骏马奖"的女作家作品为例》，《广西民族大学学报（哲学社会科学版）》，2015 年第 5 期。

　　③ 黄玲：《高原女性的精神咏叹：云南当代女性文学综论》，昆明：云南出版集团公司，2007 年，第 70-71 页。

　　④ 石尚竹：《竹叶声声》，《山花》，1984 年第 6 期。

　　⑤ 沐永华：《逃离，女性自我空间的探寻》，傅利、杨金才主编《写尽女性的爱与哀愁——艾丽丝·门罗研究论集》，北京：译林出版社，2015 年，第 79 页。

少数民族女性文学隐含着地方的脉动。神秘性与丰富性固然是少数民族女作家创作的独特资源，而民族地区不同地方生活习惯的差异性、思想情感的独特性，亦是作家创作的灵感来源。少数民族女作家的生活地往往远离中原，多居于边疆。少数民族女作家不管定居或移居于何处，或者远离家乡到大城市求学、读书、工作，故乡永远都是滋养她们文学创作的源泉。在城市，她们学习了现代思想和文学创作方法，很多作家都有在作家班、鲁迅文学院等机构学习的经历，这使得她们在创作过程中，既能植根于本民族和其生活成长的地方的文化土壤，又能对民族文化有着自觉的认同和传承意识。考察"骏马奖"获奖女作家的地理分布和文学出身，梳理少数民族女性文学的社会文化背景和地理学背景、诗学背景和作家的个人追求等因素，有助于探析少数民族女作家如何以更为强烈的文化自觉和文化自信意识构建历史记忆与族群记忆，探究其作为一种民族文学和女性文学形式是如何艺术地记录了该民族的精神风貌、文化性格、生命状态和风俗习惯的，以及其在文化传承中具有的特殊意义与作用。

二

作家对地方的想象与塑造

文学的发生与不同地方的地理因素有着密切的关系。山地、高原、湖泊、海岛、极地、热带等不同地方的地理气候因素极大地影响着人的气质与性格，而人作为文学的发生者与创作者，其气质与性格必然影响着文学的风格，因此，文学的发生受特定的地方和自然环境所制约。每一个作家都有自己地理意义的故乡，而这个地理故乡是印刻一生无法抹去的记忆。无论旅居何处，地理的故乡某种意义上也都是作家精神的故乡。作家生长和居住的地理空间本身是个复杂的文化系统，除先天的自然环境因素外，还有世代传承下来的人文环境因素，共同构成一个复杂的文化统一体，影响作家对文学文本的审美价值创造。比如，鲁迅的江南小镇、沈从文的湘西边城、萧红的东北小城……无论他们身居何处，作家笔下书写的始终是挥之不去的故乡的地理景观。

地方理论的兴起不仅体现了人类空间意识的高涨，同时也是中国文学研究自身发展的必然要求。文学研究从传统的线性思维向空间形态的拓展，通过对文学"版图"与"场景"的还原，可以重新发现作家隐秘的心灵世界。作家与地方之间的关系，是一种辩证的互动关系。一方面是地理环境对作家创作的作用与影响，另一方面是作家创作对特定的人文地理环境的影响。可以这么认为，"地方"有些时候是由作家在作品中创造出来的，有些地方，尽管表面上是客观存在的，实际上却出自虚构。萨义德在《东方学》中以雨果、歌德、内瓦尔、福楼拜、菲兹杰拉尔德等人的作品为例，论述一种关于东方的特定的写作类型，认为这一神化了的东方来源于一种民族幻想和学术幻想，意指一种想象和虚构的特质。"想象的地域和历史帮助大脑通过对与其相近的东西和与其远隔的东西之间的距离和差异的夸大处理使其对自身的认识得到加强。"①

皮亚杰的认知发展理论强调个体与环境的互动，"机体与环境间的联系是一种交换关系，并且不只是一种屈从的活动"②。在作家和地方的关系上，不仅是文学的发生发展受地理环境所影响，同时，作家也有作用于地方的一面。无生命的自然景观通过作家的文本构造呈现出独特的文化性格，从而构成文学地理景观。迈克·克朗在他的《文化地理学》中写道："文学作品不能简单地视为是对某些地区和地点的描述，许多时候是文学作品帮助创造了这些地方。"③ 一定程度上，生活于这些地方的作家群体，通过文本的想象、命名创造了一个个文学图景和诗学气象。作家在文学作品中重构了时空场景，并赋予了这些时空场景不同的意义。哈代小说里的西撒克斯地区的社会与自然风貌，劳伦斯小说中的诺丁汉矿区生活，马尔克斯的拉美"马孔多小镇"，都是作家勾画出的"隐形地图"，在文学空间中建立了一个地理区域，成为文学阅读者不断流连的文学地理版图。

在"骏马奖"获奖女作家的作品中，一方面"地方"影响着作家的创作；另一方面，作家也塑造了"地方"。列斐伏尔的《空间的生产》强调我们的行为和思想塑造着我们周遭的空间，段义孚认为文学艺术可以帮助创造一个可见性的地方。龙宁英笔下的湘西苗族世界、和晓梅小说中的丽

---

① ［美］爱德华·W. 萨义德：《东方学》，王宇根译，北京：生活·读书·新知三联书店，1999 年，第 69 页。

② ［瑞士］皮亚杰：《调节与平衡化》，左任侠、李其维主编《皮亚杰发生认识论文选》，上海：华东师范大学出版社，1991 年，第 123 页。

③ ［英］迈克·克朗：《文化地理学》（修订版），杨淑华、宋慧敏译，南京：南京大学出版社，2005 年，第 44 页。

江纳西族世界、叶梅的鄂西土家族世界等，无不是作家在想象中塑造的"地方"。作家对文学地理景观的描绘，重在从山地、河流的地理版图中不断探询地方或民族的文学精神。在地方理论视域下研究少数民族女性文学会发现，从题材到精神气质都发生了新的转型，体现了中国文学地图中的边缘活力。对于从边缘向中心推进的少数民族女性文学而言，其在与全国乃至世界文坛互动的过程中逐渐走向成熟并获得了独立的审美特征①。

---

① 张淑云：《世纪转型：文学地理学视域下的当代壮族文学》，《广西教育学院学报》，2017 年第 1 期。

第三节
地方认同中文化传承意识的自觉生成

　　作家作为生活在社会中的个体，因所处的阶层和文化环境不同而扮演着不同的社会角色。"在多民族国家，其社会成员具有多重身份归属，即具有多个身份角色集，这些角色集不仅包括阶级集团、阶层集团，还包括部落集团、区域集团、种族集团、宗教集团以及种姓集团、行业集团和社团组织等。"① 少数民族女作家拥有民族、性别及生活或出生的特殊地理籍贯的多重身份，这多重身份具有特殊的文化内涵，这是女作家们的创作对文化传承的首要前提。对于少数民族女作家而言，其女性的性别身份和少数民族的族别身份是彼此融合不可分离的，这也是她们最为重要的两种身份，这两种身份在不同的生活空间和地理场域内，又胶合成一种独特的地方身份。地方身份体现了人与地方之间的关系，亦可理解为地理因素在身份认同中的作用。文学创作与她们所处的地方文化之间存在着一种精神上的同构关系，影响着她们的写作范式，她们的作品彰显着浓郁的地方书写特色。她们的创作不是纯粹意义上的女性写作，这决定了她们文本精神指向的独特性，在少数民族文学创作和当代女性写作中都是另类风景。多重身份建构、为女性主义写作，以及民族化、地方化文学的探索与文化继承追寻一种新的途径。

---

　　① 李占录：《现代化进程中族群认同、地域认同与国家认同之间关系探讨》，《中南民族大学学报（哲学社会科学版）》，2015 年第 3 期。

一

地方之女的言说

人类学学者在田野调查中发现，少数民族妇女在从事民俗仪式活动方面甚至比男人们更执着、更热心。女性的天然性别属性使少数民族女作家相对男作家而言，具有更为细腻的心态，特殊的生命体验使她们面对历史与现实的处境时，对所属的民族文化的态度，具有更为强烈的归属意识和认同意识。少数民族女作家们更容易赋予自然主体性，让山川河流、花鸟虫鱼及各种自然存在物成为文学艺术再现的对象，这些文学现象的发生都与少数民族女作家的精神体悟分不开。

少数民族女作家的地方意识更为明显。地方意识在培育地方文化上起着至关重要的作用，对少数民族女作家的身份建构也起着重要的作用。而在表明族裔立场、坚守族裔文化时，少数民族女作家们更多地是反复强调自己女儿的身份，用柔情的泪水反思族裔文化中的不足，这也体现出女性与族裔文化孕育相生的情怀①。少数民族女作家把性别与地方的关系融为一体，以女儿的身份抒发她们对所生活之地的依恋。她们的作品书写的是对所生活的地方的文化风俗与女性群体之间的省察，并表现出一种隐约的地方意识。白族女作家景宜说："我是苍山洱海的女儿！"她的小说《美丽的红指甲》写了生活在苍山洱海之间的白族女性的精神风貌。满族作家王雪莹自称"马背女儿"，蒙古族诗人萨仁图娅自称"大凌河的女儿"，藏族女作家称自己为"雪域女儿"，纳西族作家和晓梅被称为"纳西族的梅"。女作家，不论是在自我的眼中还是在他者的眼中，"女儿"的身份是不可忽视的。著名作家刘白羽评价霍达说："霍达是一个中华的好女儿，没有她那深深的爱国主义，怎能写出字字血泪、句句心声的《补天裂》！"② 女性与地方的特殊联系使女性写作充满了对更为广泛的差别或地方性话语的发现与书写的可能。"女儿"这一身份具有独特的属性，有人之情感性，有家庭的伦理性，而文化继承性是"女儿"们最重要的特性。作为地方之

---

① 徐寅：《当代中国藏族女作家汉语写作研究的困境与出路》，《西北民族大学学报（哲学社会科学版）》，2017 年第 6 期。

② 刘白羽：《序·血泪心声》，霍达《补天裂》，北京：北京十月文艺出版社，2015 年，第 1 页。

女，她们视生长的地方为"父母"，继承地方的文化习俗、家族传统等是"女儿"的本能。少数民族女作家自视为地方的女儿，以一种女儿的身份展开创作，把女儿的继承意识融入作品中，把对地方的文化传承用文学的形式来展现。

蒙古族女作家萨仁图娅在《尹湛纳希》的首页献辞中不无深情地写道：

> 谨以此书献给——
> 出现一代天骄成吉思汗，
> 也出现文学巨匠尹湛纳希，
> ——我至尊的蒙古民族；
>
> 哺育尹湛纳希及其父史，
> 也托举中华文明曙光，
> ——我至爱的朝阳热土；
> ……

萨仁图娅以鲜明的民族认同意识和地方意识站在中华民族意识和认同感的基点，书写蒙古族文学巨匠尹湛纳希的伟大成就。正如她在书的后记中所说："写他，是我积久的夙愿，更是我不容推卸的责任与使命。同乡，同族，我怎能不写？我不能不写！"① 尹湛纳希生在辽宁朝阳，是成吉思汗"黄金家族"第二十八代嫡系子孙，更是一位旷世不凡的蒙古文学的开创者和各族文化交流的先驱者。尹湛纳希为后人留下了珍贵的文学遗产和宝贵的精神财富。为了把尹湛纳希的宝贵财富传承下去，萨仁图娅克服种种困难，详细查找资料、考证史料，展示出一个特定历史背景下较为全面的尹湛纳希。萨仁图娅以女性的执着精神，用自己的文字"认真地记录了，倾诉了，传递了"尹湛纳希的精神财富，践行着对朝阳热土的文化精神的传承之路。

苗族女作家龙宁英说："我是湘西的女儿，我在贫困又富庶的湘西土

---

① 萨仁图娅：《尹湛纳希》，沈阳：辽宁民族出版社，2002 年，第 357 页。

地上生活着。""作为湘西的女儿，在湘西的土地上行走，也有着别样的感觉。"① 龙宁英以湘西女儿的责任感书写着湘西大地的脉动，她为这片土地上的贫困而焦虑，更为湘西人为摆脱贫困而顽强拼搏的精神所感动，经过实地采访写出了报告文学《逐梦——湘西扶贫纪事》，获得第十一届"骏马奖"。龙宁英写了湘西武陵山区的扶贫纪事，将湘西的民族史、战争史作为思考湘西贫困的原因起点。龙宁英以第一人称来写这部报告文学，通过记录"我"的心旅历程和所见所闻，展现博大精深的中华民族民间文化，勾画出湘西扶贫脱贫的历史画卷。

少数民族女性文学从最基本的内涵来看，离不开作家所具有的族裔属性与性别属性，少数民族女作家的创作本质上看是一种以族别与性别为基础的文学写作。女作家们以女性特有的敏感细腻的女性思维方式追忆民族历史与地方文化，在她们独特的心灵体悟中，既有温情如水的默默诉说，又有残酷如刃的锋利批判，在作品中表现出来的博大与细致正是源于少数民族女作家对本民族文化的深度认同和对女性的同情与关怀。相对男性而言，少数民族女性对民族身份的认同更加稳定和持久，少数民族女作家对故乡和民族的眷恋激发出更多的创作欲望。随着她们创作数量的增多，其作品的影响力也越来越大，对本民族文化，以及中华文化的传承、推广与传播起着重要作用。

二
文化身份的传承

各地之间的文化存在着明显的不同，各民族文化共同构成中华文化的多元化。从地理空间角度而言，我国各民族的文化分布在不同的区域和地方，也可以说各少数民族文化亦构成了一种地方文化。在这样的语境下，少数民族女作家既具有一种民族身份，亦表现出地方性的身份建构意识。这样的身份建构直接影响着她们作品中的地方书写。对于地方身份的重视，意味着少数民族女性文学一种去中心化的发展，这样的发展也与文化

---

① 龙宁英：《告别贫穷，梦圆 2020》，《逐梦——湘西扶贫纪事》，长沙：湖南文艺出版社，2017 年，第 232 页。

的发展相吻合。"在一个人获得了生理自然身份之后，便开始了自己的人生之网和文化身份之网的编织，家庭文化背景、种族文化积淀、自然地理、宗教信仰、学校教育、社会政治环境等因素成为编织的客观材料，它们是宏观上的大线条，起到了支撑文化之躯的基础作用。"① 在民族文化身份意识中，"民族"同时具有"民族"和"民族国家"两层含义。对于少数民族作家而言，这里的民族身份，是指在国内本民族区别于汉族及其他少数民族的文化身份，当他们的创作或本人走出国门，在世界意义范围内进行文化交流，民族身份亦具有民族国家的含义。作为少数民族女作家，其民族身份使其对本民族有着强烈的归属感，与本民族的历史文化传统有着天然的联系。这种强烈的归属感使她们在面对本民族的文化传统时，体现出自觉的传承意识，她们对本民族及其生活成长的地方的热爱和忠诚在一定程度上实践着对本民族地方性知识的自觉传承。她们自觉拥有着一种民族意识，这种民族意识或显或隐地存在于她们的文本世界中。少数民族女作家的创作大都取材于熟悉的民族或地方的生活，表达本民族人民的感情、理想和愿望。

少数民族女作家在文本中完成的对民族身份的建构和表述，将为民族文化的传承与传播，以及民族形象塑造带来积极的促进作用。少数民族女作家通过文学创作实现民族文化的延续，在文学领域内构建民族话语空间。民族身份使得对本民族秘史的探究更具天然的优势，并且能抵达民族心灵深处。杜梅在作品中以"我们鄂温克人"这一群体性指称进行文化身份建构，具有一种为本民族文化代言的自觉意识。作为鄂温克族作家，杜梅像其他人口较少的民族的作家一样，既具有一种民族文化认同的危机意识，也有一种为民族代言的担当意识。他们的文学创作"以保存民族文化、记录民族生存历程为目的，从而使他们的文学文本先天性烙上接续文化传统、重建民族身份的价值底蕴"②。叶尔克西谈到20多年前开始写作时，有人问她为什么而写作，她回答，是为了把父亲的名字变成铅字，印在杂志或报纸上，让父亲知道他有一个还算有用的女儿。问话人对此不解，为什么是父亲的名字变成铅字，她解释道："我是一个哈萨克族人。

---

① 杨中举：《多元文化对话场中的移民作家的文化身份建构——以奈保尔为个案》，《山东文学》，2005 年第 3 期。

② 李长中：《当代人口较少民族文学的审美观照》，北京：社会科学文献出版社，2015 年，第 9 页。

哈萨克族人的名字由两部分或三部分组成。第一部分是本名，第二部分是父亲的名字，第三部分是祖父的名字。所以，本名后边有一个圆点符号，圆点符号后边就是父名了，代表姓。如果我还想把自己的家族身份写得明确点，就可以把祖父的名字也加上。"① 在哈萨克族，父亲的名字代表民族身份传承的符号写入下一代人的名字中，而叶尔克西对这一民族身份传承的实质是对哈萨克族文化的认同和传承。

纳西族女作家和晓梅生活的地方是丽江，她的家族是东巴世家，在曾祖父以上的每一代家庭成员中都有一名男性成员成为东巴，东巴是纳西族的文化人，熟悉东巴经文，主持祭祀和祈福仪式。她是东巴的后代，尽管曾因着某种现实的因素，与她的东巴家族的文化有着一定的隔绝，然而，在和晓梅大学毕业回到丽江之后，她发现自己的文字中，出现了纳西族女子的身影，这些鲜活的纳西族女子背后都有一个庞大的东巴文化体系支撑着。"我解释不了这一切是怎么发生的，就如我解释不了为什么曾经会那么排斥东巴文化。也许它们一直停驻在我的心里，或者血液里，骨髓里，细胞里，或者任何一个地方，无论我做任何反抗，挣扎，遗忘和背叛，它们都在。"② 和晓梅血液里流淌的纳西族文化让她导向一种文化共通的地方感。佤族作家袁智中作为出生在佤族山寨的人，自幼在省会昆明和汉族祖母生活在一起，由于对佤族文化的身份认同，11 岁那年回到佤族聚居的沧源，这是一种来自心灵的神秘呼喊，使她走向对佤族的情感回归和文化回归。正因这样一种文化的认同，袁智中才能在作品中细腻深入地呈现阿佤人丰富的心灵世界，佤族山寨那些神秘和奇特的风俗文化是袁智中创作生命的精神内核。

少数民族群众经过长期的生产生活实践，积累了丰富的生存技能、生活方式、历史传统、风俗习惯等知识，构成了言说自身身份的特有方式。而对于自身民族身份的传承，实质是对民族文化和地方性知识的传承。这些用来指明身份的地方性知识，在凝聚族群认同、建构族群共同体方面具有重要作用。地方性知识与普通的社会知识相同，其谱系出人、事、物三方面构成，在方法上须用"最富地区性的地区性细节和最普遍性的普遍性

---

① 叶尔克西·胡尔曼别克：《美好的倾诉来自于文字》，文艺报社主编《文学生长的力量——30 位中国作家创作历程全记录》，合肥：安徽文艺出版社，2013 年，第 369 页。

② 和晓梅：《呼喊到达的距离》，昆明：云南人民出版社，2012 年，第 326–327 页。

结构"来进行深度描写，"由于民族地区特殊的生存环境，少数民族在成长和发展过程中，基于生活经验和日常体验，以及对外部世界不断的适应的基础上，形成了对生活世界独特理解的语意、文化成份和意义系统，并经过族群代际之间的绵延传递，构成了一套具有少数民族特点的知识体系。它作为少数民族自身蕴涵的内在智慧和强大生命力的表象，具有了少数民族地域性和地方性的特点，被称为地方性知识"①。地方性知识的实质是地方文化的传承，为我们在后现代时期重新思考地域文化传统的意义和价值提供了有益的思考。

女作家霍达的《穆斯林的葬礼》和马金莲的《长河》对婚丧习俗的详细描写，叶梅的《五月飞蛾》对土家族哭嫁习俗的描写，黎族符玉珍的《年饭》中对海南黎家春节吃糯米炖鸡肉风俗的描写，梅卓的《太阳部落》中对丧葬习俗的描写，等等，都是地方书写的典型文本，具有鲜明的地理空间建构价值。仡佬族作家肖勤的小说《丹砂》不仅写了丹砂在仡佬族人生活中的重要性，更对仡佬族的文化心态进行了剖析。作者描绘了独具特色的民族风俗，极力呈现出一幅仡佬族的神秘画卷。文中所写的丹砂随葬、山歌传情、冲傩驱魔等情节，都是极富民族特色的活动，充满神秘与奇异感。奶奶临终前因为没有丹砂陪葬，怕在通往冥界的路上没有丹砂的指引会掉到河里，向堂祖公索要丹砂，而堂祖公只想自己留着丹砂陪葬。仡佬族人相信，丹砂可以照亮一切的黑，即便是通往冥界的逝者，也得靠丹砂的灯引才能到达。每个民族都有自己独特的风俗，都是先民们在漫长的社会发展进程中不断传承下来的色彩各异的风俗画。

少数民族女性文学的地方书写对民间文化风俗及其文化传统多角度、多侧面的描写，其实就是少数民族女性文学在全球化语境中的一种文化传承方式。或者说，她们的地方书写其实是一种文化传统的文本化行为，是一种中华文化传承中地方性的呈现。"由于民族地区的地方性知识形成很大程度建立在少数民族本能生存的基础上，所以在进行知识传递的过程中，基本上以口头传播或者历史记忆等非正式形式为主。"② 少数民族女作家，作为本民族的精英群体，通过其文学作品实现对民族地方性知识的继

---

① 任勇：《公民教育与认同序列重构》，北京：中央编译出版社，2015 年，第 217 页。
② 任勇：《公民教育与认同序列重构》，北京：中央编译出版社，2015 年，第 176 页。

承与传递。人类学地方性知识理论视野下对文学文本的文化叙事的讨论，以及对地方文化的深入理解，表现为对当地的物质文化和非物质文化在一般性基础上提示出独特性，形成最贴近感知的、生动丰富的地方知识系统。"地方性知识"与地理空间有一定的关联性，但并不局限于特定地理空间意义上的理解，它更与特定的文化空间相关联。"地方性"与后现代文化研究理念密切相关。后现代主义反对宏大叙事，推动微型叙事的建构，使得地方叙事得到重视并蓬勃发展。少数民族女作家因其对民族和地方的双重认同，而具有一种不自觉的民族文化和地方性知识的传承意识。

三

知识女性的文化守望

少数民族女作家相对本民族普通群众来说具有较高的文化素养，她们是少数民族优秀女性的代表，她们能对其所处的文化环境和民族习俗有理性的认识，能够以一种特有的女性心理、特殊的情感历程和独特的艺术视野书写本民族文化，实现民族文化的认同和传承。她们大多接受过高等教育，她们的社会身份有：（文联、基层、机关）干部、文学杂志编辑、记者、教师、电视编导、编剧等，与此相应，她们的文学创作自觉秉承一种中华文化的传承意识，蕴含着丰富的地方性书写经验。少数民族女性受教育层次不断提高，需要获得自我审美趣味的表达权和对本民族文化认同与价值书写的诉求。回族女作家马瑞芳生于中医世家，1965年毕业于山东大学中文系，1978年任山东大学古典文学讲师，是全家第一代大学生。她的散文《煎饼花儿》记录了鲁中地区人民喜爱吃的食物煎饼，展现了深厚的古代文学修养。这篇散文在写煎饼的同时，也写了作者研究蒲松龄的《煎饼赋》《绰然堂会食赋》的心得，还向读者呈现了唐代民歌、童谣的特色。藏族女作家央珍生活在具有文化底蕴的家庭中，1981年考入北京大学中文系，母亲是藏族第一代电影放映员。作为文学编辑，央珍经常到各地采风，对各地区文化有了深层的体认。景宜出生于大理一个白族干部家庭，母亲是医生。黎族女作家符玉珍1976年毕业于广州体育学院；佤族女作家袁智中1989年毕业于云南民族学院；佤族女作家董秀英1975年毕业于云南大学中文系，又在鲁迅文学院深造过。国家对少数民族女作家的成长采取了多种培养措施，使她们能系统地学习和深造，能够拥有广阔的艺术视野和较好的文学修养，能够有意识地继承和发扬本民族的文学传统和文化。正是由于接受了汉语教育和汉文化的熏陶，她们才能自觉地反观本民族文化，对本民族文化的继承与反思更加理性，同时对传统文化的体认也更为强烈，她们的创作不自觉地体现为传统文化的精神传承，彰显着一切美好的人性品质。

少数民族女作家有较强的文字表述能力和追问意识，通过对民族历史的探索和追寻，用文学创作来表达对文化的思索。少数民族女作家因其先天的女性性别特征，在女性意识的观照下，重新审视民族的精神、文化，"她们在文学创作的主题、题材、手法、语言等方面都延展和更新了传统，以一种崭新的审美意识，开启了民族文学一种更高、更新的艺术世界"[1]。她们的艺术世界呈现出一种原生的文化形态和一种尚未被现代文明异化的艺术直觉。满族女作家邵长青出生在辽宁省盖县满族聚居的小村庄芦家屯，"我是'九一八'那年出生的，而且生长在日本帝国主义侵略最森严的伪满地区（现在的黑龙江省东部牡丹江一带）"[2]。邵长青随父亲在北大荒生活了8年，在伪满洲接受奴化教育，但她始终渴望学习中国的文化和中华民族的优秀文学遗产。1945年东北解放以后，邵长青开始真正接触中国文化，她如饥似渴地读书、学习，并对文学创作产生了浓烈的兴趣。中华人民共和国成立后，全国需要大量有文化的干部，邵长青也成为干部队伍中的一位知识女性，先后从事教师、文学编辑等工作。在特殊的土地上和特殊的岁月里，经历过的人和事激起了她的创作欲望，慢慢成为她写作的源泉。生活在这样一个地方，邵长青不但关注中日关系，更珍视中日之间的友谊，那些善良、纯朴的中国人民，那些无辜的日本女人、孩子，他们在患难之中建立了深厚的感情，这便成为小说《八月》中讲述的中日人民之间可歌可泣的故事。少数民族女作家由于对知识和文化的渴望，更愿意主动地去接受新知识的熏陶，并通过文学作品表达自己对历史与现实的体认。

少数民族女作家承袭了民族优秀的文化基因，以知识女性的视野书写

---

[1] 涂鸿：《文化嬗变中的中国当代少数民族文学》，北京：中国社会科学出版社，2014年，第6页。
[2] 邵长青：《一点体会》，杨帆编《我的经验——少数民族作家谈创作》，西宁：青海人民出版社，1982年，第152页。

本民族的历史文化，她们构建的小说世界具有别样的气质，为当代少数民族书写与女性书写提供了独特的文学经验，正如佤族作家袁智中在她的报告文学集《远古部落的访问》中所说："每个人的存在都有一种潜在的使命，对此我坚信不移。否则我将无法理解自己为什么会把写这样的一本书看得如此重要、如此圣洁，并在经济并不宽裕的情况下，心甘情愿地为它的诞生付出高昂的代价之后，对它仍然抱着一颗感恩的心。""历史上佤族没有文字，其文化传承大多是靠口耳相传的歌谣、富有动感的舞蹈、充满神秘色彩的宗教祭祀活动来传承。用文字的方式让这些传承了上千年的文化传承下去便是我的梦想和责任。"① 少数民族女作家承担着整个族群声音的呈现者或书写者的责任。面对现代文明的冲击，她们的心声与族群是一致的，她们的体验也与族群是一样的，如此她们才有着为本民族文化代言与守护的资格。出于自觉的民族文化的守护意识，她们的文学创作也以保存民族文化、记录民族生存历程为目的，因此，她们的文学文本具有承续文化传统、重建民族身份的重要价值。

少数民族女性文学的这一叙述指向，在深层结构上又与少数族裔和女性性别的双重边缘性长期以来所凝聚成的群体意识和观念有关，她们习惯于以"集体"而非"个体"的身份来思考问题。少数民族女作家，作为一个特殊的作家群体，相对于以男性作家为主体的文学传统，其女性性别和族裔属性，使其在文学创作上表现出不同于男作家的特征，以及不同于主流女作家的创作风采。她们的创作将女性视角和民族文化有机地融合在一起。"依据民族女作家的角色充当和社会需求，性别书写和身份建构都是现代语境下少数民族女作家的基本使命，一方面民族女作家需要通过文学创作构建女性的主体意识，激发女性性别意识，另一方面，少数民族女作家还需要在文学文本想象空间中彰显民族特质，构建自己特有的民族文化身份。"②

---

① 袁智中：《一种文化的梦想（代后记）》，《佤文化探秘之旅：远古部落的访问》，昆明：云南民族出版社，2007 年，第 188 页。

② 韩晓晖：《为女性和民族代言——现代语境下少数民族女作家的文化自觉》，《贵州民族研究》，2016 年第 8 期。

第二章 ○○ 物态的地方：物我和谐与文化相融的精神传承

根据文化的内在结构，文化具有物态文化、制度文化和精神文化的层次分别。它们作为重要的文化遗产，对于教化民众、传播知识、文化传承等都具有重要作用，是文化的载体和象征。张岱年先生在《论中国文化的基本精神》中认为中国传统文化的基本精神主要有4点："刚健有为""和与中""崇德利用""天人协调"①。中国传统文化向来讲究以和为本，和谐精神是中华民族传统文化中的优秀基因，和谐思想从古至今都是推进社会发展的重要思想理念。人与人、人与周围万事万物和谐共融才是理想的社会状态，因此和谐精神的传承对于社会发展和文明的延续有着举足轻重的作用。女性文学发展至今，并不以性别对抗为最终目的，而是以构建一个完整和谐的世界为终极追求。两性和谐共处、物我和谐相生、文化和谐相融、共建人类美好家园才是中国女性文学最终追求的目标。而实现这一目标需要回到传统文化的源头，传统和谐精神与女性文学的终极追求在价值理念上是相互契合的。

我国各民族文化在发展过程中，都有着和谐文化的传统，和谐精神是各民族共同的精神诉求。"七彩和而成美色，七音和而成美声"，对于少数民族女性文学而言，往往通过对物态的地方书写实现对传统文化的和谐精神的传承。段义孚认为，"地方"是经验的产物，是经人的生存体验而感知的，地方并无大小定形，它可以小到是墙壁上的一个斑点、相册里的一张照片、客厅的一把扶手椅，也可以大到一栋建筑物、一个村镇、一个城市，甚至一个国家等。在获"骏马奖"的女作家作品中，建筑（老屋、庭院）、城市、器物就是典型的"地方"。它们植根于物质环境中，具有物质属性，同时被赋予情感属性和文化属性。建筑（老屋、庭院）、城市、器物作为实体空间的物质存在，一方面具有客观性，另一方面也承载着丰富的文化意义；作为一种物态实体凝聚着人的劳动性与创造性，也就被赋予了一定的文化意义，可以从中发现属于人的思想、情感、价值观和意识形态的痕迹。"骏马奖"获奖女作家的作品对物态实体的描写建构和言说了传统文化内蕴，显现出人类活动的主观情感与意义。日常生活中的一桌、一椅、一房、一屋、一石、一木等具体物象进入少数民族女作家的作品，她们赋予这些物品特殊的文化意义，绘制出一幅幅和谐的生活画面。

_____

① 张岱年：《论中国文化的基本精神》，《心灵与境界》，北京：北京联合出版公司，2014年，第19页。

第一节
老屋庭院与文化时空

空间意识是少数民族女作家在地方书写中的一个重要特征。文学作品构造的故事本质上都具有空间性，任何地方都存在于特定的空间中，任何空间都包含着地方文化的差异。特定的空间与特定民族的文化是血脉相通的，空间是文化的寄寓体，文化是空间的表征者。文化的空间性与空间的文化性就像一枚硬币的两面。或言之，任何民族的文化都蕴藏在特定的空间景观之中，空间景观其实是文化的承载者、维系者，空间景观不能被当作"所见的"外在客体，而是"见的方式"，是人类的一种文化实践和劳动的产物。段义孚认为将空间和地方的思想互相定义，空间是运动的，地方是暂停的，"最初无差异的空间会变成我们逐渐熟识且赋予其价值的地方"①。换句话说，"空间"强调的是物理性，"地方"强调的是文化性，当空间为我们完全熟知，它就变成了"地方"。"他们会教导我们说，永恒是目前的静止，也就是哲学学派所说的时间凝固；但他们或任何别人对此并不理解，正如不理解无限广阔的地方是空间的凝固一样。"②

地方理论的哲学思想基础离不开海德格尔的存在主义，认为世界存在于自身，强调"人的在世存有功能"。海德格尔在《人，诗意地栖居》和

---

① ［美］段义孚：《空间与地方——经验的视角》，王志标译，北京：中国人民大学出版社，2017年，第4页。
② ［法］巴什拉：《空间诗学》，龚卓军、王静慧译，北京：世界图书出版公司北京公司，2016年，第31页。

《筑·居·思》中认为，这种建造所创造的栖居之地，是人领悟存在之本质的方式，这样空间就成了地方，是人在包含着对存在之本质性领悟的生存活动中筹划开拓出来的地方。海德格尔在《筑·居·思》一文中还提出"天地人神"的思想，就是"天人合一""人地和谐"的精神。家屋是人类思维、记忆与梦想的最伟大的整合力量之一，"在人类的生命中，家屋尽力把偶然事故推到一旁，无时无刻不在维护延续性。如果没有家屋，人就如同失根浮萍。家屋为人抵御天上的风暴和人生的风暴。它既是身体，又是灵魂，是人类存在的最初世界"①。生命在家屋的温暖空间中展开，置放着存有者与生俱来的幸福状态。家屋与庭院作为人们栖居的空间物质性载体，表现出屋与人、物与我内在关系上的和谐统一的文化精神。

一

老屋：传统家文化的叙事空间

海德格尔论述场所（地方）的时候认为，在事物没有出现之前，场所是不存在的，比如正是有了营建的房子才出现了场所，因为有了某个房子才会出现场所（地方）。营建的房子就是"天地人神"的四位一体，让四位一体在空间上找到聚集的场所，地方性（场所性）则由这个集聚的空间来确定，并生产了地方（场所）感。"定居是人类存在的基本特征"，"建筑的本质是让人安居下来"②。女性主义学者提出居所和人地关系对于性别气质的社会建构有着举足轻重的作用，因为它是一切日常生活得以展开的必不可少的物质基础③。"男人可以建筑许多房屋，但不能创造一个家。"④女性与空间的特殊联系使女性写作充满了对更为广泛的差别或地方性话语的发现与书写的可能。

在获"骏马奖"的女作家作品中，老屋承载着作家美好的童年记忆，

---

① ［法］玛格丽特·杜拉斯：《物质生活》，王道乾译，天津：百花文艺出版社，1997年，第57页。

② ［美］卡斯腾·哈里斯：《建筑的伦理功能》，申嘉、陈朝晖译，北京：华夏出版社，2001年，第150页。

③ 周培勤：《社会性别视角下的人地关系——国外女性主义地理学研究进展和启示》，《人文地理》，2014年第3期。

④ ［美］卡斯腾·哈里斯：《建筑的伦理功能》，申嘉、陈朝晖译，北京：华夏出版社，2001年，第150页。

在她们的心中，老屋是一个特殊的地方，是童年生活的中心。这样一个记载着童年生活的地方，是她们记忆中永恒的存在，它不仅仅是日常生活中家庭成员活动的空间，更有着特殊的意义，这一地方是她们情感意义得以产生的神圣空间。尽管老屋是如此的简陋，没有舒适的环境，却是作家精神的家园，是作家在此后的人生里，隐藏在岁月深处的永远的家园。老屋是家庭成员维系家族情感与血缘关系的唯一纽带。作家对老屋的描述，对日常生活或生活事项的具体展示，深层意义上是对地方文化的归属和认同。在她们看来，只有在这一融入了她们生命与呼吸的文化空间内，她们才能获得心灵的宁静与安逸、灵魂的归属与皈依。在这里，文本中的建筑空间已不再是简单的空间场景，而是文化空间，是被少数民族女作家意识形态投射后的价值空间，蕴含着她们的"记忆痕迹"。苏莉的散文《旧屋》、梁琴的散文《通腿儿》《老屋》、雷子的诗歌《老屋》等，在这些作品中，叙述者都与老屋有一段特殊的情感联系，每个人都在老屋中隐藏着自己的心灵的秘密，每个老屋都谱写着和谐的生活乐章。这些居住过的房子，是作家们情感的归属地，因而产生一种强烈的恋地情结。段义孚在《恋地情结》一书中研究了人与地方之间情感上的联系，强调感知环境的方法。由此可见，作家对老屋的珍视是发自内心的，因为对她们来说，老屋贮藏着丰富的情感记忆，意义深远。

内蒙古达斡尔族女作家苏莉的散文《旧屋》，写了对童年生活和奶奶的怀念。奶奶教会"我"说达斡尔语，有奶奶在的老屋是记忆里最温馨的家。奶奶去世以后，"我们"搬了新家，新家虽然是舅舅家住过的房子但比旧家美观，土墙外面贴上了红砖，木栅栏也换成了砖墙，但是，没有人能和"我"说达斡尔语，"我"丢弃了自己的母语，失去了民族归属感，也因此变得愈加孤单和忧郁。"我"经常回忆老屋的生活，随着老屋的消逝，"我"仿佛看到了民族文化日渐消逝的命运。事实上，苏莉散文中老屋意象具有这样一种功能——它以自己消逝的命运，象征着一种民族文化追思之感。妈妈把新家修修整整，"最后的格局定为：南面一铺完整的炕，北面半铺，有遮挡的梁子，住着姐姐。墙上零零落落挂着几乎每个人所有的照片、镜子、玻璃画还有晒干的菜，装着吃食的小篮子，墙缝里偶尔藏着秘密的东西"①。这是一个有着东北地区建筑特征的房屋，这个家接待了知青的入住，母亲对知青关怀备至，知青与"我们"家产生了深厚的感情，这里成了所有人的家。

江西回族女作家梁琴的散文集《回眸》中的《通腿儿》和《老屋》描写了自己少年时期的老屋的情况。

> 我家的老屋是那种旧式板壁房（外公给母亲的陪嫁）。进门一个堂屋。堂屋中间摆一张油亮的黑桌子。左边一条仄仄的通道，后面是一个长方形天井。堂屋的其余部分则用薄板隔出一间房。
>
> 通道与天井之间，有两扇门，那门白天总是敞开着，右手的一扇刚好掩住了楼梯口。
>
> 大门是一块一块厚实的木板拼成的。当然住家不是店铺，用不着把一块块门板编号，卸上卸下的。
>
> 我家孩子多。楼上的一间大姐占了，楼下的有父母、小妹，我们只有睡堂屋的份。
>
> 堂屋里放两张竹板床，我和三姐一张，三哥和大哥一张。过冬时一扎扎稻草铺厚些②。

梁琴描述的老屋很显然与苏莉的东北特色的房屋布局不同，房屋内有天井有堂屋，这是具有江西特色的建筑。母亲作为一个汉族人，因为爱上回族人，忍受了灌肠洗胃的痛苦加入了回族，嫁给了父亲，这座老屋是外公给母亲的陪嫁。老屋见证了父母的爱情，兄弟姐妹也在这里共同度过了愉快的童年时光。母亲为了追寻爱情，打破了回汉通婚的禁忌，"这个房间是一种现实也是一种象征"③，是女性追求自由爱情、追求人格平等的象征之物，具有深长的象征意味和符号特征。母亲在"我"12岁那年，最终长眠在回民公墓的群山怀抱中。"一幢老屋，绵延着一个家族的血脉。一方泥土，深埋着两代人恩恩怨怨的故事……"④ 同样是老屋，尽管东北的

---

① 苏莉：《旧屋》，北京：作家出版社，2000年，第10页。

② 梁琴：《回眸》，天津：百花文艺出版社，1994年，第129-130页。

③ ［法］西蒙·德·波伏娃：《妇女与创造力》，张京媛主编《当代女性主义文学批评》，北京：北京大学出版社，1992年，第144页。

④ 梁琴：《回眸》，天津：百花文艺出版社，1994年，第134页。

房屋和南方江西的房屋有着不同的建筑风格，但它们所承载的文化功能是相同的。"老屋"的意象经过作家对种种具象的描述，已经不再是一件实存的客观建筑物，而是一种想象性的象征物。最朴素的空间盛载着最亲近的伦理亲情，老屋的消失意味着这种亲情与文化成为记忆中的一种存在。

家屋是人一生的出生地和停泊地，在巴什拉看来，童年的家屋意味着栖身在过去的时光里，走进家屋就是走进无可记忆的世界，人们通过所居住的空间在记忆中找到熟悉的对应情感，并获得认同与归属感。老屋不仅是作家情感的归宿，在深层意义上来讲，作家对老屋的依恋，是对传统家文化的传承与弘扬。"家"在中国文化中占有极其重要的地位，这也是中华民族与中国文化最重要的特点。在长期的历史发展中，中国人形成了重视血缘关系的文化观念，具有刻骨铭心的家庭观念。家屋意味着两性的和谐相处，男性可以建造"屋"，而"屋"有了女性才成为"家"，在这样一种和谐的"家"的创造中，文化才得以传承。家文化意味着家庭长辈的言传身教，以及家庭成员对美好精神的世代传承。苏莉对奶奶教会她达斡尔语的怀念，梁琴对母亲勇敢追求爱情精神的敬佩，这些美好的精神品质是家庭智慧所在，也是她们在作品中所传承和弘扬的一种家文化的精神。老屋正是家庭长辈生活价值的体现，作家对老屋的怀念和书写，既是一种文化的追忆，也是少数民族女作家对于中华文化美德的认同。

二

庭院：时间意义的延伸

建筑是人类最早的实践活动之一，人类的居所经历了从穴居、巢居、半穴居到地面居住的过程。人类在漫长的居住环境发展过程中，对建筑的要求也越来越多样，从最初满足遮风挡雨、生活起居的物质要求，到满足人的居住心理、生活审美等方面的精神需要，建筑已成为物质与精神、空间与时间融为一体的特殊的"地方"。无论对一个人的依恋还是对一个地方的依恋，都不是轻易形成的，需要在时间的长河中慢慢淘洗。普鲁斯特的描写完美地打破了时间与空间的界线，在空间中表现出时间的意义。关于盖尔芒特，普鲁斯特写道："我在盖尔芒特想找的东西并没有找到。我找到的是别的东西。那就是盖尔芒特的美，那就是：已经逝去、已经不存的多少世纪在那里仿佛还在，因为，在那里，时间凝聚在空间形式上分明可见。当人们从左侧走进那里的教堂，可以看到那里有三四座与其他尖形拱顶不同的圆形拱顶，只是这种圆形拱顶后来在修建时把它砌入墙内嵌在石壁中不见了。""人们在这里可以感受到时间经过的历程，仿佛往古的记忆在我们思想上又行复现。这不是对我们生活往事的怀念，而是对过去许多世纪的回忆。"① 普鲁斯特认为盖尔芒特存在的种种不过是"时间"的外形，盖尔芒特的那些古堡、塔楼、教堂等"事物的形式以永远不变的方式使时间在其他事物之间延绵承续"②。外祖母喜欢那些建筑的粗犷之美，对着那些建筑物上磨损的古老岩石多情地笑着。"她在某些建筑物上发现类似的美质，在不知不觉中把它提到另一个层次的高度，一个比我们实际生活更高的真实高度，她是这样感受的。"③ 建筑空间意味着凝固的时间。

庭院是我国人居的最高境界，它既是一个物质空间，也是一个精神空间。庭院在传统建筑中是以单体建筑为单位组成的群体建筑，在古今各民族的建筑中，如宫庭、庙宇、寺院、庄园等都属庭院式建筑群。尽管由于各民族所处之地的风俗不同、地理环境不同，决定了各地建筑的丰富性和复杂性，其形状和规模有大有小，建筑材料和框架结构也都有巨大的差异，但这些庭院式建筑都充满着重和谐、求安定的传统精神，体现出我国各民族顾大局、识大体的文化精神。由屋宇、围墙、走廊围合而成的封闭空间，能够营造出宁静、安详的生活环境，体现出以人为本的传统文化精神。在"骏马奖"获奖女作家的作品中，庭院作为人物故事发生的现实空间场域，同样有着深层的文化隐喻。空间的叙事意义不仅仅为故事的发生提供场所，还承载着深层的文化内涵，有着明显的隐喻性特征。我国传统建筑的庭院一般是由单体建筑组合而成的建筑组群，如《盂兰变》中的宫院、《穆斯林的葬礼》中的四合院、《春香》中的"香榭"等，都凝聚着传统的美学韵味、时空观念和生活方式。

朝鲜族女作家金仁顺的长篇小说《春香》中气派豪华的园林式宅邸香榭，是翰林按察副使大人用药师李奎景的五间草房改造的，"二十间宽敞的房间分成前后两个院落，组成一个汉字中的'用'字体系，宅邸敞口的

① ［法］马赛尔·普鲁斯特：《驳圣伯夫》，王道乾译，南昌：百花洲文艺出版社，2010年，第218页。
② ［法］马赛尔·普鲁斯特：《驳圣伯夫》，王道乾译，南昌：百花洲文艺出版社，2010年，第220页。
③ ［法］马赛尔·普鲁斯特：《驳圣伯夫》，王道乾译，南昌：百花洲文艺出版社，2010年，第223页。

部分面向大门，四周是三倍于宅邸的花园"①。在香榭，翰林按察副使大人与药师的女儿相爱。在他来看，"香榭不是用一木一石搭起来的"，"它是用我们的爱情搭建起来的"②。"在新居的日子，他每天坐在木廊台上读书或者盘膝静坐，看庭院中的木槿花朝开暮落。"③ 香榭有着时空交融的意味，四季晨昏与实体空间相交错，营造出时空永续、四季轮回的生命体验感。小说的结尾写道："天气好的午后，我会抽空儿去找香夫人，我们坐在木廊台上，她光着脚，有时我也跟她一样，我们看着鸟儿在树木中间起起落落，满园鲜花像是一块抖落开来的锦罗，在午后或明或暗的光影中间，显示出中国绸缎的质地。"④ 从《春香》的深层结构看，香夫人和香榭正是互为指涉和表征的，香榭就是物化的香夫人，香夫人则是香榭的化身。这样一个由作家建构的宅邸，展现了人类存有的垂直纵深。香榭意味着悠长的岁月，富有传统文化的优雅和诗意，这里时间被无限放大，呈现出一种慢悠悠的节奏。"农耕文明的生产生活节奏较缓慢，与自然深刻关联，人们体验四季物候的变化比今日要敏锐得多，由此发展出天人合一的富有诗意的时空审美观念。"⑤ 小说《春香》借助对朝鲜族民间故事《春香传》的改写，成为女性记忆与精神承传的载体。金仁顺在单薄的民间爱情故事基础上实现了重新创作，融入了传统文化思想。金仁顺通过小说传承传统的时空审美观，建构了香榭这样一个空灵美幻的"乌托邦"世界。"香榭建在水上，里面种着花花草草，加上水面升腾的雾气，就会有乌托邦的感觉。我想营造的就是这样的一个感觉的建筑物。"⑥ 香榭是个自由的世界，这里可以容纳被世俗社会抛弃的小人物，银吉、小单、金洙都是社会底层人物，却可以在香榭过着自由的生活。春香本可以跟随李梦龙进入贵族社会，但她还是愿意像香大人一样，在香榭过着自由自在的生活，她更明白自由远比金钱更可贵。

　　孟晖在《盂兰变》中详细描写了柳才人居住的宫院：

---

① 金仁顺：《春香》，长春：时代文艺出版社，2014 年，第 5 页。
② 金仁顺：《春香》，长春：时代文艺出版社，2014 年，第 19 页。
③ 金仁顺：《春香》，长春：时代文艺出版社，2014 年，第 17 页。
④ 金仁顺：《春香》，长春：时代文艺出版社，2014 年，第 209 页。
⑤ 谢明洋：《晚清扬州私家园林造园理法研究》，北京：北京林业大学博士学位论文，2015 年。
⑥ 金仁顺：《关于长篇小说〈春香〉的对话》，《作家》，2010 年第 12 期。

在这一片广大的宫殿的西南角，一点点灯火自一处处偏院内的楼堂间亮起，星星点点，似乎随时会被黎明前的轻风吹灭。那是宫娥们为梳妆点起的灯火。他沿着垣壁无声溜下，游过水流溶溶的御沟，片刻间，迷失在一片杨柳与桃李的树林中。那一片荧荧星火，在林梢间隐隐闪现，引他走出荒林。他在一重重垣墙、一道道回廊复道、一座座庭院之间徘徊游走。他所经过的庭院，皆是芳草满庭、花木繁茂、山石颓塌、杳无人迹。最后他望见了她映在素窗上的纤影。凝望她片刻，他轻轻步上绘彩剥落的回廊尽端的廊梯，进入七襄楼二层上的西阁间，来到她面前①。

宜王武玮（李玮）每日均能梦到坐落在山林深处的那一片宫观。梦里他时时翻过宫墙，循着记忆中的路径，寻至那位美人的小楼别院。九成宫明彩院七襄楼便是柳才人的起居之处，宜王需要溜下垣壁、游过御沟、走出荒林、经过庭院、步上回廊、进入西阁间等一系列动作才能走近柳才人如此幽深的居室，这样幽闭的宫院隐喻了宫庭对青春的锁拘和羁绊。事实上，宫院不仅是柳才人这些后宫女子发挥自己才能的地方，也是她们躲避权力争斗的最后场所。在这"芳草满庭、花木繁茂、山石颓塌、杳无人迹"之地，植物野性地疯长，而人性却被禁锢。岁月沧茫，年华未老，错落的空间景观给人曲曲折折的空间感，在这里，空间都在做时间延长的暗示。宫院在作家的笔下往往演绎着最美好的意蕴，女主人公在娴静的时光里过着精致的生活，然而这些无限的时间也充斥着孤寂的情绪。这个经由人工精心营造的宫院，山水、花木、曲径、游廊共同演绎着古代哲学"天地与我齐一"的思想，四时节律、天地精华都在这个院落里生生不息。在这个封闭的环境中，作家借着这一方天地，感天悟地、体味人生，显示出了被遮蔽的女性经验。在宫院与女性的相互依存中，也彰显出久居深宫的女性坚韧不拔的精神。

建筑空间可以让时间停泊，那些生活和居住过的旧屋可以复原一个人的过去，而那些庭殿楼宇则可以复原一个家族甚至一个时代的过去。时间的味道散落在建筑周围，给建筑增添了无限的美感。蒋勋在《美的沉思》中对建筑的美有着深入的思考：

---

① 孟晖：《盂兰变》，南京：南京大学出版社，2014 年，第 1 页。

　　"无，名天地之始"，老子的话仍使我们动容，它回荡在空无一物的天地中。我们穿过那一次又一次的空间，我们被漫长的廊引带到未可知的世界，我们经由一扇一扇窗的暗示窥探到部分以及部分的外面，我们通过一道一道的门限……那建筑本身从遮蔽风雨的实体转变成一种时间与空间的象征，是"上下四方"的"宇"，"古往今来"的"宙"，而"人"在其中；他在这经纬错综的宇宙中寻找自己的定位；所有可见的部分似乎都只是暂时的假象，而建筑真正的主体是那可供人穿过、停止、迂回的"空白"①。

　　《春香》和《盂兰变》某种程度上可以说写的是关于女性的故事，有意味的是，这一切在作家的笔下却是由宅院和宫殿来承载的。这里显示了作家们通过女性的视角和性别的立场来表现发生在这些建筑空间的生活故事。宅院和宫殿在她们笔下表现出了女性的性别气质，作家在日常生活细节描述中呈现出女性生活日复一日的坚韧。"这样一种品性在历史的宏大叙事中是不为认可的，同样不为认可或被遮蔽的显然还有女性的经验。"②少数民族女作家的地方意识和女性视角则使她们借由着宅院和宫殿这样的空间场所，不仅将被压抑的隐秘的情感显现出来，且重构了这些建筑空间的文化意义。在女性作为一种边缘化存在的时代里，她们的活动范围被限定在狭窄的空间内，她们的创造力更多地体现在日常生活中，无疑也使庭院的日常生活世界得到了更为精彩的呈现。正是在这样的意义上，我们能够更好地理解金仁顺、孟晖对她们笔下女性人物的由衷欣赏。

　　逐水草而居的游牧民族蒙古族成吉思汗的第二十代传人在辽西朝阳的大凌河畔落脚，在此建立府邸。据传说，1756年，尹湛纳希的曾祖随乾隆征讨叛乱，其宅邸被赐封为"忠信府"。此时的忠信府虽然为蒙古族的贵族居所，但是这一地区早已成为农业地区，蒙古族人也形成了以农耕为主的生活方式。蒙汉杂居的格局促进了经济文化的交往，忠信府从物质生活到精神文化生活都早已融入汉文化因子。尹湛纳希的父亲旺钦巴拉是位擅长诗文喜欢藏书的学者，贯通儒释道三教。"忠信"是中国传统文化的核心，忠信府在蒙汉文化交流中已形成了一种文化传统。尹湛纳希在文学创

①　蒋勋：《美的沉思》，长沙：湖南美术出版社，2014年，第243页。
②　陈惠芬：《空间、性别与认同——女性写作的"地理学"转向》，《社会科学》，2017年第10期。

作历程中，既继承了蒙古族的文化传统，也承续了传统文化的家学相继思想，体现出农耕时代的"耕读传家"精神。萨仁图娅在报告文学《尹湛纳希》中，从一个文化传承者的视角写了尹湛纳希伟大的一生，以及后人对尹湛纳希的研究历程。萨仁图娅认为："在游牧文化与关东文化，在草原文化与汉文化的交融中，尹湛纳希以其卓绝的思想独立意识与深挚的民族文化情结，固守于传统精神的基础，又拓展于历史的局囿之外。"[1] 萨仁图娅详细描述了尹湛纳希家的忠信府及府中的荟芳园。忠信府院子后面有一座花园，名为荟芳园，园内亭轩错落、回廊曲折、绿树红花、群芳争艳。荟芳园对尹湛纳希有着极为重要的意义，它不仅是日常生活读书之处，更是一个有着深层文化意蕴的空间；它既是遮风避雨的安身之所，又是精神栖息的园地。尹湛纳希在荟芳园的山水花草中得到最大的感动，创作了大量精美的诗篇。荟芳园使尹湛纳希坐享山林之美，这里成为他聚文会友、吟诗育文、话古今大事之地。这样的生活是无数中国传统文人追求的一种理想的处世方式。爱好风雅的文士促使私家园林作为文学交流空间的形成，自然与文人融合的园林形成了一个思想交汇的文化空间，在空间中，文化的激荡流入文学，使得这个文化空间的影响力得以大大地拓展，加深了读者对于这一空间中创作群体的认知，于是文学群体便产生了。这种文学群体的发生体现了文化的传递性。萨仁图娅写出了尹湛纳希心理空间的审美感受，这种对本民族生存地域内建筑空间的"深描"式书写，蕴含着文学地方性的执着建构的愿景。

---

① 萨仁图娅：《尹湛纳希》，沈阳：辽宁民族出版社，2002年，第31页。

第二节
器物中的文化精神与技艺传承

当人类开始打制石器，就开始了器物的时代，这是人类生活的飞跃。段义孚认为，"地方是一种物体"，"对地方的感受受知识的影响，受是否知道这个地方是自然形成的还是人造的、是否知道这个地方是相对大一些还是相对小一些等基本事实的影响"①。段义孚对比了成年人与儿童对地方的感知和理解，成年人的情感随着年龄的增长日渐丰富，他们对地方的意义就有了日益深入的理解，每件祖传的家具，甚至墙上的污迹都诉说着一个故事。这种反思性停顿或回顾过去，会使空间富有意义。而儿童无法解释一道风景或一张风景画隐含的情感，也无法理解破碎的镜子所传递的悲伤的信息。"成年人，尤其是受过教育的成年人在将无生命的物体与情感联系起来时毫无困难。"② 也可以理解为，人将无生命的物体赋予情感或价值意义，物体也成为一个"地方"。在这样的"地方"，作家形成超越民族界限的哲理思考，通过人类技艺文明的展示，传承着人类文明。在"骏马奖"获奖女作家的作品中，对器物的描写并不是直接展示器物的直观化视觉形象，而是通过器物与人的亲密关系，展现人与物的劳动关系和审美关系，传承人类文明发展过程中表现的创造精神。

---

① ［美］段义孚：《空间与地方——经验的视角》，王志标译，北京：中国人民大学出版社，2017 年，第13、24 页。

② ［美］段义孚：《空间与地方——经验的视角》，王志标译，北京：中国人民大学出版社，2017 年，第26 页。

一

器物与匠人精神

人类的祖先从岩石到泥土经历了第一次物质的大更换，及至以后的从泥土到金属、从金属到木材，直到现代的化学材料的应用，人类在对物质的一步一步的认识过程中完成了文明的创造。每一次物质的更换，都使人类既感受到对新的物质的兴奋，又感觉到对旧物的难以割舍的情感。"当人类向新的物质过渡时，那种对陪伴了自己几十万年的旧的物质的依恋，便完成了人类最初的'美'的情感。"① 人类在制作器物的过程中，形成了一个个造型的观念，而观念一旦与物质结合，就需要提升"手"的技艺来实现观念中的造型。在漫长的历史发展中，人对器物的执着追求，渐渐形成了以器物加工为生存手段的行业，从事器物加工的匠人在行业的严格规范下，造就了一种匠人精神。匠人，在千年的时光中，搬移变换着自然的赋予。"匠人精神就是匠人对器物的执着以至于产生格物的精神追求，表现为匠人对器物的坚守、坚持和精益求精的'匠心'品格。一是在器物认知、加工上具有精湛技艺，它构成承载着匠人自我目的和精神的基本路径。二是对器物及其细节具有执着的情感和信念，对器物具有痴迷、坚守、坚定态度。三是器物制造过程上饱含匠人自我信念和情感等绝对价值。"② 在"骏马奖"获奖女作家作品中，对于器物与技艺的描写蕴含着深层的匠人精神，体现出鲜明的地方色彩。

土家族女作家叶梅在《最后的土司》中写了匠人李安为伍娘雕刻了精致的短笛和楠木雕像，覃尧虽然是土司却有精湛的工匠技艺，为伍娘造了精美的木屋。

> 晨曦之中，他见一个匠人正对着冉冉升起的太阳刨木，那人上身赤裸，腰扎板带，站立如弓，随着刨子的推动，俯身如长龙戏水，收势如金蛇入洞，一下下张弛有致，卷起刨花层层叠叠。来去总有十几回，却不见匠人半点喘息，李安看得呆了。他深知

---

① 蒋勋：《美的沉思》，长沙：湖南美术出版社，2014 年，第 7 页。
② 王辉、李宝军：《论匠人精神》，《山东青年政治学院学报》，2018 年第 1 期。

木匠学艺，开门第一件事就是刨功，手艺高低如何，一看刨功便知，而眼前的匠人本事决不在自己之下①。

李安眼中这位工匠是土司覃尧，这是李安与覃尧初见时的场景。覃尧造木屋，李安用边角余料打架子床和梳妆台，这些木制器物融进了两个男人对伍娘的爱。李安作为外乡人，学手艺是安居乐业的一个手段，而覃尧是个新时代的土司，会"九佬十八匠"的功夫不为讨饭，而是拒绝做一个肩不能挑手不能提、只会提着账本收课粮的旧式土司。作为一个新时代的土司，覃尧与具有初夜权的旧式土司不同，对于初夜之俗只是象征性地保留，并不真正行使。通过对覃尧技艺的展示，读者还可以看出他是一个追求创新、锲而不舍、持之以恒的人。这也是土家族精神的代表。早在战国时期，楚地器物中就多以木器为主，特别是木制的漆器已是楚文化的典范。楚地多木，"楚"字意味着"林中建国"，木制器物与木匠显示了楚地与自然环境的关系，使楚地匠人发展了木制技艺。李安与覃尧通过对木器的加工来体现自身对伍娘深沉的爱，精致的木器加工内化为对美和爱情的追求，这是技艺与精神的统一。

阿凤的《木轮悠悠》讲述了达斡尔族的制车技艺。小说开篇即写道："从一百多年前开始，呼伦贝尔草原上的勒勒车几乎全是达斡尔人制作的手工艺制品。对此若有异议的话，我愿意奉陪重新论证。"② 勒勒车是草原游牧民族重要的交通工具，有"草原之舟"之称，在草原游牧民族的生产生活中发挥着巨大的作用。游牧民族逐水草而居，频繁搬迁，勒勒车适合载物，用于运送日常生活用品。勒勒车轻便灵活，车轮很窄，对草场损坏很小；轮径很大，保证它能通过冬天过膝的积雪和夏天积水的沼泽。一旦家庭在新的地方驻扎下来以后，车就成为衣柜或储物柜。勒勒车自古至今始终伴随着草原上生活的达斡尔族、蒙古族、满族等民族人们的生活，逐渐形成了独一无二的文化——勒勒车文化。达斡尔族另一位女作家萨娜在她的小说集《你脸上有把刀》中也对勒勒车有详细的描述："勒勒车除了额尔门沁、莽格吐一带的达斡尔人打造得有模有样，别处的勒勒车还算勒

---

① 叶梅：《最后的土司》，《五月飞蛾》，北京：中国文联出版社，2004年，第12页。
② 阿凤：《木轮悠悠》，中国作家协会编《新时期中国少数民族文学作品选集·达斡尔族卷》，北京：作家出版社，2015年，第118页。

勒车吗？顶多不过是会挪动的木架子，随时会稀里哗啦倒架。安达赶着显然是能工巧匠制作的能上山下谷，能行走沟壑草泽的勒勒车，从闹哄哄的城里用白酒、布匹、盐和一些稀奇古怪的东西来换山货……"① 勒勒车文化表现了草原上的游牧民族强大的生命力，在艰苦的自然环境下仍然生生不息。北方草原环境的自然条件催生了达斡尔人的制车技艺。

> 在达斡尔人看来，一个真正的男人，应当能上山伐木放排、狩猎、制作大轱辘车（勒勒车）。列日奶奶看两个孩子骨骼长得差不多了，就让他们俩随大人们进山伐木，学做大轱辘车。

> 达斡尔人的大轱辘车由车毂、辐条、辋子、轴和车棚五大部分组成，全用木材制作。这种车轮子大，但具有体轻灵活，能上高爬坡，下山走斜坡不翻车的特点。适用于山地、平原、沼泽地。选材上一般都选择阳坡的黑桦做车毂和辋子，柞树做辐条。阳坡地的光线强烈，水分蒸发快，树木越大木质越硬，木丝越变得弯曲，增强了纤拉力。车制作最后一个程序是涂抹苏子油煎熬的油漆，使木质变硬，增加不怕水的功能，同时也增加车的寿命。所有这些制作过程都是属于达斡尔人独特的工艺，已有三百多年的历史。虽然没有用文字从理论角度论述、记载工艺的每一个环节和全部的程序，但达斡尔族的男人们都很熟练地掌握它②。

勒勒车是游牧民族文化长期发展的产物。早在秦汉之际，生活在北方草原地区的人们就已掌握了造车技术，南北朝时期鲜卑等民族造车技术已相当高超。达斡尔族的制车技艺是个古老的手工行当，工序繁杂。在小说《木轮悠悠》中，达斡尔族人将制作勒勒车的技艺视为男性生命精神的展现。一个真正的达斡尔族男人要会做勒勒车，这是对传统手工技术的坚守和传承。达斡尔族的勒勒车制作技艺看起来简单，整个制作过程中没有一条墨斗线，没有统一的严格尺寸，不用工作台，有一块空地就可以完成全部工序。尽管对勒勒车的制作过程要求不高，但它的制作技术早已深谙于达斡尔族男人的心中。随着社会经济的发展和科技的进步，勒勒车逐渐退

---

① 萨娜：《野地》，《你脸上有把刀》，北京：大众文艺出版社，2003 年，第 239 页。
② 阿凤：《木轮悠悠》，中国作家协会编《新中国成立 60 周年少数民族文学作品选·中篇小说卷 4》，北京：作家出版社，2015 年，第 1973–1974 页。

出历史舞台，除少数地区还在使用外，其他地区已很难见到勒勒车，掌握勒勒车的制作方法及制作技能的人越来越少。所以勒勒车的保护与发展面临着严峻的挑战。对于勒勒车这项游牧民族伟大的创造，国家给与了足够的重视。2006 年 5 月 20 日，蒙古族勒勒车制作技艺经国务院批准列入第一批国家级非物质文化遗产名录①。小说结尾写到，学制车的兄弟俩已年迈，当年喜欢的姑娘也成了老太太，草原开始退化，人们也已由勒勒车的迁移生活，变成了一家挨一家的村子的定居生活。阿凤既写了游牧民族对新生活的向往，也写了对勒勒车文化传统的绵长记忆。

器物知识的展示，负载着民族历史和传统，以及人物的精神状态和行为方式。同时，在历史长河中形成的丰富多彩的民间文化也得以呈现。孟晖的《盂兰变》以工艺器物为切入点，在唐代贵族日常生活的描述中，指向复杂的人际关系和政治争斗。孟晖把武则天专权的权谋争斗退到幕后，将工艺文明复兴的璀璨艺事推置前台。绫罗锦绣、织金炼玉、薰香缭绕都留下了文明的久远痕迹。这也足可见孟晖所受过的古代文物史专业训练的功底。孟晖在《盂兰变》中描写的织锦技艺，从更高层面上是对中华文化的展现与传承。"凭艺事论史事，就生活看政治，自成一片天地。"② 孟晖将唐朝高超的织造工艺呈现在读者面前。书中展示了《天工开物》中的织作锦绫等复杂织物的花机图示、缂丝织机绘制图，以及大量的出土丝织物文物图示，真实地呈现了古代灿烂的织锦文化。孟晖详细描写了团窠花、折枝花等织锦纹样，石榴娇、猩猩血、胭脂水、樱桃红、杏子红、银红、退红、天水、春水、荷叶、柳丝、浅草等千百般色彩相异的丝线，这些丝线织出一幅幅绘画一般的彩锦，鸟兽在其上飞驰栖止、变化多姿，花木在其中迎风承露、尽态极妍。"柳才人坐在巨大的织锦花机前……手持织梭，足踏地杆，一梭一梭地精心织作一幅花树对禽间瑞花纹的彩锦。"③ 宜王化成的蛇以金线相赠，柳才人以此发明了金锦的织法和"通经断纬"的纺织技术，即采用各种彩丝制成纬线，与经线交织，使图案盘织出来。在织造时，使用"通经断纬"的方法而制成的手工花纹织物，是"织中之圣"，

①　赵敏艳：《北方游牧民族的交通工具勒勒车》，《赤峰学院学报（汉文哲学社会科学版）》，2016 年第 2 期。

②　王德威：《薰香的艺术（序）》，孟晖《盂兰变》，南京：南京大学出版社，2014 年，第 2 页。

③　孟晖：《盂兰变》，南京：南京大学出版社，2014 年，第 34 页。

唐代以后被称为"缂丝"①。织锦技艺体现了中华民族的智慧与才干，美轮美奂的丝绸织锦艺术是中华文明的辉煌结晶。孟晖将这一精巧的传统工艺渗透在小说的各个层面，以一种匠人精神详细描摹出中华文明的纺织技术，自觉承传着中华文化的博大精深，铺陈出华夏文明的万千气象。

二

物我的和谐统一

少数民族女作家不断挖掘自身的生活体验，通过对物品的描写来表达自己的生命情感，这也是地方书写中的一种方式，是少数民族女性文学一种新的审美倾向，可以视作书写地方文化的一个突破口，也可以看作一种新的写作视角、新的立场和书写姿态。日常生活中器物的形成有多种因素，一件器物的造型或使用价值的形成与不同地方的自然条件、地理环境，以及制造者的思想观念息息相关。而进入文学作品的器物，每个具体的物品不仅带有民族和地方文化的印迹，还与作家的意识、情感、文化有关。换句话说，作家笔下所创造的器物，是情感的产物，揭示了丰富的文化意蕴。亦如"象棋和围棋是中国智慧的独特创造，深深植根于民族文化的沃壤，和其他艺术形式一样，它们全息地映射着中华民族文化的精神"②。"物品对文化具有建构性，对主体具有建构性，对文学同样具有建构性。从女性写作的实践来看，精神、主体、意识同物质和身体并非一定是二元对立的关系。"③"骏马奖"获奖女作家的作品，继承中国古典文学物态书写的传统，特别是在诗歌散文中，对古典诗歌咏物理想的追求已自觉地融入创作中，体现出物我和谐统一的精神。如达斡尔族女作家阿凤、萨娜小说中的勒勒车与北方游牧民族的生活息息相关，代表着草原人民的生活方式和文化内涵。土家族女作家叶梅的《最后的土司》中描写的牛皮鼓、木屋都是带有南方山地特色的器物，是土家族文化延续的表征。《盂兰变》中的熏香球的设置不仅展现了唐代文化的精美，还对情节的发展及

---

① 黄晓娟：《用美构筑传统文化的圣殿——论孟晖的〈盂兰变〉》，《南方文坛》，2017年第1期。
② 李喜辰：《试论器物对人的塑造》，《洛阳工学院学报（社会科学版）》，2002年第4期。
③ 乔以钢：《中国当代女性文学的文化探析》，北京：北京大学出版社，2006年，第86页。

宜王的心理活动的表现有着特殊的意义。仪容丰美、性情不羁的宜王，有着风雨飘摇的命运幽暗面，他只有躺在棺材里燃起雕着蛇纹图案的熏香球时才有一丝安全感。"残烟细细，从薰香球的镂空花纹间吐出，在菱纹罗帐的覆顶下飘袅。"① 在这香烟氤氲半梦半醒之间，宜王来到柳才人的织金断锦的梦幻世界。这些器物都附着了作家的情感体验，实际上，她们将自己的情感和经验转化到这些物质实体上，使地方依恋情结有所寄托。

赵玫获"骏马奖"的两部散文集《以爱心以沉静》和《一本打开的书》中的文章大多以物寄托情思。赵玫喜欢照片和画，"我所以喜欢这些图画是它们可以描述。它们可以被我用文字破译出来。解释。并成为故事。其实用文字来进行艺术活动的一个最本质的特点，就是描述。所以我们便致力于用眼睛去发现那些可供描述的景观和心灵。那样也才可以诉说"②。赵玫专注于图画中的湖、码头、红墙和斑驳的木窗，在这些物质实体中，她看到一个整体的氛围和一种情绪的酝酿。赵玫倾心于对"物"的观照，在她的散文里随处可见对公墓、教堂、长椅、街道等的倾心书写，这些带有她童年所生活的城市天津的地方特征，与她生于斯长于斯的城市紧密相连，是天津充满欧洲文化气息的租界地留下的印迹。"物"与"我"相融相生，"物"中有"我"，"我"中有"物"，赵玫的散文体现了古典文学含蓄而唯美的文学传统。

回族女作家马瑞芳的散文《煎饼花儿》写了鲁中地区特有的一种美食煎饼，并蕴含了一种对爱的追求。煎饼是鲁中人民的日常食物，这引起了马瑞芳对童年生活的回忆。20 世纪 50 年代物质生活相对匮乏，煎饼是粗粮并不被"我"待见，"我"喜欢吃对门油饼铺的酥油饼。然而，当母亲的煎饼囤露了底儿时，她会把七大八小、零零碎碎的煎饼花儿，用油盐葱花炒得松软可口，这成了家里兄弟姐妹的最爱。尽管家里经济拮据，但母亲并没有放弃供家里孩子读书。油饼铺的汉子来劝母亲："过得这么艰窘，还上什么学？"母亲声明："我砸锅卖铁，也要供他们上学！"在马瑞芳看来："母亲的'声明'颇有点儿'万般皆下品，唯有读书高'

---

① 孟晖：《盂兰变》，南京：南京大学出版社，2014 年，第 5 页。
② 赵玫：《以爱心以沉静》，合肥：安徽文艺出版社，1991 年，第 42 页。

的意味儿。"① 最终家中兄弟姐妹七人均顺利读完大学，这在那个特殊的年代需要多么大的毅力！作家通过一个回族家庭生活场景的描述，写出回族儿女在艰苦的年代奋发向上、乐观进取的精神品质。作品展现了鲁中地区的饮食特色，通过日常生活的描写表现回族传统美德的母爱精神，同时也抒写了伟大的中华民族在艰苦条件下奋发前进的精神面貌。黎族女作家符玉珍的《年饭》写了海南黎族的一种食物"糯米炖鸡肉"，这是黎族家庭年夜饭必备的一道菜。符玉珍写了"文革"前后家里两顿年夜饭的对比，在对现实生活的描述中透露出时代的信息，表达了对新生活的歌颂。梁琴的获奖散文集《回眸》中的《瓜趣》《卤牛肉》写了回族家庭对牛肉的热衷。苏莉的散文集《旧屋》中的《面片儿，奶食和粗话》《老蟑和干菜》写了具有北方草原特色的食物面片儿和奶食。这些女作家的散文，通过对食物的回忆传达特殊的感情经历，写出了不同地方的独特的饮食文化所包含的浓郁的时代气息。

在黔北高原的乡村有一种丹砂崇拜，仡佬族女作家肖勤在《丹砂》中对黔北仡佬山乡关于丹砂的传说进行了详尽的叙述，其叙述的目的并不是出于对民族独特习俗的再现和猎奇，而是试图从丹砂推演到仡佬族苦难的历史和幸福的今天，把仡佬族的今昔加以对比，显示出走进现代文明的仡佬文化在传承过程中的生机与活力。所以，肖勤在散文《丹砂的记忆》中写道："两千多年前，世代采砂的仡佬人在云贵高原深处，在自己繁衍生息的土地上以水淘砂以火制汞，开始了民族悠远而绵长的历史。那时候，丹砂是他们精神的信仰，病痛的妙药，与财帛无关。"② 秦汉时期，我国对丹砂的开采和冶炼的规模已相当大，丹砂成为西南各民族间商贸交换的主要物资之一，体现了古代各民族文化融合的特质。肖勤以文字诠释了一个民族的信仰与灵魂深处的皈依，从对民族历史的回忆中回到现实的今天，搭建了从远古到现实的张力场，表现了一个古老的民族凭借着顽强的生命力从远古走向了现代的拼搏精神。一个民族有一个民族特有的集体表象，"这些表象在该集体中是世代相传；它们在集体中的每个成员身上留下深

---

① 马瑞芳：《煎饼花儿》，上海文艺出版社选编《八十年代散文选（1980）》，上海：上海文艺出版社，1981年，第182页。

② 肖勤：《丹砂的记忆》，《民族文学》，2009年第10期。

刻的烙印，同时根据不同情况，引起该集体中每个成员对有关客体产生尊敬、恐惧、崇拜等等情感"①。肖勤通过这种仡佬族历史和文化的表象对丹砂的崇拜行为开始了深度的思考，在丹砂的神圣中发现维系民族生存的精神源泉和生命的象征物。在这里，丹砂的作用与民族的互喻或互文才是作者对仡佬族丹砂崇拜进行书写的根本目的。丹砂与人的生命相融为一，丹砂是人的生命离不开的一种物质元素，同时，丹砂的历史记载着仡佬族人民的奋斗史，象征着仡佬族人民执着的奋斗精神。

① ［法］柏格森：《创造进化论》，王珍丽、余习广译，长沙：湖南人民出版社，1989年，第188页。

第三节
城乡景观意象的书写

随着现代性及全球化的发展，人对城市化的需求日益明显，关于城乡问题的研究成为当前社会学研究的重要内容之一，城乡书写也逐渐成为文学创作和文学研究的热点。从少数民族女性文学书写和研究来看，对城乡双重空间的观照既是少数民族女性知识分子介入现实的一种方式，也形构了少数民族女性文学的文化形态和价值取向。在当前经济社会转型发展的时代，城乡的界限不断被打破，各族群生活场域内的文化碰撞交流呈现出丰富的地方性特征。少数民族女性文学的城乡景观书写，不仅是物理或地理意义上的城乡空间景观呈现，更重要的是，这一书写蕴含着创作者对民族文化价值的坚守和民族情感的体认。由于地域的相对偏远，各族群聚居地的城乡景观也表现出鲜明的地方性文化特征。在这样一种去中心化的观照中，"骏马奖"获奖女作家的作品同样呈现出多元的文化追求，如贺晓彤的《爱的折磨》对城市女性现实人生的深入思考，王华和肖勤在"底层"题材上的深入开掘，叶梅的《五月飞蛾》、萨娜的《你脸上有把刀》、和晓梅的《呼喊到达的距离》等中短篇小说集，既表现了作家对本民族文化执着的追求，亦对城市生活经验形成独特的审美能力。

一

乡土挽歌与民间理想的传承

乡土中国是中国现代文学一直无法绕开的主题。中国现代文学的奠基人鲁迅以其"国民性改造"系列作品开创了中国现代乡土文学批判性主题。随着城市化进程的加快，曾经繁荣一时的乡土文学创作似乎淡出了人们的视野。然而，少数民族女性文学在某种程度上承袭了现代文学的"乡土"精神，展现了乡村少数民族聚居区的文化形态。"骏马奖"获奖女作家作品很多以乡村为背景，讲述当代乡土故事。这些女作家很大一部分来自于乡村（山寨），或长期在乡村从事基层工作，她们与乡村有着血脉的关联，她们带着熟悉的乡村经验走上文坛。"时代发展给乡村带来深刻变革，文化习俗趋同化，心理结构现代化，价值追求多元化，就连人们生存的物理空间也变得广阔和不确定。"① 文学的乡村是以真实的乡村经验为基础建构而成的美学意象。"如果说文学的'乡村地理世界'是'一个与经验世界不同的独特的世界'，那么这种'地理空间'在被'虚化'或被'强化'的文学构想中，成为叙事主体赋予文化观念、审美理念、价值判断的'想象性成物'"② 关于乡村意象和地方性经验，在少数民族女性文学中的表达从来没有缺失过。如果说乡村在文化空间的意义上，是与"城市"相并立存在的，那么在少数民族女作家对乡村的表述中，还有另一种称谓——"山寨"或"部落"；如果说"乡村"更多的是现代农耕文明，"部落"有一种原始的时间的意味，那么"山寨"突出的则是少数民族的生存状态。

村庄是地方文化单元，维系着所有来自村庄的作家的生命肌理。对于生于村庄、长于村庄的广西壮族女作家陶丽群来说，她无法漠视土地，在赖以活命的土地面前，书写着人性的善和恶。她的小说《母亲的岛》以自

---

① 卓今：《新乡土主义的新景观——评第十一届"骏马奖"散文奖汉语获奖作品》，《文艺报》，2016 年 10 月 26 日第 7 版。
② 许心宏：《文学地图上的城市与乡村——二十世纪中国小说"城—乡"符号结构研究》，杭州：浙江大学博士学位论文，2010 年。

己的故乡为背景，书写了壮族乡村景象和日常生活。"有必要说一说我们这个有趣的村庄。这是个四面环水的村庄，一条叫右的江流着流着，突然在某一段江中心分成两股流水，绕出一块足够建一个上千户人家的肥沃土地，然后又在某一处汇合，重新成为完整的一条江，我们的村庄就应运而生了，村里活着的人谁都不知道这个村庄到底有多少年历史。"① 这个村庄的地理风貌，作为地方文化实体的广西右江流域浮现出来。看似对村庄历史根源的回避，实则表现的是历史的无尽绵长，已无法追溯。记忆中的乡村日常生活就在这样的乡村景观中徐徐展开。"我们"对母亲的劳作习以为常，母亲侍候着一家九口人的生活，从未在饭桌上好好吃过一顿饭，总是在饭桌和厨房之间来回忙碌。小说中的"母亲"是买来的，尽管这是有悖法律和道德的行为，但村里被买来的妇女们依然对村庄有着极高的认可度，她们没有反抗过命运的不公，"几乎都老老实实地在这个四面环水的村庄生儿育女，到死都没再回过一次娘家"②。陶丽群对这个河流边上的村庄是认同的，这是地方认同的一种形式，是一种地方诉求的坚执，她以独特的视角来看待村庄和村庄里女性的命运。

不可否认，对创作主体而言，在传统文化观照下的乡村是个充满回忆和温馨的地方。杨打铁的《铁皮屋顶》《碎麦草》《全家光荣》具有明显的东北生活气息，充满了童年单纯静美的田园之气。《铁皮屋顶》具有浓郁的田园风格和诗化意向，有一种宁静闲适的淡远之美。小说《碎麦草》中描写的青砖瓦房的院落、粉色水萝卜、市区边上的松花江、民居内的土炕等，都是东北的生活场景。杨打铁在这充满东北生活气息的场景中，缓缓讲述着关于童年的故事。雍措的《凹村》和萨娜的《阿西卡》，讲述在地方文化的影响下，生活在乡村的人们的生命价值以一种神性的状态存在。随着城乡互动的增多，社会转型给乡村世界带来了冲击，使人们更珍视乡村的美好生活。叶尔克西的《额尔齐斯河小调》描写了额尔齐斯河畔的草原牧歌一般的生活，城市在草原人的眼里是："那里没有草原、没有乳汁、没有古老的传说，听不到委婉的小调，那里尽是你看不见的奇奇怪怪的东西，那里的孩子还会打架，不尊敬老人。城市，你只能看一眼，饱

---

① 陶丽群：《母亲的岛》，《野草》，2015 年第 1 期。
② 陶丽群：《母亲的岛》，《野草》，2015 年第 1 期。

饱眼福，然后你又……"① 叶尔克西对额尔齐斯河畔的草原充满了无限的眷恋。亦如萨娜的嫩江流域的村屯，雍措的康巴藏区的闭塞山村，都是神圣自然的生存空间。她们作品中的人物与所生存的地方形成一种强烈的地方依恋。

少数民族女作家笔下的乡土世界是民族文化本真性情的体现，是人与人之间和谐相处的温情之乡。不论是广西右江流域的村庄，还是东北松花江畔的村屯，抑或康巴藏区的闭塞山村，作家表达的都是对和谐思想和民间理想的传承。小说萦绕着温暖的情愫和乡土文学诗意之美，这种人间温暖给人以希望，诗意之美又让人感受到传统文学的无限魅力。文学应该持续传达无处不在的温暖和希望，这是烛照人类情感世界永恒的"火把"。

二

悲悯情怀与文化反思

对于乡村的书写，贵州仡佬族女作家王华的长篇小说《雪豆》和肖勤的中短篇小说集《丹砂》可以说深刻地表现了乡村农民的生活现状。这些作品不是城市作家对乡土空间的诗意想象，而是仡佬族女作家以切身的体验真实展现的乡村百态。王华和肖勤可以说是仡佬族女作家的代表，她们始终笔耕不辍，积极参与民族文学创作活动。她们的写作不是对民族人物形象和生活状况的表层描述，而是突破了对少数民族服饰、风情、习俗等特征的叙述，把仡佬族的命运和变化放到中国整个社会大变革中去刻画，进一步深入民族性格、心理等民族文化内涵中去挖掘和塑造艺术形象，反映仡佬族先民的历史特色和当代精神。

王华出生在贵州省道真自治县三桥镇的一个农民家庭，成年后在农村当代课老师，她迷恋这种生活，喜欢与村民们毫无芥蒂地相处。十多年与农民的朝夕相处，在王华心里刻下了深深的"农民情结"。童年的生命体验到成年后的农村代课时光，成为王华创作中享用不尽的文化资源，她永远走不出心中的乡村，在自己的文学作品中确立了以乡村为背景的写作模式，在对民族文化的追寻中，充满悲天悯人的情怀，以自己独特的方式诠

---

① 叶尔克西·胡尔曼别克：《黑马归去》，乌鲁木齐：新疆青少年出版社，2006年，第9页。

释着古老文化与现代文明交锋的隐痛。王华把自己定位为一个山地作家，作品弥漫着浓浓的乡土气息。王华用魔幻现实主义的手法虚构了一个又一个村庄，以民族寓言的形式展现农民的群相，探寻民族文化的深层内蕴，反思现代文明带来的后果。

少数民族的文化是在相对静态、稳定的环境下孕育而成的，一旦在现代化急剧变革中面临超出其承载能力的他文化冲击及生态环境破坏，其民族文化的存续便会受到影响。面对乡村日益恶化的生存环境，各民族的作家将自己对生态问题的关注与反思以文学的形式呈现。仡佬族作家王华的长篇小说《雪豆》表现了工业文明发展对地方生态环境破坏的反思。王华的《雪豆》书写以乡村家园失守为主题的地方意识，将虚构的"桥溪庄"作为一种隐喻，反映人类生存状态，将村庄和故事以民族寓言的形式，呈现出少数民族地区的乡村在社会转型期面临的遭遇。生态女性主义关注生命和人的存在，提出情感与理性相结合的性理之人，指出人是嵌入在自然和文化环境中的存在物①。生态的持守和破坏常常成为文学叙事的基本主题，但是指涉自然和历史两个维度，生态破坏的同时意味着民族历史文化的被浇灭。桥溪庄人在王华的小说中被模糊了面目，作家有意撕碎了他们的具体身份和社会地位，使其成为社会的零余者。在弱肉强食的社会现实中，他们的生存不断被挤压和威胁。最后，在工厂带来的严重污染下，女人抛弃胎儿，男人死精，桥溪庄人面临前所未有的生殖恐慌，最后一个孩子"雪豆"出生时口中离奇迸发的"完了"一词，表明了桥溪庄人走向了生育末路。"灰头土脸的桥溪庄没有雪和雨的滋润，只能由着风把一种坚硬的寒冷挥劈。"② 桥溪庄，像茫茫雪野上的一块癣疤，没有一点儿生命力。王华对村庄的关照，并非"他者"的悲悯眼光，而是由自身经验出发，作为生于斯长于斯的文化认同者的一种责任感使然。

《雪豆》讲述了村庄的社会变迁，充满魔幻色彩，饱含着对这片土地的深切关怀。当现代文明进入隔绝地区，"走出"成了乡土主人公命运发展的必然趋势。他们势必要终结旧有的生活方式，开始现代文明的生活。从"封闭"到"走出"把两种文明、两个世界联系到了一起，荒蛮边地保

① 袁玲红：《生态女性主义伦理形态研究》，上海：上海人民出版社，2011年，第182页。
② 王华：《雪豆》，北京：中国电影出版社，2007年，第4页。

有的文化之根与现代文明的对接没有给当地农民带来什么好处，反而带来
更复杂的生存困境。这是王华在她的作品中所表现和强调的，再现了处于
边地乡村的人们特有的精神和情感。在王华的文本中，能看出在文化寻根
与现代文明交锋中显现出来的某种矛盾心理。她一方面向读者展示了人性
的善良，另一方面在这些善良的人身上又产生一种哀愁、一种苦难。王华
的小说更多地表现现代文明与原始文化的冲突，表现了现代文明背后隐伏
的悲痛，是对淳朴人性的赞美和对现代文明的批判。

　　"随着人类文明的演变，农民作为一种身份与群体的存在可以终结，
但是，作为人类生存的思想故乡和精神家园，土地是人类的一种永恒的眷
恋情结所在。"① 然而，对于失去土地的农民，王华内心有着深深的惆怅和
无奈。桥溪庄人纷纷赶着工业的脚步，进厂当工人，他们走出乡土，但又
无法融进城镇，享受不到城市化进程带来的利益，未能改变他们贫苦的命
运。他们走进现代文明，却失去了赖以生存的家园，陷入生存困境中，前
路茫茫，不知往何处走。经济的渗透改变甚至荡涤着传统地方文化，现代
工业文明和经济对少数民族文化的"强行"重组或改造，以及大规模的资
源开发，使边地乡村的生态环境日益恶化。不少少数民族青年已不会讲本
民族语言，也不知道本民族历史，文化传承意识薄弱，民族文化面临着断
裂的风险。这是地方文化传承面临的危机，少数民族女作家对此充满悲悯
的情怀与文化反思意识。

　　少数民族女作家的创作，往往具有诗性的气质，在充满诗性的边地，
构筑诗意的艺术世界。诗意的生活是理想的、相对的，体现出作家特有的
审美倾向。王华的小说极具地方色彩和民族风情，在这充满诗性的文本
中，王华也写出了农民生存的艰辛和劳累，带有不可避免的忧伤和迷惘的
调子，这显示出作家构建理想的精神家园的同时又有直面现实的勇气。王
华深深体味到理想和现实的落差。她以荒诞、魔幻主义的表现手法讲述的
荒诞的故事，承载着一个悲凉而严肃的主题——现代工业社会与传统人情
人性的对立和冲突。乡村建厂，农民失去的不仅仅是美丽的家园，更是一
种精神文化的失重。环境污染严重的桥溪庄不再是村民心中曾经美丽的家

---

　　① 　张丽军：《乡土中国现代性的文学想象——现代作家的农民观与农民形象嬗变研究》，上海：上海三联
书店，2009 年，第 55 页。

园，不再是村民心中的天堂。随着现代文明和经济力量对封闭地域的控制和渗透，古老文化传统中的人性美、人情美被逐渐消解，从而仅仅成为现代人逝去的一种怀念。

肖勤是一位有着多年基层工作经验的乡镇干部，对于乡村有着深切的体悟，她始终"沿着泥土和民族的脉理写作"，植根于现实生活，塑造出众多个性鲜明的农民形象。肖勤的小说表现乡村留守儿童、村民信访等现象，她是一位真正了解乡村的女作家，她对乡村的发现和开掘更让读者动容。正如土家族女作家叶梅的评价："那不仅是文学的发现，也是肖勤作为一位负有责任的乡长、一位深怀母爱的女人的发现。"[1] 肖勤的获奖小说集《丹砂》是对乡村底层的观照，小说中的人物都生活在黔北大娄山北麓，那里有着天然的生存环境，自然万物生机勃勃地成长着，而那里的人却在无助与困惑中挣扎。肖勤的基层工作性质使她融入乡村和农民的世界，她深切地感受到了他们的困惑和迷茫。那里的乡村是一个只有留守儿童和老人的世界，他们渴望真情的播洒和人间的关爱。肖勤关注着这些弱势群体，把他们诉诸笔端，希望借文字的力量引起人们的关注。"返乡书写的写作者之所以能以文学的形式，达成对社会敏感神经的触碰，恰恰源于个人经验对其立场和视角形成的重要作用，对个人经验的正视，让他们从理论语境中暂时逃离，获得了观照现实的感性途径。"[2] 探究底层的文化生态，无疑是底层叙事的有效策略。肖勤试图用文学来帮助大家建构一个更美好、更明亮的精神世界。肖勤始终沿着泥土和民族的脉理写作，写出了民族的记忆和底层生活的真实性，对于疼痛的乡土，她以文学的诗性给予了坚执的拯救。

20 世纪初，随着西方经济、文化的输入，都市开始崛起。全球一体化的加速极大地推进了中国城市化的进程，人口大幅流动，社会分化进一步加剧。城乡之间的密切联系被打破，成千上万的农村人口向往着城市的生活，他们以逃离的姿态走进城市。现代都市中的物质文化和精神文化不断膨胀，农村迅速衰落凋蔽。越来越多的人经历了从乡村到城市的迁徙和空间的移置，人们面临的是一个多重空间交叠并置的时代。空间的多重性催

---

① 叶梅：《序：肖勤的发现》，肖勤《丹砂》，北京：作家出版社，2011 年，第 3 页。
② 黄灯：《一个返乡书写者的自我追问》，《文艺理论与批评》，2017 年第 1 期。

生了少数民族女性创作的多重要求，她们的创作也就此打开了一个新的空间视野，有力地介入了当下的社会现实。她们的创作表面上是对"三农"、打工、留守儿童等问题的呈现，但实际上，真正支撑她们写作的是少数民族女性知识分子身份对自身所生存的地方面临的困境的反思。

少数民族女性文学在坚持本民族身份认同的同时，也不断以现代意识去审视本民族在现代性发展中的问题与不足。文学表述的思想观念和价值立场也注入现代性品质，超越单一的族裔身份书写，更注重地方性书写。对城乡迁移或传统生活方式解体背景下本民族群体心理和个体灵魂的复杂呈现，对生态灾害和家园破败语境下边缘族群前途命运的思考，对多元文化碰撞过程中本民族现代性体验和生活经验的艺术书写等，使少数民族女性文学呈现出文化反思精神，这也促使少数民族女性文学精神价值的生成。这种责任感和忧患意识需要个体对自己栖居之地的敏感与对该地方的忠诚。没有对自己生活的地方的全面了解，没有对地方文化的忠诚，地方最终也会被毁掉。

现代文明的发展进入全球化时代，经济发展掩盖下的生存焦虑与市场不平等不可避免地影响着文学创作领域。在这样的现实语境中，20世纪的文学创作开始出现"文化寻根"的欲望，作家试图通过文学对民族灵魂进行重新发现与重铸。寻根派作家们不约而同地以现代性城市外的乡村世界作为表现对象，描绘出一幅幅具有乡土特色的风景画、风俗画。他们往往从民族神话中建构起具有现代特色的原始空间，致力于把地域文化重新发掘出来，重新建构一个"美丽新世界"。生于斯长于斯的少数民族女作家，由于女性天然的情感感知力和连接能力，她们对于自我和本民族文化之间的联系有着自觉和深刻的洞察和感知，这种感知在创作中常常会有意无意地表现出少数民族聚居地区特有的地方文化景观，探求本民族文化传统在现代化进程中出现的冲突与融合的状态。

岑献青将对壮族女性的关爱投注在作品中，她对壮族女性生命跋涉之途的展现体现了对壮族女性命运的关注和思考。岑献青在创作中，有意将悲怆注入对民族审美性的解读中，将妇女的命运和这种悲怆联系起来，这既是对许多壮家妇女悲苦命运的写照，更隐藏着岑献青内里对民族文化痼疾的反思。岑献青对壮家文化不只是深深的眷恋，也有着对壮族历史和未来的关照。董秀英在《最后的微笑》中写道："他后悔，不该让儿媳妇抬着大肚子去做活。可是，儿媳妇不下地，闲话比牛毛还多。也不知道是哪个祖宗，哪年哪月给阿佤人定的规矩，阿佤男人修寨墙，磨刀削箭，等着每年春播时，跟邻寨厮杀，砍人头来祭谷。要做的农活全落在女人们的肩上。阿佤女人的苦，就象寨边的箐沟水，一辈子也流不完。不是阿公心毒，是世道的规矩逼人呀……"① 女作家唯有基于对文化痼疾的反思，才能真正传承传统文化中优秀的因子。

随着文化全球化趋势的加剧，地方与全球、传统与现代、边缘与中心等多元文化的碰撞融合越来越明显，导致少数民族的民族传统、文化身份等问题日益凸显，民族传统文化日渐式微。少数民族女作家表现出对本民族的文化传统即将断裂的忧思之情。现代性在各民族地区日益深入，少数民族的文化忧患意识及其在文学文本中的表现程度也更为强烈。

杜梅的《木垛上的童话》写出了现代文明与地方传统文化的冲突，以及作家对具有地方特色的传统文化何去何从的思考。小说描写了大兴安岭地区乡村特有的景观，一排排高耸的白桦树、一堆堆存放在路边的木垛，这是大兴安岭地区鄂温克人的日常生活场景，木垛则是孩子们玩耍的主要场所。这里的人们长久以来以打猎为生，过去可以打到黑瞎子（黑熊），后来只能打到飞龙（一种鸟），现在连飞龙也打不到了。以狩猎为生的鄂温克族人民只能寻找新的生存方式，通过读书接受教育进城工作，完成生活方式的转变。小恩勒的爸爸曾是打猎的神枪手，赢得族人的很多赞誉。而山普的阿爸接受了现代教育并进城工作，把家也搬到城里去了。山普坚持阿爸的信条"读书有出息"，小恩勒的爸爸则认为"打猎有出息"，山普享受着现代文明的成果，吃着棒棒糖，玩着自动枪，而小恩勒爸爸打不到猎物了，面临着窘迫的生活。在小妞妞看来，"打猎有出息，读书也有出息"。小说通过儿童的对话，表现鄂温克族的狩猎生活与现代生活的强烈反差，弥漫着感伤、哀婉的气息，散发出"文化断裂"般极为沉重的忧思情结。小说写出外来文化的冲击与本族群内部年轻一代对民族生存方式的重新选择，以缓解民族文化消解后的无可奈何或茫然困惑心态。杜梅叙事的最终目的并不是呈现鄂温克族的打猎场面，而是出于对"文化断裂"的担忧和自觉传承民族文化的担当意识，出于对这一生活方式的渐趋消失而

① 董秀英：《最后的微笑》，《青春》，1983年第11期。

引起的文化反思，试图重构新形势下的族群认同。传统的生活方式及整个鄂温克族文化在外来文化冲击下日渐解体，这些使得每一个鄂温克人都为此焦虑彷徨。传统在当前现代语境下发生的变异对鄂温克人的现实生存意味着什么？拿什么来拯救当前鄂温克人的精神困惑和生存危机？诸如此类的问题迫使杜梅的作品从地方书写的角度来思考民族文化何去何从的问题。

哈萨克族女作家叶尔克西·胡尔曼别克通过对"黑马"的归去，"完成了民族文化灵魂的祭奠。对民族文化精神的失守、民族文化传统的动摇发出了直逼心灵的拷问"①。苏莉的散文《没有文字的人生》中写道："在这个纷扰的世界里，没有人在意这样一个小民族的失忆和我们最终的失语。这样的问题许多和我同命运的民族都在面对，许多人坦然地认为这是世界融合的趋势。可我一直感到隐约的不安和焦虑，因为我想知道我生命中那种特殊的使我感觉陌生而又亲切的力量到底源自何处？为什么我的心中常常涌起由自己的民族而导致的种种创痛之感？"②失落和恐慌在这种回忆的情绪之下涌动。"我们听到祖先的心跳和他们曾经的叹息。我们的母语也在面临着消逝的结局。"困惑于达斡尔的民族文化身份，忧虑于民族文化的归属，这都是源于对民族文化源头的寻根之情和民族精神张扬的需要，当前少数民族女作家不得不以地方书写的姿态，试图从地方文化中汲取身份认同的文化资本，以期在全球化时代的多元文化冲击面前维系民族特性。鄂温克族、哈萨克族、达斡尔族等人口相对较少的少数民族，生存地域和生活空间也相对狭窄，文化的存续能力相对较弱，女作家们对传承民族的语言、文化、历史的意识更为自觉。

三
从传统走向现代的城市文化体认

"城市是一个地方，是一个出类拔萃的意义中心。它有许多高度可见的象征物。更为重要的是，城市本身就是一个象征物。首先，传统的城市

---

① 肖惊鸿：《山那边传来大地的气息——与叶尔克西关于〈黑马归去〉的对话》，《民族文学》，2009年第3期。

② 苏莉：《旧屋》，北京：作家出版社，2000年，第148页。

象征着卓越的人造秩序，与其对照的是地球上的自然界的混沌力量。其次，它代表了一种理想的人类社会。"① 城市在诞生之初，就被视为精神文明和内在生活的表征，亚里士多德在《政治学》中指出："城邦出于自然的演化，而人类自然是趋向于城邦（城市）生活的动物。"② 人类社会在漫长的历史演化过程中充分实现了城市化，这不能不说是文明的巨大进步。城市是现代文明的载体，城乡发展应追求"城乡空间的社会公正需求、文化尊严需求以及价值保护的需求"③。新生态主义提出"用文化价值保护的方法切入城市研究，应避免在城市空间营造当中，破坏或剥夺城市的文化生态，提出历史文化遗产的结构再现"④。城市是人们的机会之窗，具有开放性和多元性的特点，人们来到城市多数是为了追求更好的生活，城市也是创造的中心和社交的天堂，最优秀的东西，无论是艺术馆、文化中心、音乐厅，还是大学城，都是一种人们渴望的现代性生活体验。城市文化遵照现代文明的原则建构起来一个庞大的日常生活体系，包括高度发达的科学技术、合理的社会分工、自由的新闻舆论、琳琅满目的消费商品等，这一体系在拓展了城市主体生存的全新境界的同时，也为城市个体的自由发展提供了必要的背景⑤。

在现代文学的都市题材创作中，有茅盾对都市文化的解剖、刘呐鸥对"都市病"的揭示……他们都从现代都市的外观形象着手，鳞次栉比的摩天大楼潜藏着现代人远离大地的无形的焦虑。20 世纪 80 年代以来，繁荣的女性写作对城市的多元化审视侧重于对城市的消费性和欲望化的书写，呈现出个人化写作状态，忽视了城市之别和地方文化特征。少数民族女性文学在挖掘本民族历史文化的同时，无法脱离当代城市文化语境。在"骏马奖"获奖女作家的作品中，也有以城市为背景的创作，这些女作家对于城市的书写，有别于女性写作潮流中对商业、时尚、消费的细致描摩，更多地从作家的地方生活内容和经验出发，不自觉地体现了对地方性经验的

---

① ［美］段义孚：《空间与地方——经验的视角》，王志标译，北京：中国人民大学出版社，2017 年，第143 页。
② ［古希腊］亚里士多德：《政治学》，吴寿彭译，北京：商务印书馆，1965 年，第7 页。
③ 张中华：《浅议地方理论及其构成》，《建筑与文化》，2014 年第 1 期。
④ 张中华：《浅议地方理论及其构成》，《建筑与文化》，2014 年第 1 期。
⑤ 黄继刚：《空间的现代性想象——新时期文学中的城市景观书写》，武汉：武汉大学出版社，2017 年，第2–3 页。

理解和表达，从而阐释地方文化的精神实质。这样的文本书写现象是当今时代少数民族文化传承意识表达的多元化与个性化的表现，将城市、女性与地方性相关联，表现特殊的性别文化符码，并因此决定了她们作品中创作景观的多元与文本精神指向的多元，这也让当代少数民族女性文学创作变得更加丰富多彩。在"骏马奖"获奖女作家的城市文本中，民族文化、城市景观与女性意识交融共生。

　　叶梅的获奖小说集《五月飞蛾》由 6 篇小说组成，其中《五月飞蛾》《城市寂寞》《魁星楼》写了土家族人从乡村走向县城和城市的经历。在城市空间生活的土家族人意味着土家文化的现代性，叶梅对这种土家文化的体认与传承从乡村走向城市，正如吉狄马加在小说集《五月飞蛾》的序言中对叶梅小说的评价："她在深刻而艺术地展现土家族民族风情和情感世界的同时，阐释了土家族文化在整个中华民族文化中的地位和分量。"①《五月飞蛾》中常常是石板坡村与城市景象的交叠，写出土家族人从农村走进城市后的生存状态。进了城的二妹拎着小包兜了两圈也没找到三姨的家，不是二妹不记得路，是那一带的小巷子没有了，原来卖菜的地方变成了草坪。二妹在城市的马路上走着，灼热的太阳炙烤着城市的马路，问过无数的人，卖纸的、拉三轮的，都用最简单的话回答她：不知道。二妹看着车辆像流水一样经过，感觉不到城市的温暖。在二妹的眼里，城市的景象是如此的陌生。在此后的日子里，二妹和她的姐妹们所生活的空间都是狭窄的，二妹睡在三姨家阳台上摆放的小床上，在按摩院工作以后像桃子及美容院的其他女孩一样睡在拼在一起的按摩床上，后来到了发廊工作也只能睡在店里的阁楼上，被窝、行李、衣服堆得像地摊。二妹就像石板坡破茧的飞蛾，向着理想的城市飞进。然而二妹仍保有着一种精神的坚持和向往。二妹坚持写日记，在日记中写着"你是一团火，我要扑向你的怀里"，这是对生活理想的追求。三姨妈的刻薄与冷漠，按摩院里姐妹的猜疑和妒忌，都与二妹所处的城市空间相互映衬，而二妹在现实的烈焰中仍坚守着把握自己命运的勇气和自尊。二妹的身上折射出进城的所有土家族人的精神成长过程，她（他）们在从农村走向城市的过程中，必先经得一翻脱胎换骨的磨砺。经历了城市化的发展过程，少数民族女作家笔下的人

----

① 吉狄马加：《五月飞蛾·序》，叶梅《五月飞蛾》，北京：中国文联出版社，2004 年，第 3 页。

物才真正融入城市空间。叶梅在小说《城市寂寞》中描写了已完成脱胎换骨、完全融入城市生活的土家族儿女形象。主人公苏杰在长江边的小寨子里长大，童年生活贫苦，经过努力考上大学，娶了城市女性，成为真正的城市人。《城市寂寞》表现了在土家文化母体之上延伸出来的城市生活景象，以及生活在城市里的土家族人面对寂寞生活的复杂心理。苏杰已经是"一个标准的文质彬彬的城市公民"①，事业和家庭都很顺利，然而在城市生活顺境中出现情感迷失。《城市寂寞》展现了在城市空间里，在从传统向现代变革的城市背景下，男性的脆弱和女性的挣扎。"作为从乡村步入都市的少数民族作家，面对中国城市化进程的快速发展，叶梅的心情是无比复杂的，既对现实颇感无奈，又对鄂西那片土地充满怀念与忧虑。这种心境恰如其分地体现在她笔下进城的土家儿女身上。"②

作为布依族女作家，杨打铁力图探索出能够代表现代人的复杂处境和感受的小说，因而，她的作品"从语言到架构，从字词到句段，从貌似平实简单的凝重到偶尔间禁不住的神思的小小飞翔，她的作品已经挣脱出技巧与审美的限囿，进入到对存在的诗性沉思"③。小说集《碎麦草》中的12篇小说，写了不同年龄、不同职业、不同性别的人的日常生活。杨打铁用冷静得近乎淡漠的语调讲述生活在各地的人物的故事。她的小说始终以一种超越传统的笔调缓缓铺陈开去，语调时而轻松调侃，时而幽默诙谐，时而冷静旁观，文字永远是干净简洁的。正如她在《远望博格达》里描述主人公的生活："夫妻俩尽量把小日子过得简洁明快，避免流于平俗，努力增强幽默感。"④ 这也正是杨打铁写作的标准，把文字写得简洁明快，富有幽默感，小说也就不会流于平俗，将读者引入变化莫测的境界中。

《远望博格达》和《无人落水》写了一群志愿到新疆支边的知识青年的生活现实。两篇小说的女主人公都叫"宝莉"。《远望博格达》里的宝莉陷入写作的瓶颈中，要考虑生孩子，又要照顾远在吉林的父亲，还时不时担心会有外遇的丈夫。面对这种困境，宝莉时常想象自己打破规矩的束缚，像安佳一样与男人鬼混，放荡地生活。《无人落水》中的宝莉与已婚

---

① 叶梅：《城市寂寞》，《五月飞蛾》，北京：中国文联出版社，2004 年，第 189 页。
② 曾娟：《论叶梅小说的生态书写》，《小说评论》，2015 年第 2 期。
③ 王黔：《碎麦草·序》，杨打铁《碎麦草》，贵阳：贵州人民出版社，2004 年，第 3 页。
④ 杨打铁：《碎麦草》，贵阳：贵州人民出版社，2004 年，第 55 页。

者北子有着复杂的情感纠葛，甘愿充当他的情人。两篇小说中的"宝莉"都处在精神的困境中，杨打铁借用天山的地域意象——天山的最高峰博格达雪峰，作为小说人物的精神引领，营造了高远冷峻的意境。博格达雪峰耸立在遥远的天边，是俗世人们心中神圣的雪山，是吉祥高远的象征，"远望"也就构成了一种精神的膜拜。杨打铁在借主人公宝莉的故事，写出自己的感受："新疆远离海洋，处于欧亚大陆腹地，乌鲁木齐在它偏北的中间地带。宝莉在这里生活了八年多，仍然感觉站在这片大地的边缘。"① 博格达雪峰以海拔 5400 米的骄傲顶着蓝天，她悠远、宁静，超越了一切卑琐和忧烦，严峻孤傲，与俗世中的男女遥遥相对。杨打铁在小说中隐晦地传达出这样的思想：只有用诚实正直的生活、宽容善良的心灵、勇敢不屈的性格、境界高尚的智慧才能抵达圣洁的高峰，才能抵御现实生活的困境。

杨打铁从小便远离自己的故乡，从西南边疆到东北边陲，离散在布依族文化之外，倾听和感受更多的是中华文化观照下的各地方文化。在杨打铁的小说中，我们可以看到不同地域的人不同的生活侧面。《全家光荣》里面的人物涉及吉林、新疆、北京等不同地域。"我"的家在东北，二姨在新疆，姨在北京，舅舅去当兵。小说写了年三十在各地的亲人都回到东北姥姥家过团圆年的景象。"我们在家准备晚饭，刮鱼鳞，拔鸡毛，洗菜，蒸扣肉和香肠……我们盘腿围坐在炕桌前。一桌的饭菜，红葡萄酒瓶的脖子上系着蓝绸带。"② 在这一片幸福团圆的氛围里，远在外地当兵的舅舅也请假回来了，更增添了幸福的味道。小说虽不是杨打铁本人的自传，但却带有鲜明的个人经历的烙印。"我"作为家庭中最小的成员，观察和体味着简单而幸福的生活，体现了中国传统文化的团圆与和谐之美。

《雨中序曲》的故事发生在红土高原上的一座山城，这里没有分明的雨季，天气却是晴两三天阴两三天的。红土高原地处亚热带气候区，被广袤的森林和山峦所覆盖，气候呈温湿性特征。哈明和小俞这对恋人的生活就在水汽弥漫、雾气氤氲的时空里缓慢地铺展开来。哈明和小俞是从县城考到城市里的大学生。毕业后哈明留在城市，小俞回到县城当起了高中语

---

① 杨打铁：《碎麦草》，贵阳：贵州人民出版社，2004 年，第 60 页。
② 杨打铁：《碎麦草》，贵阳：贵州人民出版社，2004 年，第 52 页。

文老师。哈明救了自杀的房东的女儿，房东女婿愿意给哈明一份工作，同时也可以把小俞调到一起，但是要求他把小俞心爱的狗让给房东女儿。"小俞再也没法相信自己还能坚持什么把握什么，什么都那么脆弱、易逝，那么容易受到伤害和掠夺，你得到什么和失去什么都要付出代价。"① 小说弥漫着一种生活中无处不在的无奈感。在这座青溪环绕的山城里，临水聚集的人们，哪个也逃不掉生活的无奈，就像河畔的青石板路，总是被绵绵的雨水所淹没。《桑塔·露琪亚》讲述的也是发生在一个四面环山的小城里的小人物的生活。高亚吃回扣拿到 10 万块钱，偷偷摸摸地买了套房子，但这并没有给他带来多少快乐。吹牛的东北人老费不务实，把高亚的房子卖给别人就消失得无影无踪。老费出现在这座人口密集的山城的那一天，阴雨绵绵。这也仿佛奠定了这篇小说的基调，人物内心弥漫着一种阴郁的情绪。"这些年我过得非常压抑，钱并没有给我带来多少好处。我没有安全感，我总是惶恐不安……"② 在无奈中，高亚选择了考研究生，考到洛阳的母校，离开这座山城。高亚走后，"我"感到前所未有的虚无，"我"对这座不伦不类的小城也没有什么好感，对自己也从没满意过。"我"的生活始终被理想和现实之间的障碍牵绊着，让人心烦意乱，又透不过气。《雨中序曲》和《桑塔·露琪亚》都带有鲜明的云贵高原气息。地理闭塞的山城并没有阻挡现代生活前行的脚步，现代化的春风和泥沙一起卷入山城的连绵水汽中，让人应接不暇。杨打铁将原生态的现实生活还原。在社会转型时期，城市文化也早已进入边地的视野，这些追随时代脚步的书写丰富了少数民族女性文学的内涵。少数民族女性文学也必将走出山寨，走出对民族历史的探寻，在回归现实土壤时，也必定会对市场经济体制下的市民文化给予肯定。

　　萨娜的小说集《你脸上有把刀》中的小说《多事之秋》《感情的理想主义者》《你脸上有把刀》等也是对城市文化的书写，是一种对民族精神的重构。贺晓彤的小说集《爱的折磨》写出了城市女性奋发向上的人生态度。她的小说中的人物均生活在城市，尽管"人生之路，曲曲弯弯、凹凸不平，印满了艰难、深重的足迹"③，但面对困难都能够积极去面对。人生

---

① 杨打铁：《碎麦草》，贵阳：贵州人民出版社，2004 年，第 103 页。
② 杨打铁：《碎麦草》，贵阳：贵州人民出版社，2004 年，第 118 页。
③ 贺晓彤：《爱的折磨》，南宁：广西民族出版社，1996 年，第 137 页。

是复杂多变的，特别是生活在城市里的人们，有着不同的追求和不同的命运。城市女性只有独立自主才能实现真正意义上的女性解放。段义孚认为，人们深深眷恋的地方不一定都是可见的，可以通过诸多方式让一个地方成为可见的地方，这些方式包括在视觉上制造出突出之处，以及利用艺术、建筑、典礼和仪式所产生的力量。"骏马奖"获奖女作家因其民族族属从而多来自边地，很少有对现代化大都市的描写。咖啡馆、电影院、歌剧院、酒吧、公寓等都是城市化的产物，作为城市建筑景观，这些场所是现代城市文明发展的标志，承载了城市文化的发展史，在人们的视觉感观上，参与了城市的地方性的形成，书写着各种各样的人生故事，成为文学世界的独特风景。

第三章 ○○ 生命的地方：女性生命意识的延续

自五四运动以来，女作家便开始了对生命意识的叩问，她们的作品展示了女性在历史沉浮中的哀伤与痛楚。可以说，女性文学在长时期的发展中都潜藏着对父权体制颠覆的欲望，在对女性生命意识的张扬中表现女性的生命价值。少数民族女性文学在对女性生命意识的探寻中，既承继了人性张扬的一面，又表现出生命之静美的一面。少数民族女作家以其天然的女性敏感，能感受到源自大地深处的心跳与脉动，她们用心灵触摸山川、河流，感受森林的回响，聆听风声、鸟声、水声的安详，静观草长花开、日升月落的神奇。在中国传统文化中，人与自然往往是相融为一体的，人寓情于自然，自然是人的精神寄托和心灵慰藉之所在。自然环境，以及人与自然的关系是地方文化中无法忽略的因素，少数民族的渔猎、游牧、农耕等生产生活方式对自然环境的依赖性较强，少数民族的生存与自然环境息息相关。少数民族女作家在自然的感召下思考生命的意义，在人与自然的关系中引发关于生命的终极追问，这种追问在创作中表现出对女性生命意识的观照和女性自我生命的关怀。少数民族女作家们对地方景物的描写充满了深层的生命体验，她们的作品记录了一种逶迤而来的生命印迹，建构了人与自然的生命共同体。

　　少数民族女作家的作品常常明确地探讨地方、文化、剥削和压迫之间的关系，同时也强调对自己身份的建构与捍卫，重视栖居与再栖居，抗拒商品化的侵蚀。"地方不是抽象的、机械的、物质世界，而是具体、可感、可知、生命充盈的人化空间。"① 人类一直不断地对所处的地方充满着认知的情感。"无人则空间没有了意义，无地方则人类没有了栖息"，"地方"给人以无限的想象的空间，使得客观的物质和有情的世界联系到了一起。无论是作为生命存在的物种还是获得社会尊严的人，一个在大地上无立足之处的人，是难以成为人的。"'地方'以这种方式使人适得其所，它同时揭示了他的存在之外部联系以及他的自由和现实之深度。"② 本章主要对"骏马奖"获奖女作家作品对地方的自然地理与生命意义的书写进行论述，阐释作家对女性生命意识的追寻及对传统生命美学思想精神的继承与发展，考察作家如何赋予自然地理以生命意义和文化精神。

---

① 胡志红：《西方生态批评史》，北京：人民出版社，2015 年，第 233 页。
② Edward Relph. *Place and Placeless*. London：Pion Limited. 1976：1.

第一节
地理环境与自然美的发现

　　地理环境与人的生存密不可分，人类在逐渐适应自然环境的过程中产生文化，而文化的成熟又不断调适着人与自然的平衡关系，以此推动人类文明的向前发展。由此，人类社会的文化传承系统与自然地理存在有机的内在联系性。不论是从各民族文化传统还是从整个中华文化传统来看，崇尚自然、追求天地人三者的和谐统一都是永恒的追求。少数民族女性文学的发展离不开现实地理环境的"空间形态"。谢灵运在《述祖德》中云"遗情舍尘物，贞观丘壑美"，展现了对自然山川丘壑之美的发现。作家在作品中往往通过对自然景物的描写来展现一种美的情态。作家讲述人物身上所发生的事件，离不开自然环境的烘托，通过对自然的书写表现人物的心理与性格，自然景物往往与人物、事件相统一而具有一种叙事的功能。如果没有自然风景的展现，那些诗意的情感便无从诉说，人物形象的塑造也许无法完成，作品的感情与思想也无法表达。在许多作品中，人、事、景的存在是统一的，自然景物的描写往往占有重要的一席之地。南北方自然环境的差异，形成了带有地方的思维方式、表达习惯及特征的作品，展现了不同地方的民族特性。地方不仅意味着一地的地理景观、气候风物，也包含着在不同的环境里所培育出的多样的文化样态，即地方经验与自然意象相关联，生成地方文化。从地理自然到文化自然，再到文学自然，"骏马奖"获奖女作家作品在自然意象的生成中展现出一种文化意识，她们在自然中寻找自身文化的根基。

一

自然地理与文化自在性

　　文化自在性是民族文化系统的本源系统，表现为客观性、基础性、内核性、稳定性、本质性等相对静态的特征。文化自在性系统包含很多文化物种。就中华民族文化来说，由 56 个民族的文化构成，这 56 个民族的文化就是中华民族文化的子文化物种，子文化物种之下又有类型文化物种，即语言文化、艺术文化、宗教文化、风俗文化等。一种民族文化的基本价值和规律，就是文化自在性的东西，也是民族文化的客观存在。这些文化物种及其子文化需要与其生存的自然地理、社会环境相互依存，共同发展。自然地理往往是民族文化赖以生成和发展的客观存在，也是文化自在性生成的源泉①。各民族历史或现实中所处的自然地理环境和社会经济状况千差万别，因而形成了自成系统的文化。这种各自独立生成的民族文化宛如一条自成流向的漫漫长河，在文化的传承和交流中汇合成了中华文化的汪洋之海。少数民族女性文学在各民族文化传统与女性书写的历史变迁中呈现出不同的风格。少数民族女性作家从传统文化中汲取思想资源和文学激情，彰显出"文化中国"的自在性。

　　中国南北纬度跨度较大，在气候条件上有着较大的不同，形成了农耕文化和游牧文化两种不同的文化类型。"各地文化精神之不同，穷其根源，最先还是由于自然环境有分别，而影响其生活方式。再由生活方式影响到文化精神。"②南北两大经济文化类型的形成是特定的地理环境直接或间接影响的反映，也是人类在一定空间条件下活动的产物，是人类文化的综合实践的地域性表现。中国的地理环境和气候错综复杂，山川高低不一，疆域幅员辽阔，形成百花齐放、万紫千红的多元文化。在中国历史上，北方草原地区的游牧文化和南方丘陵地区的稻作文化，构成政治地理区域的布局，从而形成南北方政权的对峙，即农耕民族与游牧民族的对峙③。

---

　　① 刘建华、[奥] 巩昕頔：《民族文化传媒化》，昆明：云南大学出版社，2011 年，第 109 页。
　　② 钱穆：《〈中国文化史导论〉弁言》，单纯、旷昕主编《良知的感叹——二十世纪中国学人序跋精粹》，深圳：海天出版社，1998 年，第 205 页。
　　③ 张全明：《中国历史地理学导论》，武汉：华中师范大学出版社，2006 年，第 352 页。

　　特定地方的自然环境和文化生态，通常会以一种隐性的力量作用于某一地方的民族群体的精神生活，并形成一种特殊的心理结构和思维方式。我国少数民族聚居区大多处于地理位置相对偏远、信息相对闭塞的边缘空间区域，特定的生存空间塑造了他们对周围环境和气候的感知方式、认知方式和思维方式，即产生独特的地方感。在我国国土上地理指向的南方和北方，不同的生存空间形成不同的生产生活方式会投射到创作主体的精神内部，使作家的创作出现不同的诉求和风格。"任何一种区域性的文化精神的形成，绝非偶然，而是该区域自然生态环境、物质生产与生活方式、特定的历史文化传统、风俗习惯和地方群体性格气质与心理底蕴，以及生命价值取向在长期的互动中整合的必然结果。"① 在当前中国文学创作越发呈现出"区域化"的趋势下，少数民族女性文学对地方问题的诗学重构为我们提供了地方性知识和边缘性叙述策略，丰富了中国文学的多元性及多源化特征，并使之形成中国文学史极富地方特色和民族特色的重要文学现象。

　　自然地理、山川草木在少数民族女作家的感观体验下，以一种经验化的语言转化为文学作品，并通过自然意象的建构表现出来。地方自然意象的意义也在于确立文化的自新与独立意识。在作家的笔下，"地理不再是纯然的物理空间，而成为一种经过审美想象打造的新的艺术空间。作家的自然叙事、地理叙事不是临摹，而是被作家内化为艺术世界的自然。区域女作家从自己得天独厚的地理空间出发所创造的'人化自然'景观，是无法复制，无法替代的，是区域女作家的审美个性"②。在"骏马奖"获奖女作家的作品中，自然意象的生成依托所在地方的地理特点，既有山川地理的意象，如益西卓玛《美与丑》中的甘南草原、韩静慧《恐怖地带 101》中的内蒙古大漠、米拉诗歌中的甘孜河等，也有生物世界的动植物意象，如萨仁图娅和王雪莹诗中的花草树木、李惠善《红蝴蝶》中的蝴蝶、边玲玲《丹顶鹤》中的丹顶鹤等。

　　生态和自然不是环境或背景，而是作为存在之物、诗性之事，是与人类生存相融相依的平等共在，自然景观同样属于地方。自然或自然存在物与人类文化之间，以及人类存在之间是密不可分的关系，这一错综复杂的

---

　　① 杨太：《论东北民俗文化的喜剧精神》，《辽宁大学学报（哲学社会科学版）》，2007 年第 5 期。
　　② 王春荣、蒋尧尧：《"区域女性文学史"的写作实践及理论建构》，《湘潭大学学报（哲学社会科学版）》，2018 年第 1 期。

关系使人类重新审视自己的文化。"自然先于人而存在，地理环境构成了人类文化创造的前在的自然基础。人正是从一个自然之子走向了社会之子——人化自然，成为文化之子。"① 人生存于特定的地理中，在特定的自然条件下生存发展，因而创造了不同的文化，地理环境是人类创造文化的自然基础，生活在不同的地理环境中的族群，在与生存环境的适应过程中创造出一种生产方式和文化模式。"地理景观是人们通过自己的能力和实践塑造出来的，以符合自己文化特征的产物。"② 文化地理学的观点认为，文化是人地关系的具体形态，人—文化系统—地域环境共同构成地域文化系统，在人地关系中，"人"处于主动地位，是主体。

一个地方的地理环境对文学的影响是多层次、多角度的。就地理环境本身而言，不论是气候、地形、水土，还是植被、景观等自然环境，都对文学产生重要的影响，同时也是文化自在性形成的基础。对于中国少数民族来说，由于所处的地理环境和社会文化的特殊性，其族群文化与地方文化往往混合而生，相同地域的不同民族的文化也会有共性，不同地域的同一民族文化也会有差异性。就中国当代少数民族文学而言，文学创作所展现的民族文化心理和生存状态，也因地方文化的差异性而表现出各自不同的审美特征。少数民族女性文学在特定的地理条件基础上形成的地方文化特色、风土人情，乃至方言土语，呈现出文化自在性特征。地方性的自然环境和人文环境培育出作家们的地方认同感和民族认同感，在文学书写中凸显出对地方文化传统的继承意识：在理论上表现为对地方文学思想、文学观念的理解和尊崇，在创作上表现为风格特征、创作方法、文学体裁、文学题材、文学意象等烙上鲜明的自然地理的印记。

二

北方游牧文化的苍凉阔远

我国北方各民族——蒙古族、达斡尔族、哈萨克族、鄂温克族、朝鲜族、满族等主要生活在长城以北地区，是由古代的匈奴、东胡、契丹、女

---

① 杨文炯：《传统与现代性的殊相：人类学视阈下的西北少数民族历史与文化》，北京：民族出版社，2002 年，第 5 页。

② Crang, Mike. *Cultural Geography*. London：Routledg, 1998：27.

真、蒙古等多个民族在历史发展过程中交替、壮大、消亡又不断融合而形成的。在整个中华文化的视野下观照北方各民族文化的发展，可发现北方各民族的文化与其他民族的文化有着明显的殊异性。北方地域开阔广博，以高山、荒漠、草原为主，气候寒冷干燥，多风多雪，降水量不足，生产生活条件相对恶劣，无形中锻造了各民族的顽强意志，形成了以游牧为主的生活方式。"在这里，个体强烈的心理欲求的发展和满足处处都受着不以他的意志为转移的广大外部世界各种复杂环境的制约，要生存要发展必须具有挺拔的精神。所以北方民族文化区域的生态空间、地理环境长时期以来赋予了北方民族强烈的自强精神和突出的自我意识。"[1] 在这一片广阔的疆域里，有着原始自然的气息，为文学创作带来天然的神秘感，同时也使作家与自然万物的交流成为可能。无限广大的森林草原孕育了北方各民族苍凉壮阔的生命意识，也孕育了远古豪迈的英雄史诗。北方自然地理环境在作家笔下往往呈现出苍凉阔远的生命美学特征。

生活于东北的满族女作家们的创作将塞外边关的苍凉景象描写得淋漓尽致。邵长青的《八月》写了东北小城牡丹江市的郊外，松树林里布满针叶的天空和可怕的黑树干构成一幅苍凉的画卷。"夜深了，细弯的新月正要从森林的后面落下去，大树叶子投下来斑斑点点的黑影，落在那死去的女人身上，显得那样阴森可怕。""半夜起风了，刮得席棚呼哒呼哒直响。落叶和干树枝不断敲打着席棚，真象有人敲棚，沙沙的飞砂声，好象人的脚步声，哗哗嚓叫的山水声，好似狼哭鬼叫，这一切真叫人害怕。"[2] 邵长青笔下的东北小城郊外的景象散发着粗犷野性的气息，真实地再现了北大荒那段苦难的岁月。自然的险恶衬托出温暖的人情，也展示了浓郁的北大荒生活气息。边玲玲的《丹顶鹤的故事》写了发生在齐齐哈尔市扎龙自然保护区保护丹顶鹤的故事，表现了游牧民族的特征。王雪莹的诗集《我的灵魂写在脸上》以写雪的诗居多，表现了北方特有的冰雪世界的广阔与厚重。邵长青、边玲玲、王雪莹都是生活于东北的满族女作家，她们的文笔风格与东北自然环境相契合，书写了东北大地的雄浑和力量，呈现出一种深沉广博、无限辽阔又忧郁沧桑的气象。鄂温克族女作家杜梅两次获得

---

① 张碧波、高国兴：《北方民族文化形成与发展问题略论》，《学习与探索》，1989 年第 4-5 期。
② 邵长青：《八月》，《民族文学》，1982 年第 3 期。

"骏马奖"，作品分别是短篇小说《木垛上的童话》和散文集《在北方丢失的童话》。她的作品弥漫着苍凉的气氛。"冬天的兴安岭是怎样的寒冷，我小时候感受最深。家里上下左右都结满了冰溜子，最温暖的地方是炕头和我奶奶的怀抱里。""冰凌花封住所有的窗户。把每个窗框里的冰凌花的图案连接起来，就是一个童话，一个传说。"① "一方水土养一方人"，游牧民族独特的生存环境，对生活于其中的人们的思想、性格、心理都有重要的影响。粗犷豪放是东北作家创作的整体基调，北大荒纵横交错的群山、广袤富饶的田野与人们豪迈、奔放、重义的性格相一致。她们的作品呈现出悲壮豪放的美学特征，承袭着一种粗犷豪放的文化精神。

生活在东北的满族、鄂温克族等民族，面对静静流淌的嫩江，背靠绿色的大兴安岭，形成了一种长期与自然生态圆融为一的生产生活方式，以及以万物有灵为根基的原始信仰。特殊的地理环境，使东北各少数民族形成了一种能够自我约束、自我调节、自我维系的社会秩序，又形成了能够适应生存环境且与生存环境相促动的文化根性。这种文化根性能够保持相对的稳定性及其民族特性，维系着人们的民族身份。正是人神共在的生存环境塑造了他们对空间的体验方式，并在此基础上形成了他们与其生存空间相适应的民族文化体系。或者说对于少数民族群体来说，他们的文化、根脉、灵魂，乃至他们的整个族群正是由其生存空间来支撑或建构的，周围空间内所有的景观都是他们的传统或历史记忆的载体。

我国蒙古族及西部少数民族大多生活在草原，"草原是构成地球生态系统与人类生存环境的基本自然形态之一，广阔的亚欧草原、非洲草原、北美洲草原、南美洲草原、澳洲草原，孕育了人类的草原文化"②。"草原文化是中国北方诸民族创建的古老的采集文化、狩猎文化、游牧文化和农耕文化的整合形态，是以中国北方草原的地理、气候环境和人文环境以及畜牧业经济为主要生存机理的文化模式。"③ 在文学作品中，草原往往是作为背景式的意象出现的，象征北方游牧民族赖以生存的家园。少数民族女作家笔下的文学地理都有现实的依据，蒙古族作家韩静慧的获奖小说《恐怖地带101》描写了科尔沁草原的景象。"科尔沁草原上有一片大漠，沙丘

---

① 杜梅：《北方丢失的童话》，《民族文学》，1997 年第 4 期。
② 潘照东、刘俊宝：《草原文化的区域分布及其特点》，《前沿》，2005 年第 19 期。
③ 宝力格、巴特尔、乌恩主编：《草原文化概论》，呼和浩特：内蒙古教育出版社，2007 年，第 18 页。

连着沙丘，横亘东西，黄沙漫漫，颇为壮观。在这苍苍茫茫的沙漠中央有一片绿洲，一丛丛绿色的沙柳，一排排果实累累的沙枣树，一片片茁壮的沙棘，还有那覆盖在沙漠上处处可见的沙葱沙蒿等绿肥色的小植物，像忠诚的卫士扎根挺立在这苍苍茫茫沙漠中，显示着生命的蓬勃和生机。"[①] 这就是现实中的内蒙古科尔沁草原的环境，韩静慧生活在这个广阔的草原上，书写着草原上的蓬勃的生命力。哈萨克女作家叶尔克西的小说集《黑马归去》多描写中蒙边境附近的北塔山一带的自然地理，这也是她出生成长的地区，作品呈现出哈萨克民族幽默风趣的性格，草原般宽厚慈爱的胸怀。具有草原特色的羊、牛、马均成为她写作的对象，如收入小说集《黑马归去》的《额尔齐斯河小调》。对于哈萨克人来说，羊、牛、马白色的乳汁和绿色的山草一样都是生命的象征。奶奶将小盲孙抱回这广阔、富饶、秀丽的额尔齐斯河畔，让他远离嘈杂的城市，像这草原上的野花，野性地生长着。草原哺育了小盲孙。北方各民族在人与自然的和谐共生中形成独特的生命体验和生存智慧，并内潜于群体的生命深处而成为他们的"血液记忆"，形塑着与生俱有的自然生态价值观。

三

南方山地文化的氤氲绿梦

在中国地理版图上，南方拥有较大的区域，其范围通常指秦岭—淮河以南的广大区域。相对于北方森林、草原的壮阔，南方多是山地高原、崇山峻岭，奇山秀水滋养健康自然的生命形式。湖南、湖北、贵州、广西、云南等地的少数民族大多生活在山地，自然风光表现为神奇秀美、雄浑险峻的特征。龙宁英的湘西、叶梅的鄂西、肖勤的黔北都具有多山多石的典型地理风貌。从地理区位上看，这些地方既不是边疆也不是腹地，却既是腹地中的边疆也是边疆中的腹地，可以称是"边省"的存在。多山地多丘陵，缺少平地，不利于农业发展，致使其经济发展相对落后。相对闭塞的环境，又在另一方面保存着多姿多彩的民族文化。因其独特的地理、气候和民族等因素培育起来的安静、自由的诗性品格，给女作家们的创作带来

---

① 韩静慧：《恐怖地带101》，呼和浩特：内蒙古人民出版社，2001年，第1页。

了地方性色彩。龙宁英、叶梅、肖勤等女作家创作了一批以地理作为表现对象的小说，这些作品不是僵硬地介绍地理环境，而是以地理为坐标，通过对神奇秀美的自然生态的书写，深入特殊地理条件下的族群所特有的文化习俗、时空观念、思维习惯中去，赋予地理以个体和情感经验。女作家往往"表现出一种健康自然的生命形式，表达了对诗意栖居生存理想的守望与忧思，呈现出鲜明的生态意识"①。少数民族女作家的生态意识使她们对自己生存的空间有着天然的依恋感，基于对自然空间的依恋而生发出一种强烈的身份认同意识和地方感。

少数民族女性文学的地方书写，并不是对生活场域内的文化或生活场景的原生态再现，而是充盈着主观性及个人情感体验的文本。在这一文本中，我们很容易看到少数民族女性文学地方书写所蕴含的文化记忆，彰显出的身份认同愿景和试图重建多元融合语境中族群诉说合法化的尝试。肖勤的《丹砂》收录的小说以大娄山为背景。《暖》中的小等和奶奶居住在半山腰，祖孙两人相依为命。小等妈妈在外地打工许久不回来，而有一天，奶奶死在了小屋里。无边无际的大山突然像只大手揪住了小等，黑森森湿淋淋的大山成为小等永远走不出去的噩梦。这是肖勤对大娄山里的乡村生存状态的理解和阐释。同样是写儿童的世界，贵州的肖勤与内蒙古的韩静慧有着天壤之别。肖勤笔下的山村儿童世界显得沉重而阴郁，韩静慧笔下的草原儿童则充满野性与粗犷。形成如此不同的格调和色彩，这固然是作家对客观世界主观阐释的不同，但也不能不说是地理位置和自然环境造成的差异。

叶梅的小说创作多以鄂西三峡地区土家族人生活为原型，表现鄂西这块神奇的土地上世世代代生活的土家人的生存现状。叶梅以民族文化母体为依托，寻绎民族文化秘密，挖掘山地少数民族地方与民间文化资源，救治现代文明之蔽，传承民间文化。土家族聚居在湘鄂川黔一带，是一个有着悠久历史的民族。土家族源于古代巴人，主要居住在鄂西地区的恩施土家族苗族自治州。在地理上，恩施属于大娄山山脉和武陵山区，崇山峻岭、悬崖峭壁、层峦叠嶂构成一个复杂的地理空间，充满了神秘和氤氲的气氛，是一个具有传奇和浪漫色彩的地方。

---

① 曾娟：《论叶梅小说的生态书写》，《小说评论》，2015 年第 2 期。

　　叶梅小说中所描绘的故乡恩施的自然山水充满灵动之美，自然山水已内化为小说的一部分，成为小说情节发展、人物塑造不可或缺的一种客观实体。鄂西土家族山寨的山山水水、一草一木构成一个天然的自在自足的生态世界，这里寄托着作家对土家文化的思考。龙船河是叶梅小说故事发生的重要地理景观。龙船河，长江支流，又名沿渡河，在湖北省西南边界，源出四川省巫山县与湖北省神农架林区之间东南侧，东流折向南流，经神农架林区西南部、巴东县北部，至巴东县官渡河附近入江。河长约65公里，流域面积约760平方公里①。龙船河滋养着土家人的生命，也滋养着叶梅小说的灵魂。南方山脉众多、水系发达，在少数民族女作家的创作中，山水无处不在。叶梅在小说《山上有洞》中描绘了一个独具南方山地特色的生存景观：“长江三峡沿岸高低起伏的大山里有许多大大小小的溶洞，它们是崇山峻岭中一只只睁大的眼睛，长久地不动声色地凝视着天和地，是是非非，风风雨雨，爱恨情仇，沧海桑田，一代又一代。”② 通天洞“与世隔绝，风光秀美，本是一个让人断绝尘念修身养性的绝妙所在，且紫气东来，冬暖夏凉，真所谓洞天福地”③。田土司的小儿子、爷爷田红军（田大胆）、子孙田快活在洞中的经历与“改土归流”、除匪等历史事件有着紧密的联系，可以说“通天洞”参与了小说情节的发展，其天然的地理条件也影响了人物的活动轨迹。叶梅通过小说再现了土家族历史记忆，展示了土家族的文化内涵。小说不仅写出了土家人在历史发展中的抉择，见证了土家历史文化的变迁，也写出了土家儿女在天然而原始的生存条件下与自然和谐共生的生命意志。“叶梅对溶洞的描写，既展示了‘洞’在土家文化中的深刻的历史内涵，也表达了作者对‘洞’的土家文化意蕴的热爱与崇拜之情。”④

　　苗族女作家龙宁英的报告文学《逐梦——湘西扶贫纪事》唱响了大山的呼唤。蜿蜒湘西全境的莽莽武陵山，“西与云贵高原相连，北与鄂西山地交颈，东南以雪峰山为屏障，武陵山脉由西北向东南绵延倾斜的山脊

---

① 朱道清编：《中国水系大辞典》，青岛：青岛出版社，1993年，第344页。
② 叶梅：《山上有洞》，《五月飞蛾》，北京：中国文联出版社，2004年，第51页。
③ 叶梅：《山上有洞》，《五月飞蛾》，北京：中国文联出版社，2004年，第53页。
④ 曾娟：《论叶梅小说的生态书写》，《小说评论》，2015年第2期。

线，是有着'西北门户'之称的湘西地理地势的表征"①。龙宁英开篇介绍了湘西的地理状况，正是这些起起伏伏的绿色山脉勾勒出的线条，像一道封锁线，将贫困牢固地扣押在湘西这片土地上。湘西远离中心城市，山高路绕，重峦叠嶂，既是典型的少数民族地区，又是革命根据地。龙宁英将纪实与抒情相结合，不但书写了湘西世界的历史记忆和现实生存状态，更为重要的是呈现了扶贫攻坚历程中湘西人民的奋发向上的精神内核。《逐梦——湘西扶贫纪事》虽然是一部报告文学，但也可以称为一部人类学意义上的地方志，或是一部抒情性的湘西人民奋斗的史诗，各级政府和各个领域扶贫志士感人肺腑的优秀事迹和不畏艰难的奋勇前行的精神，通过文字的记录得以承传下去。

人的情感与所处环境之间相互作用会产生出强烈的"地方感"，"因为人的记忆、感受与价值等情感因素与景观环境之间会产生情感意义上的互动，所以个人就会产生对地方的依附行为"②。少数民族女作家将自我与自然环境融为一体，自然在某种意义上成为她们的情感寄托，展示了她们的精神文化气质。她们的作品蕴含着对自然、人性、生命等终极意义的思考，在生态意识、生命意识、两性关怀的书写中，体现了她们在生活和创作中的生命体验与哲性思维，这与当前社会倡导的生态文明建设思想相契合。从这个意义上讲，她们的创作延续了中国自古以来天人合一、和谐相生的生态思想，拓展了少数民族女性文学的内容。

① 龙宁英：《逐梦——湘西扶贫纪事》，长沙：湖南文艺出版社，2017 年，第 8-9 页。
② 张中华、王岚、张沛：《国外地方理论应用旅游意象研究的空间解构》，《现代城市研究》，2009 年第 5 期。

■ 第二节
女性生命经验的表达与生命美学的传承

　　在中国传统文化的观照下，中国哲学具有鲜明的生命哲学特征，其深层意蕴是对现世人生的关注，为现世人生寻找安身立命之所在。尽管道家与儒家在人生终极目的上有着不同的追求，有两点却是相同的："一是都共同肯定了生命本体的原始意义，都是重视生命的；二是两者都对现世生命的终极性作出了肯定，而排斥了超验的彼岸世界。"① 《周易》体现出明显的中国传统生命美学特征。《周易·系辞上》说："生生之谓易。""生生"的美学智慧构成了中国传统文化精神的重要组成部分，代代传承下来。至宋代，理学对于生死智慧和审美文化的倾向发展得更为成熟。张载曾说："存，吾顺事；殁，吾宁也。"（《正蒙·乾称》）意为：生时积极有为而处世，死时则安然无所恐惧。这种生命态度和人生修养体现为淡泊宁静的超然境界。这种传统生命美学思想，潜移默化地影响着中国当代少数民族女作家的创作，她们继承传统文化重视现世生命体验的思想，书写女性内心真实的生命感悟。这在"骏马奖"获奖女作家的散文和诗歌作品中体现得最为明显。少数民族女作家善于呈现真实的生命空间和心灵空间，将艺术与生命真实地统一起来，通过对生命本真的书写传承生命美学意蕴。

---

　　① 刘方：《中国美学的基本精神及其现代意义》，成都：巴蜀书社，2003 年，第 165 页。

一

散文：女性生命故事的流淌

在获"骏马奖"的女作家作品中，有一批散文作品将女性生命的表达作为一个显在的主题，表现出独特的女性心理气质和情感体验。满族女作家格致的散文集《从容起舞：我的人生笔记》从女性视角出发，遥望传统文化，展示女性自我对生命的探寻。赵玫的散文集《以爱心以沉静》《一本打开的书》及杜梅的散文集《在北方丢失的童话》等，都是作家内心最隐秘的经验的表达，她们从生活的琐碎事件中抽丝剥茧，将女性对生命最深的感知以个人记忆的形式挖掘出来。作家通过文字将积累的生活经验和情感转化成生命的律动，每个字符都隐含着生命的情感体验。

赵玫将生命的感悟融入对墓地的书写，"不知道从什么时候起，我变得越来越喜欢关于坟墓的描述"①，通过对烈士墓的描写表达了对战争和生命的感悟："清明的烈士墓。像石阶般修筑在山坡上的墓碑。"② 面对欧洲人的坟墓，"我"得到了关于死亡的启示和指引，让"我"慢慢对死亡有了准备，那些雕刻在坟墓上的美丽的图案，使人相信死是美丽的。赵玫在老山前线之行中，看到光秃的山顶上的木棉树，"红色的木棉花怒放在没有叶的枝干上。红得像血。像燃烧的火。然后是无声的坠落"③。赵玫感受到在那种生命同死亡对峙的炮火连天的战场上，生命随时被毁灭的悲壮，那血红的木棉花就是勇士们生命的象征。少数民族女作家对于人与自然界的生命联系把握得更为细腻，她们赋予自然万物以生命，既呈现了自然界的生命活力，也展示了女性自我生命本真的跃动。"从生命意识形成之初始，人类就无时不在为生命的存在而奋斗，人类艺术诞生的源泉和情感动力与人类原始的生命崇拜意识有着密切的联系。生命意识不但使艺术具有

---

① 赵玫：《一本打开的书》，沈阳：春风文艺出版社，1994 年，第 18 页。
② 赵玫：《以爱心以沉静》，合肥：安徽文艺出版社，1991 年，第 26 页。
③ 赵玫：《以爱心以沉静》，合肥：安徽文艺出版社，1991 年，第 25 页。

能撼动人心的强大内涵张力，也是所有艺术的灵魂住所。"① 同样，在赵玫的获奖散文集《以爱心以沉静》和《一本打开的书》中收录的《女儿》《你的栗色鸟》《维也纳森林》《永远的星空》《最后的营地》等散文写了"我"与女儿的故事。"我"独自一人抚养女儿的过程是艰辛的，没有人能代替，不论是冰雪雷电还是刮风下雨，"我"都要送她到托儿所、幼儿园，很长时间，没有谁能帮助"我"。"我"没有哭泣抱怨，而是坚定地承受着这一份命运，慢慢地得到生命的欢愉，送女儿的时候听到林中欢快的鸟鸣，接女儿的时候欣赏见红的落日和变暖的风。赵玫通过对女儿爱的表达和对自然的观照，写出了对生命的感悟。

叶广芩的散文集《没有日记的罗敷河》是一部自传性的纪实文本，记录了她在陕西渭河平原罗敷河度过的岁月。罗敷的日子是叶广芩生命中的精粹，是她人生中永难忘却的辉煌。当调回西安从事护士工作后，她真真切切地感受到了生命的美好与艰难："生命是美好的，生命同样也是艰难的，这是我十余年医务工作的感悟。"② 散文家祝勇在为满族作家格致的散文集《从容起舞：我的人生笔记》写的推荐语中道："格致描述了生活的B面，她善于在日常生活中验证生命的脆弱与无助；喜欢将自己放在绝境里，在冰点中唤醒对生命的欲望。"这些作品充满了鲜明的生命意识，是少数民族女作家内心情感的彰显。

斯普瑞特奈克在《真实之复兴》中用"认知的身体""创造性的宇宙"和"复杂的地方概念"来表现生态女性主义者整体论意义上的生命伦理观。正如学者所言，"少数民族作家只有在对个体生命的深切体验之中，才可能真正植根于民族文化的土壤，在现代氛围中表达出有价值的民族意识，在民族文化的特异性中最终寻找人类普泛的记忆和生存的秘密"③。杜梅的散文集《在北方丢失的童话》中有7篇是写她早夭的儿子安生的。她从安生的出生写起，一直写到安生的夭折，多次提到她与前夫的矛盾及离异的生活状况，表现了作家对人生的无奈，对于生命如此脆弱所感到的悲惜。短短三年半生命的安生，是杜梅相依为命的伴儿，是她生命的延续和

---

① 黄晓娟：《生存的渴望与艺术审美的知觉——花山岩画的艺术人类学探析》，《杭州师范学院学报（社会科学版）》，2007年第3期。

② 叶广芩：《没有日记的罗敷河》，长春：吉林人民出版社，1998年，第213页。

③ 丹珍措：《阿来作品文化心理透视》，《民族文学研究》，2003年第4期。

依恋。"她的伤痛已不止是伤子之痛,而是一种生命之痛,它是原本就深埋在每个人生命之中的,儿子只是一道重重的伤口,使这种生命之痛从切口处迸发而出。"①

中国传统文化博大精深、源远流长,对宇宙生成的认识和对生命意义的关注深刻影响着中国文化和文学的发展。人在自然中获得生存的智慧,自然也是生命存在的依据,人无法摆脱自然存在。文学和艺术是民族灵魂的映射,在文学的世界里,自然是一个有生命意义的世界。少数民族女作家通过对自然世界和内心世界的文学把握进一步追问生命、生存的意义和价值,通过她们的文学创作,把她们所认识的生命价值和生命意义书写出来并滋养读者。文学担负着文化重构的任务,说到底文学是要有一种对美的追寻,对生活意义的叩问,起到引领人们精神向善的作用。少数民族女作家在经历了色彩斑斓的人生世相和情感的悲欢离合后,体会到了个体生命和时间的有限,在万水千山的历练中充满了对生命的敬畏和感恩。

二

诗歌:自然生命的诗性感悟

海德格尔在《人,诗意地栖居》中认为,人生存的基本特征是学会在地球上找个地方栖居,绝不破坏和污染它,只有诗歌或艺术来拯救人类,达到人与自然之间的和谐共生,实现诗意救赎。这也是中国传统文化中天人合一的生命哲学的体现,人与自然是完整统一不可分割的。中国文化在历史发展中表现出农业文明的特征,人与自然的亲密融贯关系,使作家的创作倾向于对植物的礼赞。自然始终充满着生命的光辉,自然是在人的观照下出场的,自然在与人的交融中被生命照亮。"人们不仅在生存中歌唱自然万物,也在歌唱自然中解释着生命现象,把自身的生命现象与大自然的一棵树、一片云、一只燕子联系起来,自然万物是原始人类图腾崇拜的精神武库。"② 在"诗三百"中,先人便已书写生命与大地的结缘,反映了人与自然的和谐关系。"桃之夭夭,灼灼其华。之子于归,宜其室家。"

---

① 十月杂志社主编:《惊蛰文库·何时灿烂》,北京:华艺出版社,2004年,第116页。
② 傅道彬:《中国文学的文化批评》,哈尔滨:黑龙江人民出版社,2000年,第10页。

（《周南·桃夭》）"野有蔓草，零露漙兮。有美一人，清扬婉兮。"（《郑风·野有蔓草》）桃花、蔓草与楚楚佳人、清扬少女相互映衬，绽放着鲜活的生命之光，触发了人类内心最美好的爱之欢娱。《乐记》载："音之起，由人心生也。人心之动，物使之然。感物而动，故形于声。"人生活在大自然中，自然不仅养育了人的生命和体魄，也陶冶了人的精神，人对自然的歌颂与吟唱，是对自然的回应。《文心雕龙》亦有言："人禀七情，应物斯感，感物吟志，莫非自然。"涵咏自然、触物生情是我国古代诗歌的传统，延传至今。

自然景物在中国少数民族女性文学中是一道美丽的风景。在地理学意义上，自然是客观存在物，但从文化意义上来说，自然是人类文化生成的基础，在人的情感的加持下，自然界生发了更深刻的生命意义。"自然景物作为人类历史发展进程的一个重要因素，它构成了人们生活的环境，对社会经济、民族性格、民风民俗、审美习惯等产生影响。"[1] 少数民族女性也将自然景物作为自己创作中的表现对象，女作家与自然的亲密接触，使她们的情感世界与自然山水的阴晴冷暖有了直接的对应，她们的情感受到自然的影响，作品也刻上了自然环境的印记。

在历届"骏马奖"评选中，共有女作家的 16 部（首）诗歌获奖，包括短诗《写在弹坑上》《竹叶声声》《甘孜河——雨季》《草原恋情》《年年花开》，诗集《当暮色渐蓝》《绿梦》《面向阳光》《另一种禅悟》《西藏在上》《从秋天到冬天》《雪灼》《我的灵魂写在脸上》《其曼古丽诗选》（维吾尔文）和《好时光》《以我命名》。这些作品的作者来自壮族、水族、蒙古族、俄罗斯族、布依族、彝族、藏族、土家族、羌族、维吾尔族、满族、德昂族等 12 个民族，她们对于自然的观照无不带有作家所在地的地方性特征。辽宁蒙古族女作家萨仁图娅的诗集《当暮色渐蓝》带有北方乡村和草原的特色。辽宁满族女作家王雪莹的诗集《我的灵魂写在脸上》以漂移者的身份诉说灵魂之思。四川彝族女作家鲁娟的诗集《好时光》中的桃花、桉树、"滋滋濮乌"（彝族祖地现在昭通境内）、"黄茅埂"（常年积雪的一座山）等意象带有四川地理和彝族文化寻踪的意味。《雪

---

[1]　车红梅：《北大荒知青文学——地缘文学的另一副面孔》，北京：中国社会科学出版社，2012 年，第207 页。

灼》《西藏在上》《从秋天到冬天》等都带有高原的文化特色。这些诗作是地方书写的呈现，传承我国古代诗学传统和生命美学思想，观照天地之间茫茫大地的万物生长。自然界的万物在诗人生命情思的观照下充满着旺盛的生机。从对地理上的草原、河流、雪域的颂歌到植物世界的竹叶、花朵、树木的描写，从时间上的晨昏流转到季节上的四季往复，这些诗作无不将作家生命的感悟融入自然的万事万物中，打造了一个诗性的生命世界。

蒙古族诗人萨仁图娅的诗集《当暮色渐蓝》从大自然中获得启示，感受到自然界一花一草的生命力，从自然中感受精神绽放的光辉，既表现出清新、婉约的风格又有阳刚之气，诗路开阔，汲取了多方营养，既得益于儒家传统经典《诗经》的滋养，也深受蒙古文学传统的影响。"我是马背上民族的后裔，根在大草原，生于辽西的一个乡村——朝阳市北票（市）上园乡。""根在草原，生在山区，我自小受到草原文化与汉文化两种文化的浸染与熏陶。"① 萨仁图娅生活于辽宁朝阳，这里是蒙汉杂居的农业区，与一望无际的大草原生活区相比，这里更多一些传统儒家文化的影响，她的家庭也是蒙汉结合的家庭，因此在她的作品中儒家农耕文化色彩更浓一些。她的另一部"骏马奖"获奖作品报告文学《尹湛纳希》也表现出浓郁的儒家文化的耕读传家的思想。"家乡的小山村，也就是被称作尖山沟湖之地，竟是地球上第一只鸟起飞、第一朵花绽放的地方。"② 这样一个地方，给了萨仁图娅写作的生命力，她以寻求生命的力度和人格的高度为自己的生命理想，并将这种理想融入她的写作中。

多像含羞的少女/向世界吐露着爱/不息的信念在轻轻地摇（《含羞草》）③

只要有一点土星/就是一派繁茂（《草》）④

挺起锐利的剑锋/却是响铮铮的自尊/不可压抑的个性

---

① 萨仁图娅：《我的文学路——代前言》，内蒙古师范大学中国少数民族作家研究中心编《萨仁图娅研究专集》，北京：中央民族大学出版社，2005 年，第1-2 页。
② 萨仁图娅：《我的文学路——代前言》，内蒙古师范大学中国少数民族作家研究中心编《萨仁图娅研究专集》，北京：中央民族大学出版社，2005 年，第1 页。
③ 萨仁图娅：《当暮色渐蓝》，沈阳：春风文艺出版社，1986 年，第27 页。
④ 萨仁图娅：《当暮色渐蓝》，沈阳：春风文艺出版社，1986 年，第32 页。

（《剑麻》）①

　　黝黑的影子摇晃/每一瓣花却都/挑着一个太阳（《蒲公英》）②

　　诗人咏花咏木，一如咏人。诗人长于借物喻人，从对花、草、棉、苗等司空见惯的植物的描绘中，抒发颇有人生哲理的情态。在萨仁图娅的笔下，弱小的蒲公英，一经绽放，每一个花瓣都能挑着一个太阳，在诗人看来，柔弱的蒲公英蕴含着无限的生命的力量。草、含羞草、剑麻等这些都是蒙古草原上常见的植物，与清雅的百合、高洁的睡莲、热烈的玫瑰不同，它们与浪漫的情愫无关，被诗人赋予无限的生命力和坚强的个性。诗人苦心提炼的许多诗句闪闪发光，对于自然的热爱，人与自然关系的印象，就是通过诗人以想象的方式而得到延展和表达的。

　　少数民族女作家由于生活之地的民族性和地域性特征，更容易受到自然的感召，自然界的万物早已深入她们的心间，她们用细致而诗意的笔触书写自然界的万物，洞察生命的意义。王雪莹生于辽宁开原，在哈尔滨生活多年，毕业于哈尔滨师范专科学校中文系。对于王雪莹的创作来说，满族的身份特征并不明显，她更倾向于从地理的角度和精神层面去追忆故乡，以舒缓郁结多年的怀乡情结。王雪莹的故乡位于辽北山区，"故乡仿佛一根卡在喉咙里的刺，每一动念都会有隐隐的痛"③。2009 年，辽宁大学出版社出版的《开原历代名媛》一书将王雪莹收入其中并给予了很高的评价，王雪莹才真正感受到自己是实实在在的开原的一分子。"几十年的胸中块垒瞬间瓦解，眼泪不由自主地涌了出来。"④王雪莹对出生地辽宁省开原、生活地黑龙江省哈尔滨及河北省廊坊均有深厚的感情，并将对这些地方的情感写入诗歌中，对冰城哈尔滨以雪、冬天、秋天为意象，写出了诗人对哈尔滨生活的深切体验。故乡的雪滋养了她的诗心，纯洁宁静的雪之精灵融进她的文字中，使她的诗散发着自内而外的古典气韵。对移居地河北廊坊的描写，多为廊、坊、大风、种子等意象，写"大风吹走种子""吹到哪里就在哪里安家"，喻指自己移居者的身份。故乡的大风吹来泥土的气息、槐花的香气，这些都是诗人记忆中的存在。王雪莹的诗传达对生

---

①　萨仁图娅：《当暮色渐蓝》，沈阳：春风文艺出版社，1986 年，第 34 页。
②　萨仁图娅：《当暮色渐蓝》，沈阳：春风文艺出版社，1986 年，第 28 页。
③　王雪莹：《沿着诗歌的道路还乡》，《作家通讯》，2012 年 8 期。
④　王雪莹：《沿着诗歌的道路还乡》，《作家通讯》，2012 年 8 期。

活的深刻感悟，是关于女性内心秘密与生命体验的书写，是关于女性、灵魂与生命的写作，充满了对生命的深切感念和对生活的超然顿悟。透过诗人对流动的居住地的考查，可以看出王雪莹以其行走的空间景观，践行出深沉的生命体验。从诗集《我的灵魂写在脸上》可以看出，王雪莹对水仙花情有独钟。《遇到水仙》《水仙之恋》《三月，最后的水仙》等诗都歌颂了水仙的洁净清雅之姿。"我"与水仙的相遇，是一种生命的契合，写水仙实则是写自己，是对自我的肯定、欣赏与垂爱。水仙是我国传统名花之一，是高洁清雅的人格理想的象征，王雪莹在诗歌中承续了古典文学的文脉，洋溢着对人间美好情愫的珍惜。正如王雪莹自语："人生如寄，短暂而渺小的个体生命有如沙漏，在不断的纳入和最后的流失中，只有对于辽阔天地、飘渺人生真切的感怀和深情的回眸、凝视与瞩望所构成的沉郁而惆怅的诗意之美，意趣悠远。"[1] 她的诗亦如水仙一般洗尽铅华，显示女性本真的生命情韵，延伸和深化了女性诗歌创作的精神内核。

羌族诗人雷子在第九届"骏马奖"颁奖典礼上发表获奖感言时讲述了自己名字的由来。她的名字是羌山古碉旁的一朵俄斯兰巴（羌语音译，意为"羊角花"，也叫"杜鹃花"），朴素而真实地在浩荡羌风中歌唱生命的不羁。相对于男性诗人，女性诗人往往更容易以"花"自喻，雷子借羌山古碉旁的"花"柔弱的外表下坚强的精神气质，来凸显自己的女性价值和民族的生命力。雷子的诗在羌山的河流与天际中直抵生命的苍凉与悲怆。在雷子的诗集《雪灼》刚刚完成第九届"骏马奖"参赛申报事宜之后，汶川大地震就发生了。作为地震的亲历者，雷子深深感到生命之不易。那时候，雷子奋战在救灾一线，抢救生命和包扎伤口是头等大事，忘了诗集参赛的事。历经劫难，她庆幸自己还活着。得到获奖消息时，她和她的同胞甚至为之喜极而泣，她觉得这个奖不是颁给她自己的，而是颁给整个羌族人民的。在挥汗如雨分发救灾物资的那些日子里，雷子深刻感受到了生命的宝贵和脆弱。羌族主要生活在四川省的高山或半山地带，是一个生活在雪山草地之间的民族，他们的生命与自然紧紧相连，正如雷子在诗集的后记中写道的："我之所以选择《雪灼》作我的书名，一则是：我生长在雪山草地，生活在羌族聚居地，这里丰富的民族文化养育了我，二

---

① 王雪莹：《文字里的花朵·自序》，《我的灵魂写在脸上》，北京：中国文联出版社，2009 年，第 1 页。

则是：我生命中许多来来去去的人，像冰一样划伤过我，似雾一般弥漫了我的青春岁月，似清水洗涤了我思想的尘埃。而灼亮我、感动我的则是今生与一场灵气冲天的瑞雪邂逅，在皓皓苍苍的天地间，在来来去去的寒暑里它始终润泽着、温暖着我的生命，它的另一个名字叫：真情。"① 雷子的诗充满了对自然和生命的敬畏，呈现出雪山一般的粗犷与豪迈。

在中国传统文化中，地理是充满诗意的，山川地理与文化人格往往相互融合。布依族女作家张顺琼的诗集《绿梦》将高原的形象和大山的气质融入自我人格的书写中。坎坷的人生经历使诗人更具一种人生的深刻体验，她用饱含深情的诗句凝视着巍峨的群山和雄浑的高原，渗透着少数民族诗人的民族气质和民族精神。

> 高原的形象，是山的形象/高原的山民像远古的太阳/远古的太阳在高原闪着金光/重现过去，像梦一样（《赶山》）②
> 我荣幸，我是山之骄子/从诞生的那一天起/我就和山一样成熟/成熟的孩子只接受大山的抚爱/融进大山却不曾被/大山征服（《高原的诗，高原的梦》）③

诗集《绿梦》通过对高原地理的书写，阐释着生命的智慧，体现了对历史、对民族和对家乡的浓郁的情感。张顺琼的诗具有高原生活气息和布依族的风情，既是对古老文化、对民族命运进行思索，更是对民族文化、民族精神的观照，通过对自然的吟颂传承生生不息的民族生命之美。

德昂族女诗人艾傈木诺生活在云南边陲瑞丽，滇西秀美的风光和恬静的生活氛围使她的诗充满了自然的灵性。飘摇的边地苇花、浓密的甘蔗林、高大的桑木树在她的诗歌中诉说着岁月无伤、历史无恙。安详宁静的滇西世界铸就了艾傈木诺贴近自然的人文情怀，她深爱着这片土地，将自己的生命化成对这片美丽边地的想象。"你在桑木树下/养蚕种豆摘瓜/隔岸一水天涯/我绕过水草和石头/灌醉一朵黄花"（《南桑》）④ 这首《南桑》写了南桑人淡然宁静的生命情态。诗人在斜阳照墟、荷锄而归的古典

---

① 雷子：《雪灼》，北京：中央文献出版社，2006 年，第 122 页。
② 张顺琼：《绿梦》，贵阳：贵州民族出版社，1991 年，第 120 页。
③ 张顺琼：《绿梦》，贵阳：贵州民族出版社，1991 年，第 88 页。
④ 艾傈木诺：《以我命名》，昆明：云南民族出版社，2007 年，第 5 页。

韵味中，展现了美好的生活场景。从德昂族村寨走出来的艾傈木诺对生命的感悟尤为真切，长久以来病痛一直折磨着她的身体，她时而绝望于身体的病痛，时而渴望着生命的延续。肉体的疼痛使她的诗歌伸向灵魂深处，那种纸薄命淡飞越苍凉的生命体验使她写出《清明再祭》《招魂曲》这样哀伤而厚重的诗，那种时间消逝梦想犹在的精神感喟也使她写出《香菜塘》《茶叶菁》《楚冬瓜》这样安详宁静的诗。

在少数民族女性文学创作中，对自然生命的诗意观照无处不在。中国的诗学发展中历来就有"知者乐水，仁者乐山"的传统，自然山水是诗人观照的对象，自然形象的某些特征可以象征人的高尚的道德品质和美好的人格精神。少数民族女作家守护大自然的一切，成为大自然最虔诚的歌者。自然对于她们的意义超越了一般写作对象，从某种意义上来说，自然生命已融入作家或诗人的生命和血液中，并化为文字传递着对大自然的生命之歌。

第三节
生机盎然的儿童世界：自然人性的精神传承

在新文化运动的新文学建设中，周作人倡导"人的文学"观，而这一观念的最终形成离不开"女性"和"儿童"的发现。1918 年 5 月 15 日，周作人在《新青年》第 4 卷第 5 号上发表《贞操论》，开始了对妇女问题的讨论，随后胡适和鲁迅在《新青年》第 5 卷第 1、2 号上先后发表了《贞操问题》和《我之节烈观》，更加推动了妇女问题的讨论。而后，周作人在《新青年》第 5 卷第 6 号上发表《人的文学》反复论及"儿童"和"妇女"问题，强调儿童的权利与父母的义务。1920 年，周作人在北京孔德学校做了《儿童的文学》的演讲，可以说是宣告了中国儿童文学的诞生。"五四"时期伴随着"人"的发现，"儿童"和"妇女"也浮出历史地表，走进现代作家的视野。"儿童"的发现意味着"人"真正发现了自己。现代女作家萧红的《呼兰河传》《小城三月》《后花园》、冰心的《往事》《小桔灯》《寄小读者》、陈衡哲的《小雨点》等，都是对儿童世界的书写。当代女作家柯岩的《寻找回来的世界》、迟子建的《北极村童话》、铁凝的《红衣少女》等建构了鲜活的儿童世界。儿童世界的书写也是作家看待世界的一种方式，自然万物皆有灵性，儿童天生具有感知自然的能力。在"骏马奖"评奖的奖项中就包括儿童文学奖，获儿童文学奖的女作家的作品有苗族女作家贺晓彤的《美丽的丑小丫》和蒙古族女作家韩静慧的《恐怖地带 101》，还有部分作品以儿童的视角来写作或塑造了鲜明的儿童形象，如杨打铁的小说集《碎麦草》中的《铁皮屋顶》《碎麦草》《全家光荣》等，以及杜梅的短篇小说《木垛上的童话》等。贺晓彤的《美丽的丑小丫》和韩静慧的《恐怖地带101》可以说是严格意义上的儿童文学，是为儿童而创作的作品。杨打铁的《碎麦草》虽然不是儿童文学，却塑造了鲜明的儿童形象，以女性的经验建构儿童世界，通过儿童来看待世界。杜梅的《木垛上的童话》更像是对一个民族的童年经验的回溯，经由小女孩对童话的讲述追寻鄂温克族的历史和文化传统。

这些小说所叙述的儿童的故事也指向了作家所在的地理空间，展现了特定区域空间的自然地理、社会文化和民风习俗，形成了独特的地方性叙事风格。儿童是一个特殊的群体，对空间和地方的感受与成年人完全不同，他们对地理范围的认知首先来自于能让自己感到身心愉悦的小型玩耍场所。他们更乐于在自然界的边边角角中开辟出能够玩耍的地方，这样的地方恰恰能展示儿童的思想、能力和抱负，他们用自己的小小智慧创出一片令大人也自愧不如的天地。少数民族女作家也注重塑造儿童形象，表现生机盎然的儿童世界。少数民族女性文学对富有自然天性的儿童形象的塑造，对童真世界的观照，寄寓了作家对自然天性回归的渴望和美好人性的期盼。女作家将儿童淳朴善良、天真烂漫的一面呈现出来，带有自然的清新和活力，表达了与自然相通的天性。

一
《美丽的丑小丫》：心灵的治愈

贺晓彤的儿童文学集《美丽的丑小丫》由8篇作品构成，分别从不同的角度描写了不同生活环境、不同年龄层次的一些孩子的生活。这些孩子身上都充满了自然的、天真烂漫的童趣和美好的品质。《铁路边的孩子》写了平常顽皮淘气、上课吹泡泡糖、关键时刻却能奋不顾身英勇救人的小学生的故事。《新伙伴》写了城市孩子金娃到农村姥姥家度假，受到了艰苦朴素、勤俭节约、热爱劳动的教育。《美丽的丑小丫》写了在农村长大的小女儿回到城市家中后使专讲排场的妈妈也受到教益的故事。《老师，我们选你当最佳》通过孩子的视角塑造了因教育有方、耐心帮助后进学生，虽未评上先进，却在孩子心中树起崇高形象的小学教师。《叶绿素夹心糖》写市委书记懂事的小女儿以自己的模范行为使从小娇生惯养、自以为高人一等的另一个干部子弟的思想发生转变的故事。作者以孩子们的知心朋友的身份，亲切而动情地讲述着他们的故事。她对孩子们的性情、心态和精神世界是那样的了解，对每一个孩子包括有缺点毛病的孩子又都是那样的挚爱、同情和关怀："她很注意用优良的传统、崇高的品质和奋发的精神教育儿童，但又绝不板起面孔说教，而是通过一个个生动活泼的形象，把自己的心和爱交给小读者，使他们在熟悉亲切的人物故事中，在审美的愉悦中，不知不觉地获得心智的启迪，受到高尚情操和美好心灵的陶冶。"① 贺晓彤看到了闪耀在孩童身上的纯洁之光，这是照亮尘世的不朽的光源。

《新伙伴》中，金娃从城市到乡村姥姥家过暑假。他就像欢乐的小鹿，感受到乡村的景色——"可开眼界啦！""这儿有瓦蓝的天空、青翠的树林、红艳艳的山花、清亮亮的小溪……多新鲜多美啊！呀，这儿的空气都是甜丝丝的。"② 美丽的大自然美景洗涤着金娃的心灵。金娃对在城市中难得见到的自然风光无限向往，儿童的自然天性得以完全释放。《美丽的丑小丫》流露出贺晓彤对城市生活，以及对奢侈浪费、对养尊处优等"都市病"的强烈反感和批判，同时，也表达了她对大自然和山乡小镇善良淳朴民风的向往与热爱。小说的主人公，无论是由城市进入山村的金娃，还是由山村移入城市的"丑小丫"，抑或对城市生活充满"景仰"之情的小女孩华英，都无不体现出作家对这一类少年儿童的关注。金娃以"剥离式"的模式出现，让乡下孩子的天真无邪来冲决老师的病态；"丑小丫"以"治愈式"的模式出现，她以自己的纯良品质来针砭妈妈的"病躯"；华英则表现得既含蓄又尖锐，她借一块烤红薯，把省歌舞团的"明星"帅霞的矫情、冷漠、傲慢揭示得淋漓尽致。华英是一种象征，她的歌唱天赋、她的纯真热情，极易让人联想起她所代表的帅霞的童年，而自私冷漠的帅霞，又似乎预示着小华英的未来。在这一系列儿童形象的塑造中，寄托着作家对儿童身上没有被尘世所污染的爱和善良的美好品德的承续，这是一种真正意义上的心灵归宿。她以这样的方式告诉人们，不要忘记自己的

---

① 晓雪：《湖南有个贺晓彤》，《晓雪选集4·评论卷（二）》，昆明：云南教育出版社，2008年，第719页。

② 贺晓彤：《美丽的丑小丫》，长沙：湖南儿童出版社，1986年，第71页。

根，不要忘记那小山村的伙伴、小城镇的人们，不要忘记同情和给予、友爱和善良。

儿童文学集《美丽的丑小丫》诞生于 20 世纪 80 年代，正是第一代庞大的独生子女群体成长的时期，改革开放带来城市家庭经济的富足，物质的诱惑影响着儿童的成长，他们缺乏艰苦生活的磨炼。《美丽的丑小丫》表现了对城乡环境差异造成的儿童心理差距，写出了对奢侈浪费、养尊处优的"都市病"的批判，表达了对大自然的向往，对乡村小镇纯朴善良民风的热爱。由城市进入山村的金娃、由乡村进入城市的"丑小丫"、对城市生活充满向往的华英，这些纯洁可爱的儿童继承了中华民族的传统美德，并以此美德影响和治愈着成年人的"都市病"。

二

《恐怖地带101》：草原儿童的"野性"生命

蒙古族女作家韩静慧关注草原儿童的成长，挖掘他们非同寻常的感知自然的能力。韩静慧的儿童文学集《恐怖地带101》中的一系列儿童形象敢于突破常规，表现出草原特有的野性的生命力，展现了人的本真性情。蒙古族生活在广袤的草原上，这里雨量奇缺，温差大，寒冷干旱的时间较长，温暖湿润的时间较短，有大片的沙漠和戈壁，植物生长的环境受限，主要以旱生低温草本植物为主。在这种开阔的生存空间中，自然的风险时常光顾，大雪、坚冰、风暴侵袭着当地人的生存环境。对这种严峻的自然挑战的应对，决定了草原民族在与自然的对抗与进击中必须张扬原始强悍的生命意志，也就形成了蒙古族人民冒险、勇敢、乐观、崇尚英雄的文化精神。草原人强悍的生命意志在孩童时期便已彰显出来。韩静慧生长在草原，非常熟悉草原的环境与气质，草原的气候、民俗等自然文化景观在她笔下真实地反映出来，并服务于她的创作。

《恐怖地带101》以反映草原儿童生活和草原文化精神为主，主要描写发生在科尔沁草原一片大漠上的儿童故事。科尔沁草原草甸与沙漠相连，四季鲜明，景色不同。冬天"大漠上到处是厚厚的积雪，积雪把大沙漠四周稀少的草儿都埋住了，只露出枯黄的草梢和一丛丛沙柳棵子，狂风将雪花掀起，在空中飞舞着，扑打着，教室的墙壁也挂上了厚厚的白霜"①。在这恶劣的条件下，教室里只有一个火炉，同学们的手都冻肿了，有的甚至流出脓来，但仍紧张地复习着。尽管天气如此寒冷，孩子们在课间依然快快乐乐地有说有笑，把校园里的积雪踩得"咯吱、咯吱"响。秋天里，"草甸子上也稀稀拉拉开着不少野花，在这个明净的夜晚散发着淡淡的香气，月亮圆圆地挂在天空，很有诗意，同学们燃了一堆火，围着火堆又笑又跳，玩得非常高兴，玩够了便坐在火堆边吃女生们从家里带来的奶酪、奶豆腐、牛肉干"②。在韩静慧看来，大漠平平坦坦，大漠人的思想也简单纯真，"她热情地歌颂了草原的传统文化和人的精神品质，并以敬仰之情向读者们讲述了一个个催人泪下的感人故事，同时也在作品中呈现出草原般的气质：广博、神秘、自然、纯朴、自由"③。

　　粗犷豪放的自然环境塑造了草原儿童仗义、乐观、直率的"野性"生命。初中生巴雅尔，被称为"敖查的小公狼"，没人敢惹他，时常做出破坏性的事情。这样一个具有草原野性的男孩，也有着天真纯朴的一面。在陈格老师的正确引导下，巴雅尔取得了优异的成绩。草原儿童在桀骜不驯、蓬勃野性的生命张扬中，讲求的是崇信重义的美好品德。韩静慧在《六（二）班的奇人怪事》中塑造了"泼女"佳妮的形象。女孩佳妮是"最大号的怪人"，因为她属于那种强硬派的缺少女孩味的人，学习一般、长相平平、少言寡语。尽管很多人不喜欢她，但她身上依然有着非常可贵的品质，对身有残疾的大伯的孝顺是无人可比的，别人欺负大伯，她就又泼又辣。佳妮对大伯始终存有一份感恩的心。佳妮从呀呀学语起，就跟大伯最亲、最近。大伯一岁时，因为母亲照顾不周从窗台上掉下去，摔坏了，就慢慢长成了驴脸马相和怪异的身体，因此得不到家人的关爱。但大伯是个极有忍耐力的人，对家人的歧视从来不曾反抗过，每日里拖着残疾的身体拔苗、锄地、挖粪，干家里最脏最累的活，住在狗窝一样的小偏房里，吃着残汤剩饭却无悔无怨地生活着，每日脸上洋溢着浓浓的笑意。大伯40岁了仍无妻无子，他把佳妮当宝贝似的疼爱。别人取笑他，他从不动怒，但若是孩子们扔石头砸着了佳妮，他会把眼睛瞪得牛眼一样大骂，把

①　韩静慧：《恐怖地带101》，呼和浩特：内蒙古人民出版社，2001年，第31-32页。
②　韩静慧：《恐怖地带101》，呼和浩特：内蒙古人民出版社，2001年，第17页。
③　王亚玲：《韩静慧儿童文学的文化内涵》，《沈阳师范大学学报（社会科学版）》，2010年第6期。

淘气的孩子吓跑。爸爸妈妈和奶奶对大伯冷眼相待，外人也欺负大伯，佳妮为保护大伯开始变得泼辣，不允许任何人惹大伯。佳妮侍候了大伯5年，大伯用残疾的身体挣钱供佳妮读完小学、初中。爸爸妈妈也改变了对大伯的态度。佳妮泼辣的外表下，藏着一颗明辨是非、重义守信的美好心灵。

《衰草依依》中的达椤是蒙族学生中的头儿，只要他一竖眼睛，班里的男生都围着他转。"达椤"在蒙语中意为"沙岗子"。在草原沙漠里，沙岗子上长的全是沙棘和仙人掌，也正隐喻了达椤这个男孩浑身是刺不好惹的特点。蒙古先民在迁徙过程中，不断地同原始、自然交战。蒙古族少年儿童秉承着忠诚和正直的游牧祖先的气质，倔强、早熟，热爱草原，虎虎有生气。茫茫的草原和浩瀚的大漠孕育了草原儿童原始野性的生命，草原人在大漠的风沙辗转中变得粗糙和成熟起来，产生一种强悍的生命力。草原儿童的成长也离不开他们的生命守护者——老师，老师把青春和热血注入草原的教育事业中。张洁的《从森林来的孩子》中的梁老师在艰苦的条件下依然关爱孩子、培养孩子，传承了传统师道也传承了一种人格精神。柯岩的《寻找回来的世界》中的倩倩，自身也成为照亮儿童生命世界的光。韩静慧在《衰草依依》中写了陈格和沙棘两位老师为了草原上的孩子们献出了自己宝贵的生命，用自己的爱心守护着草原儿童的生命成长，用生命向草原播撒文化的种子。

草原文化的刚猛、鲜活，充满着旺盛的生命力，这正是华夏文明的根本与源头。在长河落日、大漠孤烟和山川戈壁中寻找民族精神和民族性格，是草原文学发展的根本所在。草原游牧生活一代一代积淀和强化着游牧民族的性格，那刚强进取的精神是支撑中华文明的支柱。20世纪30年代，端木蕻良的《科尔沁旗草原》《大地的海》《鹭鹭湖的忧郁》《遥远的风沙》等作品以草原上家族的兴衰际遇为原型，围绕着土地开发，浓缩了时代的变迁，展现了波澜壮阔的宏伟气势。新时期以来，郭雪波的《大漠狼孩》《银狐》等也是对科尔沁草原的书写，书写沙化土地上的生态危机和人与自然的复杂关系，思考草原文化的历史发展和命运走向。作为女作家，韩静慧没有从宏大叙事和历史发展的视角关注草原，而是善于挖掘草原儿童的生命本质，将他们视为自然化的精灵，在草原风情的烛照下，呈现出坚韧乐观、自然而率性的品质。韩静慧构筑了一个多彩缤纷的儿童世界，她赞颂原始强悍的儿童生命力，在纯净质朴的心灵中亲近自然。她试图用这种来自草原的原始人性作为参照系，给纷繁复杂的现代社会注入新的活力和年轻的生命。通过这一创作心态，我们可以看出韩静慧有深深的草原情结，她热爱着出生成长的科尔沁大草原，熟悉这里的一草一木，了解草原精神，同时也着力探索如何将草原文化与农耕文化相融合。她赞美草原儿童的天性，是草原儿童的"代言人"、草原文化的书写者与传承者。

三

《碎麦草》：女性童年经验的书写

杨打铁是第一位获得全国少数民族文学创作"骏马奖"的布依族女作家。获奖作品《碎麦草》也是杨打铁的第一部作品集。收入这部作品集的《铁皮屋顶》《碎麦草》《全家光荣》讲述的是东北儿童的生活剪影，处处散发着童真气息。儿童视角的运用，"为我们寻找作家和文本之间的潜在关系和审美超越提供了另一条思路。而作为一种叙事策略，儿童叙述人和儿童视角在文体叙事学上也具有与成人化、性别化、年龄化等其他的叙述方式不同的意义和作用"[①]。以儿童的眼光观察生活，使作家更容易把握富有生活情趣的细节描写。

杨打铁以儿童的眼光、感觉方式来观察世界，构建了一个独特的艺术世界。《铁皮屋顶》里的叙述者"我"是一个中学生，小说讲述了"我"和"我"的双胞胎兄弟安武，以及校长夫人的外孙子"蝙蝠"之间的生活趣事。小说用孩子的视线来观照居于他们意识之外的世界。跨越年龄层次，使作者对于特殊历史事件的评价消失于文本之外。而小说中的"我"与周围的世界始终保持着一定的距离。由于"我"这个年龄段处于人生的懵懂时期，对于大人的生活和复杂的世界无法理解，因而，通过"我"这样一个叙述者的设置，为杨打铁审视这种生存活动提供了一个意味深长的角度。小说在探讨人生基本的存在意义的同时，也展示了美好的、正面的人性人情。《全家光荣》与《铁皮屋顶》一样，也是运用了第一人称的儿童视角，通过"我"小宝莉的所见，反映了家庭里各人不同的人生状态。在市场卖冻鱼的妈妈、离婚的二姨、当兵的舅舅，在"我"的意识里上演

---

① 何卫青：《近二十年来中国小说的儿童视野》，《四川大学学报（哲学社会科学版）》，2003 年第 4 期。

着不同的故事。

《碎麦草》运用了第三人称的儿童视角，讲述了女孩李小丽的日常生活。在第三人称的儿童视角里，小说这样描述"卖冰棍的小脚老太太"，"雪白的头发朝后梳拢绾成髻，胖嘟嘟的脸蛋，像一只干干净净的大白兔子"①。全篇都是通过儿童的眼睛来描述李小丽所遇到的各类人物，以及她在学校里、家里、街上的细碎生活场景。杨打铁仅用一句"左胳膊戴着'红小兵'袖标"，就轻描淡写地交待了小说的背景。在小说故事的展开中，这一特殊的时代背景似乎并不与人们的日常生活有什么关系。杨打铁通过懵懂少女李小丽的视角将这个特殊年代里的家长里短和平凡人生徐徐展开，就像打开一幅日常生活的风俗画。邻居家的"老妖婆"、同学"二驴子"、卖冰棍的小脚老太太及她的外孙女"疯子"等，都是少女李小丽成长过程中平凡的时光里遇到的平凡的人。这里看不到创伤性的童年经历，展示的是一个平凡生长的女性童年的生命故事。

杨打铁的小说难得有较长的环境描写，在《铁皮屋顶》中却用了较多的文字将田园之景绘于纸上，"我们家的院子不大，别人家也这样，都用密密匝匝的小榆树围起来，修剪整齐，不让它们长高。院子里种包米和豆角，豆角蔓往包米秆上爬。没人种牵牛花，它们自己长出来，缠住榆树不放，开着紫色、白色和粉红色的喇叭花。瓢虫的俗名叫花大姐，也喜欢榆树，贴在榆树叶上，像黄豆瓣那么大……白蝴蝶多得要命，谁家花多就爱去谁家。白蝴蝶最喜欢韭菜花，只有老校长家有韭菜花，白蝴蝶就成群结队地飞去了"②。这些描写不禁让人想到萧红的《呼兰河传》那充满田园风光的后花园。这篇小说中描写了美好的童年田园生活，与现代文学的乡土田园小说相比，没有凄婉悲凉的色调，有的只是单纯静美的童真与童趣。通过这些描写可以看出浓郁的东北生活气息。杨打铁是在吉林省吉林市出生长大的，她的童年经验留在东北这片土地上，因此她对孩童生活的描写主要来源于东北的日常生活。

可以说，以童年视角写就的小说其实是对杨打铁童年经验的书写。杨打铁在小说里呈现的是自我童年的记忆，它构成了作者人生中最为真实而

① 杨打铁：《碎麦草》，贵阳：贵州人民出版社，2004年，第15页。
② 杨打铁：《碎麦草》，贵阳：贵州人民出版社，2004年，第6页。

基本的东西，在女性对日常生活观察的眼光下，"成年人的感知范畴时不时地会掺杂着由早期经历所引发的情感。而诗人有时能够抓住这些来自过去的饱含感情的时刻。诗人的语言像家庭相册中的照片一样，可以使我们回想起失去的童真"①。段义孚在论述空间、地方与儿童的关系时曾追问："什么是儿童世界的感情基调？什么是他对人和对地方依恋的本质？"② 然而这样的问题是难以回答的，儿童无法解释一个地方所隐含的情感，因此这些对地方的怀念富有诗意和情感的文字不会出现在儿童自身的创作中，而只能经过成人的创作才得以展现，只有作家或诗人才能够重寻少年时的美好情感。在当今全球一体化的时代，社会流动性日益加速，就个体而言，缺少童年记忆会导致精神焦虑和情感紊乱，也可称为地方缺失或离乡的焦虑。因此，童年经验对一个人的影响至关重要，对童年生活之地的追忆具有重要的道德力量与精神治病之功效。对自己童年之地的书写可以使作家再续人与地方之间的亲缘纽带。作家通过作品创构了一个童年家园以弥补其现实的缺位，也因此实现了小说主人公在精神上与地方的再次融合。

---

① ［美］段义孚：《空间与地方：经验的视角》，王志标译，北京：中国人民大学出版社，2017年，第16页。
② ［美］段义孚：《空间与地方：经验的视角》，王志标译，北京：中国人民大学出版社，2017年，第16页。

第四章 ○○ 文化的地方：地方文化记忆的传承

任何一个民族的文化都是经过一代又一代人的传承而生生不息的，这种文化之所以会不中断地发展下去，是因为有内在的文化传统，每一民族的文化形成了有别于他民族文化的传统，这一传统作为其文化的根脉和灵魂，内化在民族的长期生活中。"传统是一个社会的文化遗产，是人类过去所创造的种种制度、信仰、价值观念和行为方式等构成的表意象征；它使代与代之间、一个历史阶段与另一个历史阶段之间保持了某种连续性和同一性，构成了一个社会创造与再创造自己的文化密码，并给人类生存带来了秩序和意义。"① 作为民族文化传承和积累的一种范本，少数民族女性文学在本民族文化书写的基础上，大大丰富和拓宽了少数民族文化的审美内涵。少数民族女作家在对女性经验的书写中传达对社会和人生的认识与思考，赋予人物与故事以更深厚的文化意蕴，形成了作品独特的性别气质，更展示了女性所独有的审美气韵和女性经验的社会共通性。同时，少数民族女性文学在书写中表达了对女性群体生存和民族文化历史的审视和自省。

本章主要分析生活在东北、云南、西藏等地的少数民族女作家，在不同的地域空间中如何书写各自所在的"地方"的民俗文化记忆，以及在民俗文化记忆与女性话语的要求下做出了怎样的选择，这些女作家获"骏马奖"的作品形成了什么样的文学面貌或生态状况，并将对种种现象进行深入探析。北方游牧民族基于草原文化、狩猎文化、萨满文化，以及南方山地民族的巫傩文化，使得地方性已经内化为情感形式、想象张力，形成可持续发展的生态观。"地方文化的轮廓，建立在个体释放各种不同层次的原始记忆、情感或依恋的基础上。它显示了全球化背景下，人们对矛盾和不确定性的防卫式拒绝；追溯、皈依地方文化的过程与争取和描述自我的连续性互为表里。"② 地方的民俗文化传统是构成少数民族女作家作品的民族风格和民族精神的重要表征。她们在作品中所表现的民俗文化意不在于对奇风异俗的渲染，更不是为了满足读者的猎奇心理，而是为了传承民族文化精神，展现民族文化性格，在地方文化的书写中传承民族性格之坚韧和人性存在之美善。

---

① ［美］E. 西尔斯：《论传统》，傅铿、吕乐译，上海：上海人民出版社，1991 年，第 3 页。
② 李丹梦：《文学"乡土"的历史书写与地方意志——以"文学豫军"20 世纪 90 年代以来的创作为中心》，《文艺研究》，2013 年第 10 期。

❖ 第一节
白山黑水的关东文化传承

　　关东文化，一般是指明清以来在东北地区所形成的区域文化。因其位于山海关以东，故称其为关东[①]。"在精神文化和行为文化方面，关东文化区别于中原和关内其他文化的特点表现为：以豪放、旷达、质朴厚重、宽厚包容而绝少排他性为特点的关东人群体性格特征，这一特征来自于关东大地白山黑水的濡染，来自于多民族的融合，来自于汉族移民带来的儒家文化的影响；多元碰撞，兼容并包。"[②] 东北地区的居民对"东北"概念的认同感远大于对省籍的认同感，这与这一地区的历史和风俗文化有着密切的联系。历史上，"东北"一词源于近代，辛亥革命后，张学良宣布东北易帜后"东北"一词取代清代发源地"满洲"一词。现在通常意义上的东北地区，一般是指辽宁、吉林和黑龙江三省。事实上，内蒙古自治区的东部广人地区，人们的生活习惯、自然地理环境都与黑、吉、辽三省有着相同的特征。大兴安岭位于黑龙江北部和内蒙古境内，呈东北—西南走向，重峦叠嶂，林莽苍苍，地势从东向南逐渐升高，东西两侧坡度不对称，东陡西缓，两侧的自然带呈明显的地域差异，以东多森林，以西多草原。东西两带有广阔的山林和草原，各民族文化在这里交融生长，体现了共同的审美质素。朝鲜族、达斡尔族、鄂温克族和生活于东北的满族等女作家的

---

　　① 王会昌：《中国文化地理》，武汉：华中师范大学出版社，1992 年，第 234 页。
　　② 胡凡：《关东文化特点刍议》，《光明日报》史学版，2006 年 4 月 18 日。

作品，在一定程度上体现了共同的文化特质和鲜明的东北地方特色。

一

小说创作中坚韧的生存精神

北方边疆，特别是东北地区是现代与原始相交织的特殊地带，这里有着原始文化的遗存，是一片充满神性和灵性的土地。北方大兴安岭地区自古生长着茂密的原始森林，气候严酷，坚冰不消的冻土时间持续较长。古代北方人类的寿命也相对较短。为了满足这一特定区域人们生存的需要，生活在这一地区的人们发展了"尚武""重勇"的民族性格。"从积极方面讲，在以渔猎、游牧为主的东北古代民族中，大自然的严酷、部落的征战，使其处于弱肉强食、生存竞争的条件下，'尚武'、'重勇'，充满野性和行动力量，造就出无畏、不屈的民族性格，充满进取、奔放的活力，有利于部族的生存、发展和壮大。"① 关东文化的"尚武""重勇"精神是为驾驭苦寒的环境生发的一种精神向往和生存活力，对北方文化精神的塑造起着重要的作用，是北方不可取代的特色文化之一，已融入博大精深、丰富多样的中华文化整体之中。生活在这一地带的满族、鄂温克族、达斡尔族等民族在严酷的自然环境中形成了粗犷豪放的性格。

北方民族流传的关东文化，给文学创作带来一种传奇和神秘的色彩。现代关东作家的小说，"在作品中描写的生命的原始力量，社会的原生世相都是粗犷、雄健的关东文化的重要构成，显现了关东文化蓬勃而顽强的生存活力。"② 达斡尔族萨娜的中短篇小说集《你脸上有把刀》中收录的《阿西卡》和《有关萨满的传说与纪实》，讲述着大兴安岭的故事，展现了达斡尔族的文化精神。萨娜生活在莫力达瓦这个关东文化精神盛行的地区，她的小说创作受关东文化精神的影响较为明显。朝鲜族金仁顺的《春香》、满族庞天舒的《落日之战》也对关东民俗做了精彩描绘。"游牧民族在动荡不安的生活里形成一种坚定不移的认识——适者生存。没人可怜倒楣蛋，特别是哭哭泣泣的男人，流血不流泪的格言如同血液一般流淌在他

---

① 刘伟民、孙浩进：《闯关东精神的实质、内涵及特征》，中共齐齐哈尔市委宣传部、齐齐哈尔市社会科学界联合会编《闯关东精神暨关东历史文化研究》，2009 年，第 30 页。

② 贾剑秋：《文化与中国现代小说》，成都：巴蜀书社，2003 年，第 170 页。

们体内。"① 生活在北方的游牧民族始终传承着一种坚勇顽强的生命精神。女作家们不断地深入对边疆自然的历史感的理解，她们的创作实现了对地方书写限度的延展，让地方性不再只是写作的一个策略，而是一种切身的生命体验。

达斡尔族女作家萨娜在《阿西卡》中写了老家敖拉氏屯阿西卡姑姑的故事。阿西卡姑姑诞生的土地有"飞鸟、河流、山川以及一望无际的森林"，寂然无语流淌着的嫩江"从远处的森林顺流而下，穿过丘陵和平原地带，穿过莽莽的原野和田地"②，小说用"广阔"这个词诠释了对这片土地的理解。尽管阿西卡姑姑最终没有实现自己的理想，但辽阔的原野上回荡的神秘的歌声是对阿西卡姑姑的赞美。在《阿西卡》中，萨娜设置了"我"所在的空间与"我"的大姑阿西卡所在的空间的双重并置，通过"我"这个家族历史的探访者的视角展开叙述。在阿西卡的空间里，作家的笔触推进到达斡尔族的历史深处，追忆日渐退化的优秀文化传统，挖掘民族精神资源。"我用苍天赐予的生命和博大的平静来感念我的祖先和逝去的亲人，他们像雾状的阳光一样既遥远又亲近。"③ 小说中的"我"在另一重叙述空间缅怀或重构民族的辉煌，汲取民族的精神资源，使这种民族精神得以代代传承下去。《有关萨满的传说与纪实》中写了父亲阿勒楚丹和儿子木格迪两重空间，阿勒楚丹保护文化经典和兵书，以维系本民族赖以生存的传统文化。小说结尾喻示着民族文化传统对部落生存的重要意义。在对传统文化追寻之中，萨娜塑造了英雄的男性形象"索伦"和"阿勒楚丹"，显示出民族生命力的张扬。

费孝通认为："从人类学社会学的角度看，世界上所有的文明都蕴涵着人类的智慧，每一种文明都值得我们关注、研究，从中汲取营养。"④ 关东文化不仅塑造了东北地区的文化精神，还和北方少数民族的文化艺术、道德法律、政治哲学、民俗风情、医药卫生关系密切。东北的少数民族女作家以一种自觉意识，传承着关东文化在生活中的意义。关东文化的诞生与东北荒寒的自然条件分不开，在这样的条件下，人们的生命安全常常受

---

① 萨娜：《阿西卡》，《你脸上有把刀》，北京：大众文艺出版社，2003年，第106页。
② 萨娜：《阿西卡》，《你脸上有把刀》，北京：大众文艺出版社，2003年，第103页。
③ 萨娜：《阿西卡》，《你脸上有把刀》，北京：大众文艺出版社，2003年，第136页。
④ 费孝通：《论文化与文化自觉》，北京：群言出版社，2007年，第442页。

到威胁，于是通过祈求神灵祛病消灾，体现了坚韧的生存精神。

二
《落日之战》：女性身份的求索与英雄故事的交织

满族作家庞天舒的长篇小说《落日之战》充满着"寻根"的渴望，体现出强烈的民族认同感。庞天舒通过梳理史料，重构了公元 1114 年冬天那场著名的辽金大战。耶律阿保机于公元 916 年统一契丹建立了大辽国，称雄北方的百年霸业被女真族首领完颜阿骨打摧毁。这一段历史无论是史料记载还是民间流传，都是无法抹灭的存在。庞天舒作为蓝旗兵的后裔（满族镶蓝旗人）从小就听老祖母讲述先人征战沙场的英雄故事，这给了她童年灵魂的感召。长大后，她勤奋攻读历史资料，获得了关于金、满在那一片原始森林里筑建的精神和气质，于是驱笔驾车踏遍北国古战场，寻访祖先的文明与智慧，构建了一部东北白山黑水的地方历史。小说的第一章开篇讲道："公元一一一四年，冬至刚过，由外贝加尔湖吹来的寒潮像一支正在迁徙的庞大妖魔家族，嘶吼着越过鄂霍次克海，袭向了宽广的拉林河谷，在某一天夜里莅临辽朝的边塞小城宁江州。"① 宁江州（约在今吉林省扶余县东石头城子）是一座辽廷经营多年的大城，四周城墙高耸，城郭完全依中原样式修建，城防坚固，易守难攻。城西北的鸭子河（今松花江西段，即吉林省扶余县与黑龙江省肇源县之间的一段叫鸭子河）已集结完毕来自各处的辽军，谁料想阿骨打已亲率 3700 骑兵，星夜兼程疾趋混同江（松花江与嫩江在吉林省三岔河汇合后的一段河道被称为东流松花江，它注入松花江后形成南黄北黑水色，因此这一河段也被称为混同江）上游，连夜潜渡，黎明登岸偷袭辽军，借风火攻，首先击败萧嗣先所领军队，然后连续追击溃逃辽军百余里，又斩杀崔公义、邢颖等辽将，缴获甲马 3000余匹套；接着，兵马不歇，又追至斡邻添多击败辽军萧敌里部，斩杀、缴获不计其数②。庞天舒的《落日之战》书写了满族入关以前的历史，对当代文坛的历史小说之风有着影响，不仅获得了好评，还赢得了"骏马奖"。

---

① 庞天舒：《落日之战》，北京：人民文学出版社，1994 年，第 7 页。
② 李强：《金太祖阿骨打的完颜家族》，北京：金城出版社，2014 年，第 55 页。

关东文化早已融入满族的文化积淀。在《落日之战》对北国古战场上英雄故事的讲述中，庞天舒运用了丰富的地域文化元素和古老的神话传说营造了神奇迷离的关东文化氛围。庞天舒不仅创造了一段完整的感人故事，而且讲述了满族在求生存的过程中艰辛而奇妙的历程。在杀伐争战之外，民间风俗仪式与坚贞的爱情糅合在一起，透视出人类生命之初的神性与古朴。小说多处描写了女萨满活动的场景，"主持的女萨满击打抓鼓，甩动腰铃，在山野老林河岸溪边冲来奔去，喋喋地念叨着咒语"。"当阳光到顶，河水滚灼，盘角公羊所食之草再生力最强时，女萨满……旋摆起自己，踏祥云升至高空，饱吸一口九天纯净之气，飞落死者身旁，朝他的口耳眼徐徐吹去，空气灌进了死者身子，人们看到那毫无知觉的躯体在鼓涨，仿佛大地伸出了手掌缓缓托他升向天空。"[①] 在女萨满仪式的指引下，死者的灵魂得到飞升，并最终"死而复生"，这是一种对生命不衰的美好愿望。满族神秘的礼仪是满族先人对生命原始图腾的顶礼膜拜，在萨满族的信仰中，万物有灵，灵魂不灭，死者的灵魂可以重新投胎转世，获得再生的能力。小说显示出独特的艺术风格和民俗价值，用形象生动的语言描摹出了如诗如画的满族先民生活场景，沉重、悲壮的英雄史诗中散发着灵动、飘逸的浪漫色彩。满族古老的历史与文化在作家的想象与建构中复原，古老而久远的情歌和神歌重铸着一个民族生生不息的精神。

《落日之战》既是英雄的颂歌，也是爱情的吟唱。庞天舒既在满族历史与英雄故事的书写中追念满族先祖的丰功伟绩，又在悲欢离合的爱情故事的演绎中思考女性的身份存在。主人公苌楚原本是宋朝的汉族人，在多年的边疆征战中，她的命运随着战争不断被改写，时而是汉族人，时而是女真人，时而又是契丹人。为了生存，女性自身的民族身份可以轻易被置换。在残酷的战争中，苌楚先后嫁给辽军大将萧挞不野、金国大元帅斜也，她的丈夫都是在战场上善于征战的英雄，而她只能不断在战场上寻找丈夫的身影。女性作为战争的牺牲品，处于被塑造、被改写的命运中。苌楚常常追问："哪儿是我的家？"庞天舒用女性的视角看待民族历史的发展，记录了女性生命存在的状态。

学者李鸿然曾这样评价庞天舒："刚过 20 岁的'小格格'就能取得这

---

① 庞天舒：《落日之战》，北京：人民文学出版社，1994 年，第 5 页。

样的文学成绩，不只是个人才情和勤奋的结果，也是时代使然，与满族和整个中华民族文化养育有关。"① 庞天舒也意识到，自己虽然是满族出身，却是被汉文化养育大的，成长之后再重新走入满族的民族历史，将血液深处的民族记忆和童年时的民族文化浸染力唤醒，于是拿起笔书写她的民族。可以说，她的创作就是民族融合的产物。《落日之战》充分展示了作为女作家的庞天舒细腻、深邃的写作风格，对满族历史的追忆与"落日"的光辉交织出一个民族在血雨腥风中成长的画面。在历史小说创作的意义中，庞天舒构建了一部民族生存的史诗，使东北大地增加了深层的精神意蕴，"从以往的闭塞、落后，变成了远古、粗犷和有张力、有生命激情的地方"②。而且在某种意义上说，作品使东北超越了自身，庞天舒不仅仅是在讲东北，更是在讲中国，或者说借东北的历史讲述中国的历史。

---

① 李鸿然：《中国当代少数民族文学史论》（下），昆明：云南教育出版社，2004 年，第 550 页。
② 徐新建：《多民族国家的文学与文化》，北京：人民出版社，2016 年，第 89 页。

第二节
崇山之间的巴楚文化传承

　　长江三峡地区是楚文化的摇篮和巴文化的发祥地。西周时期，巴地和楚地已经形成了共同发展的两个方国，两地人民在三峡地区同生共长，既有亲和也有征伐，构成巴、楚并存的局面，后被秦所灭。巴楚文化实际上是由巴文化与楚文化在历史发展过程中相互交融、碰撞、吸收、借鉴形成的一种独具特色的文化。巴楚文化的特色是：第一，它是一种区域性文化，集中反映在长江三峡地区。第二，它是一种"半巴半楚"形态的文化。《华阳国志·巴志》载："江州（重庆市）以东，其人半楚，姿态敦重。"这里的"东"，泛指三峡地区。所谓"半楚"，是以巴言楚，实为半巴半楚，即一种非此非彼、即此即彼的综合形态的文化。具体到各县、市，有的巴味较浓，有的楚味较重。第三、巴楚文化融入华夏文化的共同体，并随着历史的发展而演进，但始终保持着自己的地域特色、民族特色和文化特色①。楚地拥有奇诡浪漫传统，楚文化与巴文化碰撞融合，形成巴楚文化圈。在行政区划上，巴楚文化分属黔、湘、鄂、渝三省一市。在华夏各民族的交流和融合中，巴楚形成了最富进取心和理想精神的民族群体。在巴楚文化精神的哺育下，湖南、湖北、贵州的少数民族女作家的作品具有别样的文化意义。湖北土家族女作家叶梅的《五月飞蛾》、贵州亿

---

　　① 蒋昭侠、王丽、曹诗图：《三峡地域文化探讨》，《云南地理环境研究》，1998 年第 2 期。

佬族女作家王华的《雪豆》和肖勤的《丹砂》、湖南苗族女作家龙宁英的《逐梦——湘西扶贫纪事》都表现出独特的巴楚文化特色。

一

"舍巴日"与楚地巫师"梯玛"崇拜

叶梅的小说主要以湖北恩施为背景，书写着恩施大地上土家人的生存故事。"恩施这一带位于巫山山脉和武陵山脉的交汇之处，方圆数百里重峦叠嶂，云遮雾罩。"① 美丽的恩施是古代巴文化的发祥地和土家族文化的诞生地之一，是世界优秀民歌《龙船调》的故乡，是湖北省九大历史文化名城之一②。恩施是西南少数民族文化与中原汉文化的融会之地，巴文化的巫文化盛行。叶梅的小说显现出对文化痼疾的超越，呈现出对人性美好的追寻。《最后的土司》中，年青的土司对初夜权这种传统习俗的拒绝，对美好爱情的向往与追寻，表达了少数民族文化中神性向人性的回归。叶梅对于传统的文化继承，有着自己的辩识。恩施这块土家族的大地，以巴楚的灵气为叶梅的文学创作提供了空间和养分。"她以深情的笔触，带领我们领略了恩施这片神奇的土地，清水河、龙船河、野三关、通天洞等自然景观披着一层神秘的面纱，让人如临幻境。"③ 巴楚文化中从《庄子》到《离骚》的浓郁的诗性美学思想，在叶梅小说中也得到明显的呈现。叶梅的小说深深植根于长江三峡流域丰富的文化土壤中，雄奇壮美的三峡自然风光使土家人对自然万物和社会人生有着独特的理解与感悟。叶梅的创作深入生活，直指人心，极力表现土家人在历史与现实中的命运变迁，并试图走入土家文化母体，张扬土家族刚强勇敢、重情讲义、旷达坦诚的文化精神和民族性格。

鄂西土家族生存所在的地理区域，是古代中原文化进入西南的主要门户，这一独特的地理位置使土家文化在传承与发展过程中与其他各民族的文化不断交流融合。在自然交流中，土家族文化不断获得新的能量，从而始终保持着一种生机与活力。宗教祭祀活动是土家族一种重要的文化现

① 叶梅：《回到恩施》，《五月飞蛾》，北京：中国文联出版社，2004 年，第 100 页。
② 袁红、王英哲编：《楚城春秋》，《荆楚古城文化》，天津：天津大学出版社，2015 年，第 174 页。
③ 张鸿彬：《叶梅小说中峡江女性形象的文化价值》，《汉江师范学院学报》，2017 年第 2 期。

象，主持祭祀活动的巫师在土家语中被称为"梯玛"。对巫师梯玛的崇拜是从巴文化中传承而来的，至今已有两千多年的历史。梯玛走乡串寨，为人们主持求神敬神的祭祀活动，在活动过程中传播了大量系统的土家族古代文化①。巫师梯玛在土家族文化的传承过程中起到了重要作用，可以说是土家族文化的传承人。土家文化的发展也包含着巴楚文化的融合，土家族的摆手舞就保留着古代巴渝舞的特征。舍巴日，土家语音译，即"摆手舞"，用锣鼓伴奏，舞蹈动作多表现生产劳动、生活习俗等，旧时多用于祭祀活动。这种歌舞活动，是中华民族经由数千年的时间积淀留存下来的一种祭祀庆典，少数民族人民在歌舞的动作和庆典情绪的烘托中，追忆先祖的辛劳，纪念先祖的伟绩，同时在其中加入自古保留下来的具有民族特点的生活文化场景。叶梅对民间歌舞习俗、宗教祭祀仪式及古老生活场景的再现，建构出自我民族文化认同意识，唤醒文化记忆。

在小说《最后的土司》中，外乡人李安偷吃供品，冒犯神灵，触怒了本乡人。李安又同年轻的土司争夺一个女人，构成了小说情节发展的主线。被两个男人争夺的伍娘在情感归宿上并没有选择任何一方，而是在祭祀舍巴的这一天，将自己作为牺牲品供奉给神灵。伍娘用自己的生命完成了对舍巴的祭祀，与龙船河融为一体。叶梅将人与地方的依恋书写到了极致，她写出了女性内心的情感追求，在民族传统文化的浸润下，女性个人情感的选择归顺于民族传统的强大影响力之下。叶梅也写出了土家山寨内外两种文化和两个民族之间的冲突与融合的过程。覃尧精准的枪法本可以将李安置于死地，最终覃尧选择放过李安，这一举动冰释了两个男人的爱恨情仇，从更高的层面上看，也消解了两个民族之间的文化冲突。"打偏的子弹不光是一种宽容。叶梅用一个富有传奇色彩的叙事为我们再现了一个民族痛苦而又再生的历史经历。我们每个人都生活在具体的民族之中，而每个民族经过几千年历史长河的洗礼，还能够顽强地立足于当代，本身就说明它的合理性与必然性，它吸收和凝聚了多少生命的能量和源源不息的文化传统。这种交错与共生的状态也证明了人类集体的坚韧和伟大。"②

① 杨胜修：《铜仁土家族特色文化的形成与发展》，《铜仁职业技术学院学报（社会科学版）》，2009 年第 6 期。

② 兴安：《女性与少数族：叶梅小说中双重身份的文本解读》，《中华读书报》，2010 年 2 月 24 日第 11 版。

二

"跳傩"传统与仡佬族文化记忆的传承

黔北，是风景秀美但经济并不发达的少数民族聚居区，这也是一块文化底蕴十分厚重的土地，这是仡佬族女作家肖勤生活和工作的地方，这里有她童年的乡村记忆，也有她乡村的工作经历。黔北的淳朴民风和仡佬族的文化传统陶冶熏习了肖勤，使得她的作品始终散发着浓郁的黔北大山的气息。在肖勤的作品中，经常出现大娄山的名称，"夏天的大娄山脉，太阳是有年龄的，清晨的太阳是吃着奶的娃儿，饱满嫩白的光芒像娃儿胖乎乎的小肉手，甜滋滋温嘟嘟贴在人身上脸上"①。小说集《丹砂》收录的小说都很有生活气息，充满浓厚的地方色彩，因为肖勤对黔北大娄山里的生活相当熟悉。20世纪90年代末，肖勤大学毕业后作为选调生到湄潭工作，十几年的工作经历使她对基层生活有着深入的了解，并与基层群众建立了深厚的情感联系。湄潭位于黔北大娄山南麓，是著名的茶乡，这里氤氲清丽的山川美景与古朴淳厚的民风民俗有机结合，为肖勤提供了得天独厚的创作条件，使她成为近年来发展势头较为强劲的仡佬族女作家之一。她的小说体现了女性对自然环境和社会伦理的观照。黔北大娄山是安放肖勤创作生命的摇篮。

仡佬族是一个历史悠久的少数民族，主要居住在贵州省中部、西北部、西南部和云南文山、广西隆林等地。这个古老的民族很早以来就在西南山区繁衍生息，是古夜郎的主体部族之一。在道真仡佬族苗族自治县，仡佬族傩文化和丹砂信仰比较完整地被保留了下来。傩文化在仡佬族民间的广泛流传和发展，"作为一种文化形态在一定程度上满足了仡佬族人的精神追求，给予了人们一定的心灵慰藉，丰富了广大群众的精神生活，发挥着文化传承和教化族人的功能，促进了人的内心及社会的和谐"②。傩文化传入道真地区历史久远，至迟在元明时期就已传入，在六七百年的岁月

---

① 肖勤：《丹砂》，北京：作家出版社，2011年，第2页。
② 周小艺：《兴盛、衰落与重建——黔北仡佬族历史演变的研究》，北京：中央民族大学博士学位论文，2011年。

里，道真傩文化融入了地方特色和民族特色，影响了仡佬人的生活习惯和心理结构。在作家的人生历程中，仡佬族的历史记忆与文化传统对个人的影响是相当深远的。肖勤的仡佬族身份使她不由自主地在创作中寻找远古的民族记忆，在作品中留下深厚的仡佬族印记。她穿过历史的幽径，对仡佬族的民族代码进行解读，书写的是无尽的民族传统文化记忆。而承载仡佬族民族记忆的丹砂成为他们精神的信仰。丹砂是仡佬人智慧的象征，仡佬族是最早掌握炼丹技术的族群。当丹砂越来越成为一种遥远的记忆时，肖勤发现民族正在患上"失忆症"，作为文学创作者的肖勤自觉承担起传承民族记忆的重任，她用手中的笔将丹砂情结融入小说创作中。"仡佬族"三个字，促使她努力寻找着民族的记忆，带着这样的责任感和使命感，她写下了《丹砂》。

　　在《丹砂》中，对于奶奶早年的经历，堂祖公对"我"说出了全部的故事，说出了或许纠缠了他大半辈子的心结。堂祖公始终认为"我"出生时正好与奶奶的魂相遇，因为没有丹砂的指向，奶奶的魂不敢上路，所以附到"我"的身上。在"我"5岁的时候，堂祖公为"我"跳傩，把丹砂给了在他看来由"崽他奶"托生的"我"，并用余生恪守善行。"这个病床上的老人对他要去的那个世界是执着的，尽管要走一段艰辛的路，可他还对路前面的世界充满着希望。"① 这希望就是来自丹砂的照耀，丹砂可以照亮另一个世界黑暗的路。读过书的爸爸对跳傩仪式已经产生了怀疑，不相信灵魂附体的说法，却又无法解释"我"白天睡不醒、晚上不睡觉，以及爱吃红色砂土的习惯，直到医生用科学的方法告诉他，可能的原因是小孩子体内缺锌，影响睡眠，会不自觉地吃一些含锌的东西。原来，"我"对丹砂的"需要"有着不同于奶奶和堂祖公的另外一种意义，那是我生命成长不可缺少的一种元素。"十九岁那年，我嚼着家乡的砂石，骄傲得像头小山羊似的昂首走出了大山。"② "我"生在长在仡佬族文化环境中，饱受丹砂文化的熏染，丹砂让"我"走出大山，走向新的生活。《丹砂》蕴含着肖勤对仡佬族的深沉的爱恋，孩子生命成长中对丹砂的渴求与需要，意味着对仡佬文化根脉的延续。堂祖公的话道出了丹砂在仡佬人生命中如

---

① 肖勤：《丹砂的味道》，《山花》，2009年第20期。
② 肖勤：《丹砂的味道》，《山花》，2009年第20期。

此重要的原因："那是因为，你的骨头里流着咱仡乡的血，我们仡佬人是采砂人，我们需要丹砂，你也需要丹砂。我们的骨血里都缺不了它，它是奶奶的灯，以后你百年归西了，它也是你的灯。活着你离不开它，死了，你也离不开它。"① 丹砂成为仡佬族历史文化的外在意象，是仡佬人不灭的信念。肖勤自觉地把本民族的思维方式、历史记忆、文化传统，作为自己创作的文化精神内核，使仡佬族文化历史传统借文学作品的翅膀传到四面八方。

---

① 肖勤：《丹砂》，北京：作家出版社，2011 年，第 248 页。

第三节
彩云之南的秘境文化传承

　　彩云之南，是云南省的美称。云南是我国地质构造最复杂的地区，境内高山纵横，山高谷深，江河湍急，地形、地貌复杂多样，形成了山重水复和生物多样的自然生态特征。自然的阻隔和高山河流的分割，形成了一个个相对独立的自然生态区，这为云南秘境文化的形成提供了一个天然的环境。远古时，云南分布着百濮、百越、氐羌等不同源流的古代民族，在长期的生产实践和自然适应过程中形成了民族多样性的状态。据统计，在云南省 38 万多平方千米的土地上，居住着 51 个民族，其中有 24 个少数民族是聚落分布的，除汉族外，彝、白、哈尼、壮、傣、苗、傈僳、回、拉祜、佤、纳西、瑶等 12 个少数民族人口，占云南省少数民族总人口的94.5%，其余 38 个少数民族合计占 5.5%[①]。"因云南特有的自然生态和相对隔绝封闭的环境，使各种文化特质得以保存，所以云南又有'中华民族文化基因库'之称。"[②] 独特的自然生态环境使生活在云南的各族群形成了独特的文化心理积淀，在长期的生存环境适应中，各族群也形成了对云南的地方认同感，主要表现为以村寨为单位的地缘情感和血缘情感的交织，区域认同感与民族认同感的并存。在"骏马奖"的 73 位获奖女作家的 88部（篇）作品中，有 12 位云南女作家的 16 部（篇）作品，云南是"骏马

[①]　李志华主编：《中国民族地理》，上海：上海教育出版社，1997 年，第 55 页。
[②]　赵世林：《云南少数民族文化传承论纲》，昆明：云南人民出版社，2011 年，第 65 页。

奖"获奖女作家最多的省份。这些作品均是对云南的书写，是一种去中心化的视野下，对云南"地方"的发现。这种植根于本地和本民族的自我呈现，突出为更多的异质因素。云南境内布满红色土壤，被称为红土高原，有着多重复杂的自然地理环境。云南世外桃源般的丽江、历史悠久的大理古城、神秘的香格里拉、风情旖旎的西双版纳、风景如画的苍山洱海彰显了这片神奇的土地特有的魅力。这片红土高原滋养着云南各族儿女。在这片山水相依的地方，云南少数民族女作家们用她们的笔描绘出神秘美丽的生命秘境，同时也关注民族文化在新时代下的传承、发展及所面临的困境。她们的作品呈现出独特的文化气息和精神品格。

一

在佤族山寨探寻秘境

为何阿佤人得以在如此久远的历史中，较为完整地承继远古祖先的文明？这要归因于这支民族所处的地理环境的复杂性和封闭性。佤族主要分布在澜沧江和萨尔温江之间的怒山山脉南段，自称"阿佤"，意为"住在山上的人"，属山地民族。佤族人民从远古时代就与我国各族人民共同开拓了祖国边疆，创建了自己的家园和历史文化。佤族文学不仅承载了佤族文化的核心特质和思想内核，同时也构成了中国文学的一个重要的部分，不仅有自己独特的文学个性，也受汉族文学和其他各民族文学的影响。佤族是在中华人民共和国成立之后才有自己的文字的，作家文学才开始出现，在此之前佤族文学主要是民间口头文学。在历届获"骏马奖"的女作家作品中，有3位佤族女作家的5篇作品获奖，分别是董秀英的短篇小说《最后的微笑》（第二届）、中短篇小说集《马桑部落的三代女人》（第四届），袁智中的小说《最后一封情书》（第五届）、报告文学《佤文化探秘之旅：远古部落的访问》（第九届），伊蒙红木的报告文学《最后的秘境——佤族山寨的文化生存报告》（第十一届）。

董秀英1991年出版的中短篇小说集《马桑部落的三代女人》是佤族作家出版的第一部文学集。董秀英是佤族文学史上第一位书面文学作家，被称为"结束了佤族没有作家历史的人"①。小说对生活在阿佤山的佤族人的宗教信仰、婚姻习俗等进行了生动的描绘，讲述了佤族妇女在新中国成立前后那一特定历史阶段的生活画面和历史命运。由于军阀的屠杀、迫害，一些佤族同胞逃进深山老林而逐渐聚集成马桑部落。小说主要表现了马桑部落形成后一家祖孙三代妇女的生活经历和遭遇。女人叶戛生活在新中国成立前，她找到了称心如意的丈夫。后来，她的丈夫死在野牛角下，她不得不按照民族习俗做了丈夫兄弟的妻子，而丈夫的兄弟变成了鸦片烟鬼，叶戛成了他的奴隶，最后惨死在饿鹰的爪下。叶戛的女儿娜海，从小受后父的虐待，后父逼她嫁给了家里有牛的岩经，当她给丈夫生了儿子后，丈夫的脸上才出现了笑容。娜海的女儿妮拉，出生在新中国成立前夕，是父母受了头人的煽动逃跑时丢弃后被解放军救活的。她在政府和老师的帮助下充满希望地走出了大山，到县里读了书。董秀英选择社会大变动的新中国成立前后那一历史时期为背景，使佤族女性命运的内核更集中地凝聚起来。小说通过三位佤族女性的命运沉浮，把佤族女性历史的发展脉络更鲜明地展现出来，通过独特的构思和形象的笔墨勾勒出佤族人民的苦难史和翻身史，给人浓重的历史感②。

　　袁智中是继董秀英后第二位获"骏马奖"的佤族女作家。袁智中不仅是佤族作家，还是一位佤文化的研究者，《佤文化探秘之旅：远古部落的访问》详细记录了一个叫作戛多的佤族村落的历史文化。戛多是沧源县名不见经传的村落，位于沧源县最为偏僻的角落，与缅甸仅有一山之隔，这个默默无闻的村落常常被人们遗忘。袁智中以佤族作家的身份，对佤文化进行了全面的解读，描写了猎人头、剽牛血、烂板、木鼓等与祭祀有关的风俗和事物，在这些早已随风而逝的文化记忆中发现更多真实的历史。伊蒙红木的《最后的秘境——佤族山寨的文化生存报告》共 29 篇文章，作家深入佤族山寨，通过田野调查复现了佤族经历了漫长时间洗礼后文化习俗和生存景象的流变，用大量图片记录了佤族文化的样态。《最后的秘境——佤族山寨的文化生存报告》既是对佤族神秘文化的探寻，也是对民

---

①　当代云南佤族简史编辑委员会编，赵明生主编：《当代云南佤族简史》，昆明：云南人民出版社，2015年，第 170 页。

②　黄晓娟、晁正蓉、张淑云：《中国当代少数民族女性文学研究》，上海：上海文艺出版社，2014 年，第38-39 页。

族文化之根的追溯，描述了佤族原生态的文化现象和历史记忆，从民间故事到口述历史，从原始自然崇拜到外来宗教信仰，作家用纪实性的文字对民族文化进行记录和深入地解读。佤族人坚守着对自然的认同，秉持一种质朴的原生态的文化追求，他们信奉万物有灵，这种神秘的文化色彩形成佤族传统文化的内核。佤族是一个神秘的民族，源于古代百濮族群。在漫长的历史发展过程中，佤族人过着自成村落的生活，形成了相对稳定的神秘、古朴的佤文化。佤族女作家注重通过文学作品挖掘佤族文化中特有的精神价值，她们的作品成为世界认识佤族、了解佤族的重要载体和媒介。女作家们不仅真实地记录了神秘的佤文化内容，更在精神上传承佤文化的内蕴。自然环境的艰苦铸就了佤族坚毅的民族精神，这是文学作品对佤文化的传承中最核心的内容。阿佤人以永不妥协的精神在贫瘠的土地上耕耘，他们的心性在自然中得到锤炼，汇聚成共同的民族精神。

二

苍山洱海的白族文化的传承与蜕变

与山地民族佤族不同，云南白族主要生活在平坝和低山丘陵地带，居住在高寒山区的人口较少，主要聚居在大理白族自治州和兰坪白族普米族自治县。大理拥有优越的自然地理气候条件、肥沃的土壤、众多的湖泊水库等，成为远近闻名的鱼米之乡。苍山洱海风光秀美，滋养了白族人热爱生活、善待自然的美好品德。白族较早就接受了汉文化的影响，与云南省其他兄弟民族及边境各民族的交往也比较频繁。白族文学也经过历代作家的积累不断丰富和发展。白族女作家的创作具有强烈的本土意识，围绕白族古老的民俗和现代社会生活创作出一批独具个人特色和地方性审美经验的少数民族女性文学作品。如《谁有美丽的红指甲》就是景宜创作的白族女性生活在苍山洱海畔的生命经历。苍山洱海之畔山清水秀、风景如画，这个美丽的地方赋予了景宜独特的灵性与审美感觉。"我从小生活在苍山洱海间，我的母亲和保姆用白语教我走路，告诉我花的名字，给我讲述祖先留下来的动人故事，我也曾经在大青树下听白族老艺人弹奏大本曲。正是有了小时候的那些经历，我早年的作品大多数写的苍山洱海，写白族妇女的生活。"① 小说用女性意识审视苍山洱海之间的女性形象，深入挖掘了白族女性的心理，展示了白族的民俗风情。

景宜的中篇小说《谁有美丽的红指甲》被誉为中国少数民族妇女文学的起步和开篇之作，获第二届全国少数民族文学创作奖。20 世纪 80 年代初期的中国文坛和各地媒体对景宜的出现纷纷给予报道宣传。她的作品被翻译成英、日、印、泰、乌尔都、哈萨克等文字在国内外出版。中国著名文学评论家冯牧先生率先在《文艺报》发表专版评论："景宜小说的突出特点在于她强烈的女性色彩，当然这不仅仅是因为她小说中的主人公大多都是女性的缘故，而是在那一组组错综复杂的矛盾事件和一个个性格迥异的妇女形象背后，所浸透的女性意识——女性对于这个世界的认识方式，从而表现了这些女性的欢乐与痛苦、理想与追求等等。"② 双月岛位于洱海东边，是一个美丽的渔村小岛，岛上主要以白族居民为主，他们坚守着白族的风俗习惯，动听的白族民歌和美丽的民间传说故事流传不衰。火把节是白族古老的民俗，在火把节的前几天，白族妇女和小孩要用凤仙花染红指甲，谁的指甲染得又红又艳就会得到别人的赞扬，火把节染不红手指甲的女人，会被视为不洁。景宜通过小说人物性格的塑造，探寻古老的民族习俗在现代化转型过程中面临的冲突与挑战。新一代白族农村妇女白姐为了追求自己的幸福，勇敢地打破白族古老的民俗，对世俗社会发起挑战，在这里我们看到了白族妇女的觉醒。

小说集《谁有美丽的红指甲》获第四届全国少数民族文学创作奖，收入其中的《骑鱼的女人》《雪》《岸上的秋天》同样塑造了性格鲜明的白族女性形象，她们既有白族传统女性温顺贤淑的品质，又勇于突破传统，向往和追求新时代的生活。"在新时代的冲击下，这一代的作家在民族文化传承和民族身份认同等沉重的话题面前不断进行摸索。"③ 景宜一方面试图重新找寻民族文化的根，确认自我的民族身份，在作品中思考和构建新的民族特色，表现出对传统文化的传承；另一方面，也表现出对现实生活及民族未来发展的思考和希望。《月晕》和《新船》是两篇相承相连的小

　　① 黄玲：《高原女性的精神咏叹：云南当代女性文学综论》，昆明：云南出版集团公司，2007 年，第 70-71 页。

　　② 杨恒灿主编：《大理当代文化名人：文史篇》，昆明：云南民族出版社，2005 年，第 95 页。

　　③ 赵文英：《当代白族作家文学的艺术语言研究》，武汉：华中师范大学博士学位论文，2016 年。

说，主要写了白族女性思想意识的变化。面对时代生活的大潮，白族女性蜜婉已经意识到，船商作为一种新兴的行业要比传统的船匠行当有更大的发展机会。她让丈夫离开老船匠，又把老船匠的徒弟们都招为己用。尽管她的行为不被人所理解，但她对于那些"祖先生你来世上，是来做劳力的，不是来做生意的"指责并不在乎，她已经看到了民族文化的发展必然要与现代文明相融合。蜜婉代表了传统观念在现代思想的冲击下的蜕变和转折，意味着在时代浪潮的冲击下，古老民族的文化传统需要新的蜕变才能焕发出新的生机与活力。

三

在丽江古城触摸东巴文化

丽江古城座落于滇、川、藏交通要冲，与茶马古道息息相关，茶马古道的繁荣造就了古城的辉煌，藏族、白族、彝族等各民族与纳西族相互融合，各民族之间在建筑风格、思想文化、生活习惯等方面相互融合，最终形成了多元共生的丽江古城。书写丽江没有比和晓梅的笔触更有力的了。和晓梅生于东巴文化世家的背景注定为她的丽江书写铺陈出与众不同的视景。和晓梅的丽江故事从小说《深深古井巷》和《女人是"蜜"》便已开始延展，这两篇小说写了纳西族女性内心的隐秘情感，开启了丽江纳西族女性叙事的篇章。追寻和晓梅创作的思想源头和文化根脉，离不开云贵高原上的纳西族文化。纳西族主要分布在云南的丽江、迪庆和川藏交界地带。这片土地充满着高原阳光的炙热和雪山的神圣，这天然的环境滋养了和晓梅的创作。"这里有一块平坦的草甸，盛夏的季节，疯长着绿草和各色鲜花，在多山的滇西北高原，群山中静卧着这样一块广漠得令人费解的平地，周遭是不知生长了几百年的苍天云杉，有着斑驳的树干和深垂在腐质地上的树须，抬起头，轻易看得见终年积雪的玉龙雪山，十二主峰蜿蜒连绵，扇子峰亭亭玉立，同时，还能看见蓝天，蓝成心底的颜色，蓝成无比深邃的空落。"[1] 这里仿佛是可以放飞灵魂的壮美和纯净之域，年轻的生命在这样的世界里自由而野性地生长着。

---

① 　和晓梅：《呼喊到达的距离》，昆明：云南人民出版社，2012 年，第 204 页。

　　在获"骏马奖"的小说集《呼喊到达的距离》里，和晓梅对于丽江的讲述已超越对一个民族的关注，而是"以引人注目的民族特性和鲜明的女性话语，在全球工业化时代里，追寻着爱和生命的快乐，力图抵达人类自由、社会自主和经济平等的美好境界"①。和晓梅出生在东巴世家，东巴文化天然流淌在她的血液中。"东巴"意为智者，是东巴教的祭司、纳西族最高级的知识分子，也是东巴文化的主要传承者。和晓梅将东巴文化和女性命运的现代意识以新的面貌结合起来，同时将丽江的本土特质和人文关怀投射其中，形成了丽江书写的突出特质。在和晓梅看来，文字与文字之间的距离、文章与文章之间的距离，是容易到达的，正如思想与思想的距离并不是无法逾越的。作为一个文学创作者，晓梅是幸运的，她能够用手中的笔书写纳西族的思想与灵魂。和晓梅的小说描写了"成丁礼""殉情"等纳西族的风俗，成为她探寻古老的东巴文化的切入点。

　　成丁礼又称成年礼，是纳西族的传统礼仪。在成丁礼中，男子要接受生理上的考验和心理上的教育，如果考验合格，则可以穿上成年人的服饰，拥有族群内部相应的权力，同时接受本民族文化的教育，增强民族认同感。"就人生礼仪而言，不论哪个社会，潜在的教育功能都是一致的：再度肯定人所处的阶段、身份、地位，明确应承担的权利和义务；同时传递文化遗业，增强认同感。不言而喻，在仪式中，最具教育和文化传承功能的是人生礼仪。"②成年礼的文化传承功能表现在仪式的象征意义上，对于纳西族人来说，这是一个心理上具有重大意义的事件，经过成丁礼以后，纳西族男子才能真正成为族群的一分子，意味着对部族的发展能够承担起一定的责任和义务。收在小说集《呼喊到达的距离》中的《未完成的成丁礼》描写了泸沽湖边的摩梭少年泽措在成丁礼中的经历，以及这场成丁礼对他此后人生的影响。泽措原本对成丁礼充满期待，却因为母亲为成丁礼准备的是一条带花的儿童牛仔裤而打碎了。此后的日子，这条带花的牛仔裤不断地在他的记忆中重现，那个未完成的成丁礼，成为他对泸沽湖边的宁静岁月和少年时光的无限牵念。在此，和晓梅提出了一个如何处理现代化与本民族传统文化的关系的问题。母亲准备的带花的牛仔裤，意寓

---

① 叶梅：《寻找爱和生命快乐的民族女性话语》，《民族文学研究》，2008年第2期。
② 赵世林：《云南少数民族文化传承论纲》，昆明：云南人民出版社，2011年，第91页。

着现代化的商品经济于无形中冲击着族群内部生活。在和晓梅看来，现代化与本民族传统文化并不是对立矛盾的，而是可以协调发展的，传统文化以其所具有的民族向心力和内聚力对民族发展和社会进步起到巨大的推动作用。和晓梅在细节处捕捉到民族传统如何印入一个少年的骨髓，泽措在成年以后走向现代化的都市，民族的印痕与文化的根脉依然如影随行，不会遗忘。

《飞跃玉龙第三国》写了纳西族的祭风仪式和殉情习俗，对纳西族的服饰也有细致的描写，"纳西族男子装束实则简单，里面是或白或浅蓝的对襟汗衫，外面是翻着羊毛的羊皮马褂。腰间束亚麻色的宽大腰带，适合抵御高原的寒冷气候，也适合劳作。这种保留有游牧民族特征的装束轻易令人想到纳西先民在草原驰骋放缰纵马高歌的时代"①。游牧民族的开放胸怀和无拘无束的精神追求，使得玉龙第三国的传说在纳西族人中久久流传。玉龙第三国是纳西族传说中的理想国度，这里天地日月与自然万物融为一体，没有仇恨没有疾病，是殉情者的天堂和净土，是纳西族人的精神圣地。小说中的主人公土司家的小姐吉佩儿为了追寻玉龙第三国的理想世界，毅然选择与爱人殉情。纳西族的殉情习俗由来已久，是一种带有悲壮美感的民族风俗。殉情源于民族性格崇尚自由爱情的传统，这也给纳西族女作家的创作带来深沉的女性悲剧情调。纳西族玉龙第三国的传说和殉情文化深深地影响了和晓梅的创作，她小说中的人物也不自觉地选择生死相依的道路。

和晓梅对云南纳西族生活的这片土地始终充满感恩之情，这片土地充满着纳西族人持久的生命力，这个拥有悠久历史和灿烂文化的母族，也给了和晓梅源源不断的创作力，使她获得了来自母体的巨大力量，得以用笔讴歌一个民族所焕发的生机。和晓梅在《呼喊到达的距离》中塑造了一个个性格鲜明的纳西族人物形象，表现了纳西族的生命意识和文化特质，把民族风情和女性叙事相融合，表现出了丰富的文化内涵。

---

① 和晓梅：《飞跃玉龙第三国》，《呼喊到达的距离》，昆明：云南人民出版社，2012 年，第 201 页。

第四节
高原世界的雪域文化传承

　　青藏高原人烟稀少，被称为"地球之巅""地球第三极"，北部是羌塘大草原，西南部是雄伟的喜马拉雅山脉，特殊的地形使西藏形成一个封闭的地区。阿里三国是世界上海拔最高的地方，是众水之源头、千山之巅峰。卫藏四茹，即通俗意义上所说的前藏和后藏的总和，从今天的行政区划上来看，也就是西藏自治区版图上的拉萨河谷和日喀则及其以西、以北的广大地区，还有山南，以及部分林芝及那曲地区。从政治、历史、文化等方面来说，这里长久以来一直是西藏地区的核心区域。下多康六岗，"岗"是对两水之间高原的称呼，"多康"是"康"与"安多"的合称。"多"即"安多"，也就是今天的四川、青海、甘肃等省份的藏族居住区域；"康"即康巴，指的是今天行政区域划分上的云南迪庆藏族自治州、四川省阿坝藏族羌族自治州和甘孜州的部分藏地及西藏的昌都地区。通常，人们把整个藏区分为卫藏、康区和安多三大部①。世界屋脊的特殊聚居位置为这个少数民族族群创造了独特的文化土壤。藏族作家们努力通过创作去表达对山河湖海的壮美赞歌和对雪域文化的虔诚坚守，既形成了一种民族化的审美书写，更在本质上展现了他们的族裔传统。雪域文化即青藏高原文化圈，包含了藏族游牧部落文化、藏族农耕文化，以及农耕经济

---

　　① 苏发祥：《藏族历史》，成都：巴蜀书社，2003年，第1页。

与游牧经济交错杂处的藏族农牧型文化；从内容看，雪域文化蕴含了藏族原始文化、藏族民间文化，以及在青藏高原独特的地理环境和历史文化背景中产生形成的藏民族文化心理结构——民族性格[1]等。书写藏族的历史和雪域文化是藏族女作家写作的初衷，也是其创作的源动力。藏族文学的审美趣味与雪域文化丰富的民间资源和民俗文化紧密相联，藏族女作家用现代性视野和价值理念对雪域高原的神话、传说、信仰进行重新审视，她们用文字书写和传承着雪域文化中高洁的人格品质。

一

雪域文化与女作家的写作

20 世纪 80 年代以来，在全球化语境下，藏族作家适时调整创作心态，对自己的文化身份进行反思与重构，努力探索民族文化的本质与现代的转型。阿来的《尘埃落定》、扎西达娃的《西藏，系在皮绳扣上的魂》，通过对拉美魔幻现实主义和荒诞派的借鉴，在对藏族民族魂的追寻过程中试图找出一条联结历史、传统与未来的路，以期使藏族文学传统融入世界文学格局。在当下藏族文学面临的多元文化背景下，藏族女作家却以独特的女性视角对藏族的历史进行诗性的追寻。"她们用幽深的女性情怀追忆着藏文化背景下女性的心灵史。深沉的民族情怀和独特的女性意识构成当代藏族女性文学的审美特征。"[2] 雪域文化对藏族女作家的创作产生深远的影响。她们追求心灵的净化和澄明，民间文化资源自然地融入字里行间，化为心灵信仰的力量。

在第一至第十一届"骏马奖"获奖名单中，有 6 位藏族女作家的 7 部作品获奖，其中有 2 部藏文作品。每两届"骏马奖"就有藏族女作家的作品获奖，央珍和梅卓的长篇小说《无性别的神》《太阳部落》同时获得第三届"骏马奖"。这 7 部作品涉及从古至今各个时期的藏族地区的历史文化，有军阀混战的安多地区，有社会主义新时期建设的甘南草原，有现世安稳的宁静村落等。这些获奖作品有着共同的特点：书写雪域高原的人与

---

[1]　丹珍草：《藏族当代作家汉语创作论》，北京：民族出版社，2008 年，第 43 页。

[2]　黄晓娟、张淑云、吴晓芬：《多元文化背景下的边缘书写：东南亚女性文学与中国少数民族女性文学的比较研究》，北京：民族出版社，2009 年，第 229 页。

事；揭示或隐或显的藏族文化密码。这几位女作家在作品中书写个人经验和民族记忆，以及雪域文化的承继与变迁。

益西卓玛和梅卓是来自雪域高原安多地区的女作家。安多是指屹立在青藏高原中部的阿庆冈嘉雪山与东北部的多拉仁摩雪山之间的广大地区①。安多范围大致相当于青海省的海北、海南、黄南、果洛四个自治州及海西五州、四川省的阿坝州北部（若尔盖、红原和阿坝县等）、甘肃省的甘南州及武威市的天祝县。梅卓的故乡是青海的一个部落，这里具有藏族的古老风韵和突出的民族性格，她的小说便以此为背景对民族心灵史进行了一次追忆，实现对民族记忆的传承。梅卓的小说《太阳部落》对安多的书写通过对历史事件的追忆、对文化风俗的描写和对民族传说起源的讲述三种方式来完成。雪域文化使她赋予人物与故事以独特的韵味。梅卓一再体悟着新旧时代交替夹缝里生存的雪域文化。央珍的长篇小说《无性别的神》和短篇小说《卍字的边缘》通过对雪域文化的中心卫藏拉萨的书写，写出了女性对信仰的追寻历程。

益西卓玛 1963 年秋回到故乡甘南从事文学创作，1980 年创作短篇小说《美与丑》。小说塑造了畜牧技术员侯刚和模范放牧人松特尔的人物形象，经由独特的性格、心理及生活方式的描述，展现了生活在甘南达何尼草原上的藏族人民的生活，以及草原人民朴实美好的品格和心灵，揭示了藏族牧民渴望科技进步的热切希望。小说所描写的"辽阔的大草原上绿波千顷""五彩斑斓的野花""野百灵宛转的鸣叫"，无不显示着生活的美好和心灵的美好。益西卓玛的小说以高原女性的视角，把生活在独特地域中的女性生活展现出来，书写女性对美好人生的渴望。更重要的是，益希卓玛极力去展示了她心中的草原在空间和画面上的记忆，展现藏族人民朴实的民风民俗。这种书写不仅仅是对于地理环境和社会环境的复现，更注入了作者自身的文化认同感和对民族情感的想象，使得小说中辽阔悠远的草原承载了比字面意义和三维空间更为丰富的情感因素，深刻地表现了作家对于归乡的眷恋和渴望之情。作品运用了大量的藏族言语和歌谣，同样可以侧面证明这一点。藏族传统文化已融于益西卓玛作品的肌理中，彰显出鲜明的藏族地域风情和藏族女性的文化心理。广阔无际的湖畔草原、险峻

① 梅卓：《安多：众神之居与居之众神》，《走马安多》，西宁：青海人民出版社，2009 年，第 29 页。

的高山沟壑这样独特的地理条件造就了藏族人民宽广纯洁的品性和激烈彪悍的个性。远离都市文化的封闭同样显现在了藏族人的性格中，让他们显得有些固执。益希卓玛将藏族人的这种独特的个性体现在了小说人物身上，代表性人物就是松特尔。在松特尔身上，我们可以看到非常立体的藏族汉子的品性，通过他，可以触摸到那种充满了棱角但又不失温度的民族气性。小说中对于民族个性的塑造越明显，我们就越发能感受到益希卓玛对于雪域文化的认同。此外，益希卓玛对于民风民俗的生动展示，更是深刻地表现了作家自身的民族身份。她自觉又自信地将民族文化展现在自己的创作中，体现了她对于雪域文化的深厚情感和传承意识，有时虽然还不够成熟和深刻，但她能如此自觉地去进行民族文化的展示和表达，在20世纪80年代文学和社会都在大转型的时期，已经非常难能可贵了。

央珍的长篇小说《无性别的神》"最为本色地撩开了西藏的外衣"①。小说在日常生活的细微描述中，反映了噶厦政府的权力争斗，写了贵族小姐央吉卓玛的命运变化。央珍对西藏的历史文化有着特殊的情感，她站在文化的层面审视和反思藏族社会历史文化。

央珍以女主人公央吉卓玛的视角，既写了自由自在的童年时光，也写了西藏地区的社会风情。《无性别的神》以帕鲁、贝西、德康三个庄园和寺院为物质空间载体，展示拉萨地区的藏族文化。小说开篇写到央吉卓玛从外祖母的府邸回到德康大院，她回到这里感受到的是一种寂静荒凉感，这既是央吉卓玛内心的写照，也铺陈了小说整个基调，继而引出央吉卓玛父亲去世这一事件。央吉卓玛被认为是家中的不祥之人，这个家对于央吉卓玛来说，没有太多的温暖。此后，母亲嫁给了新老爷，央吉卓玛继续着地理空间的流转经历。央吉卓玛的继父去昌都上任，母亲与弟弟陪着继父前往昌都，央吉卓玛被送到帕鲁庄园。在帕鲁庄园，她感受到了短暂的爱和温暖，之后而来的是残酷的现实。她又辗转到姑姑家的贝西庄园，在贝西庄园的遭遇使她目睹了人世间的一些丑陋行为，央吉卓玛的心灵依然无处安放。在不尽的辗转流徙后，央吉卓玛已不再是原先的大小姐了，那一身的"野气"已无法融入阔别多年的家里。母亲的不满、父亲的去逝，让

---

① 蒋敏华：《全球化语境中的文化心理——兼评马原、央珍、阿来的西藏题材小说》，《江淮论坛》，2003年第5期。

她的家再也没有了昔日的温暖，央吉卓玛在迷茫和失望的痛苦中忍受着煎熬。重返家园的央吉卓玛再次选择了离开，去寻找最后的停泊地。于是央吉卓玛出家修行，诚心向佛。在寺院修行的经历让她重新审视自己的生活，这里依然不是她追寻的乐土。直到西藏解放，"红汉人"的出现刷新了央吉卓玛对世界的认知，决心追寻"红汉人"的脚步，走向一个不一样的世界。于是她坐上牛皮筏离开圣地拉萨，去内地寻找灵魂最后的"皈依"之地。

同样以中国人民解放军进西藏的历史为背景，降边嘉措的《格桑梅朵》以正面描写英雄事迹为主，通过与敌对分子的战斗塑造英雄的形象，给人一种宏大的历史感。相对而言，央珍在《无性别的神》中用女性的视角观照藏族社会发展的历史。央吉卓玛的生活三部曲表现了藏族女性的坚韧，以及女性生命本质的顽强和伟大。当央吉卓玛看到藏在军帽下的女兵时，发觉自己内心追寻的神并不是神座上的佛陀大师，于是，她再次走上了对信仰的追寻之路。央吉卓玛对内心的永恒的追寻注定了她的生活是一种边缘处的流浪，是没有止境没有终点的心灵追寻。央珍的小说表现出对苦难的切身体悟，同时对藏族文化的未来走向给予了深切的关注。有着悠久历史和古老文明积淀的藏民族传统文化必然要向着现代化的道路行进，而外来文化是民族文化发展不可遏制的希望。央珍的小说既传承雪域文化追求精神自由的理想，又完成了对西藏文化历史的一次现代审视。现代文明实现了藏族人们心中信奉的众生平等信念，是民族文化前进的希望，雪域文化需要走出封闭的空间，与华夏文明相融合，这是雪域高原文化长河绵延流淌的新的动力。

二

《太阳部落》：女性话语与历史记忆的传承

在益西卓玛获得"第一届全国少数民族文学创作奖"将近 15 年之后，梅卓再次书写安多，却表现出了不一样的质素。长篇小说《太阳部落》追忆发生在安多这片草原上的那些惊心动魄的往事：部落与部落之间刀光剑影的搏杀、男人与女人之间复杂的感情纠葛、正义与邪恶势不两立的较量，构成了梅卓小说的叙述内容。她以女性特有的细腻目光透视藏族文化背景下女性的生存境遇，同时也完成了一次对民族历史的追忆。与天齐高的高原地理位置让藏族先民的思维空间伸向了天界。藏族是个崇尚"天"的民族。天与地的和谐统一成为藏族文化起源的焦点，他们的神话、传说都与"天"有着天然的联系。梅卓基于藏族文化的传承意识自觉追忆民族的历史，《太阳部落》的"引子"中追忆了藏族赞普的历史，在公元前350年前后出现了藏族先民的第一位国王——聂赤赞普。藏族的传说认为，聂赤赞普是从天上来的，降落到若波神山之顶，他看到雅拉香波雪山耸立，雅隆地方土地肥沃，于是下到赞唐贡马山上。牧民们以为他是从天而降的天神之子，便以肩膀为座把他抬回住处，尊他为王，称"聂赤赞普"，意为"肩舆王"①。此后延续30代，直到7世纪松赞干布统一西藏建立吐番王朝，伊扎部落的故事就在此展开。《太阳部落》中的伊扎部落位于青藏高原的赤雪佳措碧湖之畔，东邻严家庄，西邻沃赛部落。小说讲述了20世纪初青藏高原上这两个部落之间的战争。对民族神话传说的书写是地方性叙事的重要方式，民族传说中关于祖先起源的叙述，围绕着特定地方而产生的民族历史，形成了一个民族的文化内涵。"作为用创作承载民间文化的传承者，梅卓身上有着渗到骨子里对藏族文化命运和文化未来的责任感与使命感。"②梅卓不仅在追忆民族历史中实现对民族文化的传承，同时在大量日常化生活细节的描述与书写中，也保存和传承了蕴于潜意识中的民族文化记忆。

梅卓在小说里写了极具雪域文化色彩的生活传统。藏族人民对现世无常的认知，以及对生死轮回的信仰，表现出他们独特的生命意识。他们对现世与来生的生命感知具有深沉的哲理性思考。藏族人主张回归自然的观念与中华传统文化中"天人合一"的精神相契合。藏族人始终将生命信仰置于重要位置，这也影响了藏族作家的创作，特别是女作家们将女性内在的生命体验融于作品中，书写了藏族女性对生命的认知，对彼岸世界的感悟。藏族女作家的文学叙事深藏着对女性自我的审视和对民族传统文化精神的传承。

在第六届全国少数民族文学"骏马奖"的获奖作品中，藏族作家阿来

① 苏发祥：《藏族历史》，成都：巴蜀书社，2003年，第25页。
② 黄晓娟：《民族文化记忆的女性书写——论藏族女作家梅卓的小说》，《民族文学研究》，2012年第6期。

的《尘埃落定》同样是对藏族历史记忆的书写。阿来通过主人公傻子的视角透视藏族历史的发展，用魔幻现实主义手法写出了土司家族内部的权力斗争。在阿来的小说中，女性的历史被遮蔽在权力本位的价值观念之下。麦其土司的二太太为爬上土司太太的宝座不择手段，茸贡女土司为了权力不顾与女儿娜塔的母女之情。女性在权本位的观念下的扭曲与异化，代替了女性对生命本真的追求。相比较而言，《太阳部落》最为独特的价值表现为女性话语与藏族历史记忆的关联与融合。梅卓从女性的视角切入对藏族历史记忆的叙述，表现为女性话语对民族历史的承续与超越。小说写了藏族三代女性的悲剧命运。祖母阿多年轻时被男人抛弃后独自养育孩子，这种被遗弃的怨恨伴随着她的一生。阿多的女儿尕金长大后，希望做个不被人摆布的自由人，能够主导自己的婚姻。尕金选择了自己理想中的男人，却未能抵挡得住另一个男人的诱惑与欺骗，最终被抛弃。小说还塑造了桑丹卓玛和她的女儿香萨、万玛措和她的女儿雪玛，她们都在现实生活中承受着痛苦与背叛。梅卓在历史记忆的叙述中，挖掘女性痛苦的根源——她们过于依附男人，放任自己的欲望，从而堕入男性中心文化的暗河中。梅卓在藏族历史记忆中展现女性生存的困境，在历史的暗角中挖掘女性生命的存在。

三

《凹村》：康巴精神世界的探寻

散文集《凹村》被收入"康巴作家群书系（第三辑）"，阿来在书系的序中表达了自己在康巴这块几十万平方公里的土地上游历时，对地理与人类的生存状况产生的从感官到思想的深刻撞击。康巴作为一片雄奇的地理世界，那里的人以一种顽强而艰难的姿态生存着，然而在有文字可考的历史典籍中，并没有这些人的身影。康巴的人与事被书写只是近百年间的事，且是被外来者书写的。阿来表达了对康巴书写缺失的焦虑。雍措的散文集《凹村》正是一位康巴藏族女作家的自我表达。

凹村的原型是雍措的家乡鱼通，"鱼通"由藏文"维通"音译而来，"维"是头的意思，"通"是平坝的意思，"鱼通"即山头下的大坝之意。鱼通位于大渡河流域，闭塞狭窄，独特的地理景观构成了雍措对整个世界最基础的认识。雍措小时候经常通过那扇小小的木头窗户感知着世界的狭小。童年的认知使雍措有强烈的书写和表达欲望，于是很多年后，他将身体里流淌的对于康巴血浓于水的温情付诸写作中，抒写"我"对故乡土地之热爱，传承着这片土地上的一切美好的精神。雍措以自己的家乡为原型，以家乡讲述者的姿态讲述着凹村里的凡常生活。凹村是美的，凹村的美表现在每一个凹村淳朴的人和每一件所讲述的事件上；凹村的美，源自于雍措对本民族生活的体悟，她在雨中、风中、说话声中及凹村一切生灵中感叹于凹村人美好神圣的心灵世界。雍措在第十一届全国少数民族文学"骏马奖"的创作感言中表达了自己对凹村的"美"的书写的缘起和传承意识。一切与生命有关的"地方"都是少数民族女作家愿意去书写的，而她们书写和讲述的也意味着是对一切"美"的东西的传承和对"丑"的事物的批判。

雍措书写的凹村，是康巴藏区一个普通的村庄，位于大渡河畔、贡嘎雪山之下，这里有着特殊的地理环境。"凹"字显示了这个地方的地理特征，位于大峡谷中，"时间，在峡谷里被风吹不走，被大渡河带不走，如山岩上的蜗牛，缓慢地贴着峡谷行走"[①]。作者描绘出一幅静态的乡村景象，人居住在远离城市暴力的自然中，凹村人与自然和谐相处。袅袅的炊烟从房顶清淡淡地冒出，雨滴落在新翻的田埂上，鸟儿鸣叫，河水潺潺，在春天这个季节，忙起来了，浇灌、播种、迎接春天和爱情。从凹村寄出的信，就充满着迷人的花香和人性的光辉。凹村人有着朴素的生命观，对天地万物怀有敬畏，作者对这个村子的书写也是康巴历史文化的重新书写、康巴人精神世界的文学展现、康巴作家群的集体亮相。凹村是经验世界和超验世界的多维空间，凹村人的精神在两个世界中自由转换，神性、灵性与生命实体共存，"凹村是一个有特殊地理的村寨，凹村人早就学会了自然辩证法，他们对山川地理进行科学利用，掌握了自然赋予他们的先进生产力"。同时，"他们打通了不能用言语诉说、不能用思想把握的神秘空间"[②]。雍措在时光流转的叙述中通过对凹村日常生活和生产方式的描述，对生活场景和现实嬗变的描摹，建构出对康巴藏区文化的认同，唤醒

---

① 雍措：《凹村》，北京：作家出版社，2015年，第60页。
② 卓今：《新乡土主义的新景观——评第十一届"骏马奖"散文奖汉语获奖作品》，《文艺报》，2016年10月26日第7版。

康巴藏族群体的文化记忆。

凹村人生活在特殊的地理场域，其文化具有明显的地方性特征。出于一种重构身份的现实焦虑，雍措以地方书写来呈现民族文化，那些独特的地方性景观不自觉地进入她的文本中，也借此完成了一种地方性的空间建构。"大渡河流经狭窄的山谷，时而平缓，时而湍急的河水将峡谷一分为二。"① 这样一个特定的场所如何获得文化意义？雍措在《凹村》中给出了答案。《凹村》中藏传统的文化元素在文本中的呈现并不明显，雍措在选择用汉语来进行书写时，很自然地选择了凹村人的日常生活意象来进行写作。凹村人的生活是宁静而祥和的，牧人坐在土包上，像剪影一样暗在阳光里，淡出寂寞的草原上，淡出尘世的喧嚣与过往。日常生活是人类社会活动的起点和终点，是人们进入外部世界与社会世界的汇聚地，是人类欲望的所在地与入口。因此，描写人类的日常生活最能呈现人在社会和政治关系中的地位，也最能展现整个社会面貌的真实状态。雍措对凹村日常生活空间的描写意味着对藏族文化的自觉传承和再现，也是作者民族集体无意识的一种自然流露。

整体上看，益西卓玛、央珍、梅卓、雍措等藏族女作家的创作，摆脱了女性封闭的内心世界和狭隘的自我世界，在雪域文化精神的光照下思考本民族女性的生存。她们一面通过女性写作的自觉实现对藏族女性自我的肯定；一面用诗化的情节和浪漫的语言，在民族历史的嬗变中展现藏族女性的生命情韵。女性立场的坚守和雪域文化精神的传承是她们创作的思想核心。雪域高原是藏族女作家创作的精神家园，也是文学传统延续的血脉之源。梅卓以女性身份追诉本民族的历史记忆，央珍把女性生存的希望和民族文化延续的希望伸展到雪域之外的现代文明，雍措观照藏族传统文化下的精神世界。在藏族人的灵魂深处，神佛主宰一切，在生与死的观念里，人的肉身只是一所腐朽的房子，死亡只是放下今生的一切，实现灵魂的一次搬家。藏族文化在承继与变迁中，使藏族女作家们在传统与现代、乡土与都市、民族与世界的文化冲突中，吟唱出关于悠久的藏族历史的歌谣。

---

① 雍措：《凹村》，北京：作家出版社，2015年，第60页。

第五章　○○　传承与创新：少数民族女性文学的走向

任何一个民族的形成与发展都离不开文化，每个民族在历史发展过程中都形成了本民族特有的文化形态，这也是民族与民族之间相互区别的重要表现。文化的传承可以说是"一个民族生存和发展的灵魂和血脉，也是一个民族的精神记忆和精神家园，体现了民族的认同感、归属感，反映了民族的生命力、凝聚力"①。民族文化是各族儿女在长期生产和生活实践过程中积累的物质和精神的硕果，共同构成中华文化的泱泱大河，彰显着中华大地深厚的底蕴。传承各民族文化精髓，加强、研究各民族优秀文化，赋予民族文化以新的生命力是各族人民的责任和义务。作家是文化传承的承担者，作品就是文化传承的载体。对少数民族女性文学来说，挖掘民族文化的生命内核，追寻自己文化的源头，文学发展才能枝繁叶茂。"骏马奖"获奖女作家的作品呈现出的民族性、地方性、现代性，正是地方书写中对本民族文化传承与创新的体现。不同民族的女作家在民族文化传统与女性话语的要求下做出了不同的选择，由此形成了别样的文学面貌。地方性本身就包含有民族性的特征，少数民族的自然山水和人文风情是地方性的一个重要标志，也是少数民族女作家文学书写绕不开的疆域，在梳理少数民族女性文学的社会文化背景、地理学背景、诗学背景、个人追求等因素时，"地方"对当代少数民族文学的文化传承与创新产生了重要的影响和作用。少数民族女作家通过文学创作实现文化的传递过程，在这样的过程中，她们通过作品既可以书写文化的传承意义，也可以表达文化在现代社会发展中被赋予的新的意义；既保证了少数民族地方性知识多样化的存在，又丰富了文学创作的多样性表达。

---

① 刘芳：《中华优秀传统文化：社会主义核心价值观的精神滋养》，《思想理论教育》，2015年第1期。

第一节
少数民族母语写作与汉语写作

少数民族女作家的创作在总体上不同于 20 世纪 90 年代以来女性写作中的封闭的自恋式的写作，更多的是从民族文化认同的态度出发，以平实质朴的笔触书写民族的地方文化内蕴，"有效地避开了自我宣泄和自我欣赏的橱窗式写作方式，既写出自己的声音，又传递出本民族的声音，写出了女性的命运、情感与时代、社会的发展的紧密关联，用女性的视角切入传统文化，带来深厚的历史性"①。现代社会文化发展日益多元化，少数民族女性文学的发展也在多向度多层次上探索形成丰富的样态。女作家的文化认同与皈依，既表现为对本民族传统文化的风俗习惯的体认，也表现为对民族文化的精神内核的深度认同。少数民族女性文学既包括女作家用汉语创作的文学，也包括作家使用本民族母语②创作的文学；就作家而言，有的作家习惯同时使用本民族母语和汉语进行创作。无论她们在语言上如何选择，都经由生命本体经验出发，在文本世界创造出了独特的境界。

少数民族女性文学的母语写作是本民族文化保存、交流、传承的重要载体，而其汉语写作则是以对中华文化的认同为前提的，是对汉字的思维习惯和表达方式的认同。汉语写作叙述的民俗文化原生态，挖掘和探析的

---

① 黄晓娟、晁正蓉、张淑云：《中国当代少数民族女性文学研究》，上海：上海文艺出版社，2014 年，第 13 页。

② 本书中的"母语"指族群层面民族含义中少数民族本族的语言，而非民族国家层面的本国语言。

各民族文化深层特质，形成中华文化内蕴的多元文化的对话，作为沟通的桥梁，使对中华文化的多层次形象和总体性认识成为可能。在"全球/本土"相互缠绕纠结的当代社会，对于少数民族女作家来说，不仅意味着要承担起保护民族文化并使之不断传承的重任，还要积极寻求能够推动本民族文化更好、更快地走向现代化的路径和方法。从这个意义上说，少数民族女作家用双语创作表征着少数民族女作家对民族文化的诗意想象和渴望被他者认可的一种暗喻。

语言是人类特有的一种符号系统，是用来表达意思、交流思想的工具，语言既是文化传承表达思想的载体，也是文化传承的工具。我国幅员辽阔，不同民族长期生活在特定的文化系统和社会环境中，形成其独特的民族语言，因而，语言被赋予了较强的地域性和民族性。语言是文化系统的核心。少数民族聚居区传统文化的传承是以一种口耳相传的方式进行的，使用的是其独具特色的民族语言，而现代社会的交往主要是使用普通话。也就是说，传统的民族文化传承的工具是源于生活的、独具特色的民族语言，跨族际交流的工具是统一的、标准化的语言。语言属于文化的范畴，是文化的基本组成要素。一个民族的生产生活、思想观念等都是通过民族语言进行提炼和传播的。从某种意义上说，一个人使用一种语言进行文化传播和学习，就是认同这种语言所属的民族文化，并掌握了这一民族的思维方式。民族语言既是传承民族文化的手段，也是一个民族的精神纽带。

在全球化时代，各种文化之间不断沟通与交流，文学文本所蕴含的文化价值呈现出新的意义。"各族群文化、地域文化的存在保持了国家政治文化的多样性，传达了来自不同族群、地方和基层的信息，并使差异性文化要素相互冲突、碰撞与协调融合，促使主导性政治文化在应对各种亚文化的冲击中发展出新的内容和功能来适应不同社会集团的利益和价值诉求，从而避免了自身的僵化封闭。"①

---

① 李占录：《现代化进程中族群认同、地域认同与国家认同之间关系探讨》，《中南民族大学学报（哲学社会科学版）》，2015 年第 3 期。

一

少数民族母语写作与民族文化传承

一个民族的语言，包含着该民族的思维方式、民族心理、历史传承和文化密码，是该民族区别于他民族的重要标志。少数民族女作家用本民族语言进行创作，是她们文化自觉意识在民族创作中最突出的一个标志。从根本上说，母语写作是作家在特定时间段、特定民族区域内的文学创作的表现形态。从世界文学和文学人类学角度来看，每一个民族的每一位作家都是人类美好生活的创造者，都是构建精神世界的实践者。为了突出自我书写的民族特质，了解并能自如运用民族语言的民族文学创作者有意在创作时使用了本民族语言。这或许是因为用汉语创作民族文学作品的出现，激发了民族文学进行自我展示和自我寻根的心理，其实这也是文学发展的自然规律，这种使用民族语言的创作使得民族文化传播的路径更加多样化。语言与文化是相生共存的，它们共同承载着民族的文化，全面、深刻地阐释着民族文化的根性，且对民族文化中面貌各异的特殊文化现象能起到更原始的呈现，这也让我们能够更充分地去理解许多文化现象背后的文化内涵。

对部分少数民族文学来说，特别是像维吾尔族、藏族、蒙古族等有着悠久而稳定的书面传统的少数民族来说，使用本民族语言进行创作已经成为一种长期而且稳定的创作习惯。根据表 5-1 的统计，在第一至第十一届获"骏马奖"的女作家作品中，有 8 个民族的 16 篇作品为母语文学作品，其中柯尔克孜族、塔吉克族、景颇族、维吾尔族 4 个少数民族的获奖作品均为母语作品。可以看出，用母语写作的女作家主要分布在吉林、新疆、云南、四川、西藏等地区，地理位置上属于中国版图东北、西北、西南的边疆地带。由于其地理位置上远离国家政治经济文化的中心，且作为少数民族聚居区，在语言的使用上更多地采用本民族的语言，因而在文学创作中，这些民族的女作家也偏向于用母语表达本民族的文化和思维方式。语言是人类的精神家园，少数民族女作家在创作中对本民族母语的坚持无疑表达了自己文化上的选择，从而也表现出了自己的本民族的文化认同倾向。

表 5-1 "骏马奖"获奖女作家作品的少数民族母语创作情况

民族	女作家获奖作品总数（部）	其中少数民族母语作品总数（部）	女作家获奖少数民族母语作品占作品总数比例	所在地
柯尔克孜族	1	1	100%	新疆
塔吉克族	1	1	100%	新疆
景颇族	2	2	100%	云南
维吾尔族	3	3	100%	新疆
朝鲜族	6	4	67%	吉林
彝族	4	2	50%	四川
哈萨克族	3	1	33%	新疆
藏族	7	2	29%	西藏

在少数民族作家的文学创作中，有人使用汉语，有人使用本民族语言，也有人兼用汉语和本民族语言进行"双语"写作。毋庸置疑，语言与人的思维密切相关，不同的语言就会有不同的思维方式，这些不同的思维方式有可能是并列的、融合的，但有时也可能是矛盾的、冲突的。如果一个"双语"作家能熟练运用一种与本民族语言完全相异的民族语言的话，那么，这种语言和思维习惯就会为"双语"作家的文学创作提供一种多元文化的创作背景。在"双语"思维中从事创作，这一过程本身就已具有了多元文化的视角。运用"双语"创作、具有"双语"思维，并且拥有多元文化视角的少数民族作家，在本民族与汉民族文化选择中，也必然既有融合，又有冲突、矛盾、困惑与彷徨①。这就涉及母语文学面临的根本问题，即如何解决民族性与现代性关系问题。在这一意义上说，母语写作有必要在民族性与现代性、传统化与全球化、身份的血缘性与建构性之间持良性互动立场，在民族文化与多元文化之间、在多元文化与民族文学、民族文学的民族性与人类性之间，形成合理叙事张力。在触摸民族文化精神内核与感受民族精神升华、肯定民族身份记忆与把握民族身份的世界性因素之

---

① 任一鸣：《多元视角的文化优势与困惑——从哈萨克女作家哈依霞、叶尔克西的创作谈起》，《民族文学研究》，2006 年第 2 期。

间，形成辩证书写视野，超越狭隘的民族视界和封闭的民族意识，追寻现代性与民族性、全球化与本土化的有机融合。只有如此，母语文学才不至沉浸于单一民族文化认同而忽略发展的多重可能性，才能最大可能地使之成为人类共同的精神家园。

二

少数民族母语思维对汉语写作的改造

任何民族的语言都是本民族群体思维方式及文化传统的再现，也必定随着环境和时代的改变而不断扩充或拓展本民族语言的言说范围和所指深度。由现代性日益展开所引发的生活复杂性与心理体验的多层面性，已远非传统文化土壤中孕育生成的少数民族母语所能涵盖。尽管少数民族作家用母族语言进行文学创作，以熟悉本民族语言思维和生活习惯的优势赢得了本民族读者的喜爱，以其丰富的异质性的民族特性丰富和拓展了中国文学的多元化风格，但囿于本民族群体阅读视野的限制，作家容易对自己的写作要求不高，写作水平也容易停滞不前。对于没有文字的民族，文学书写只能借用他民族文字来完成。达斡尔族没有自己的文字，用汉语书写来实现民族文化的传承，正如苏莉在散文《没有文字的人生》中所描述的，具有民族文化传承使命的一群人，用汉语编辑史料，笔录老人口谈过去的事件。达斡尔人用汉语记录民族的历史和文化，在汉语记录的世界里寻找达斡尔民族生命的籽核，在这里汉语写作同样也达到了对达斡尔族文化传承的目的。

少数民族女作家在汉语写作中，为了有效传达和再现自我民族文化传统或独特的地方性景观，在叙事或抒情中把大量的民间口语融入汉语写作之中，或者以汉语翻译出独具民族及地域特色的民间口语。在这样的文本中，有着明显的母语思维延伸的痕迹，民间口头语言往往以音译的形式表述出来，同时伴有汉语注释以便非本民族读者理解其中的含义。朝鲜族女作家李惠善的《红蝴蝶》中的歌词"哎噜哇折儿西古，多么好啊，海兰江水放声歌唱"，"哎噜哇折儿西古"注释为："朝鲜族古典民谣的节奏，歌词本身无意，表示愉悦高兴貌。"① 叶尔克西的《黑马归去》中的小调唱词"蓝蓝的额尔齐斯河哟，像英雄萨曼的雪青马。白白的云朵哟，像萨丽哈姑娘美丽的衣裳"②，萨曼、萨丽哈注释为："哈萨克著名爱情长诗《萨丽哈与萨曼》中男女主人公的名字。"③ 鄂温克族杜梅的《木垛上的童话》也体现出本民族语言的特点。"谁不夸阿爸是个'艾莫日根'呀"④，注释为："艾莫日根：即好猎手。"⑤ "远方，是连绵起伏的黛色山峦。在深蓝色的夜空映衬下隐隐约约可以看见几株稀疏的、参差不齐的老树在峰顶被风吹动的轮廓，就像奶奶故事里的那个浑身长刺儿的满盖（魔鬼）一样，沉睡在那里。"⑥ "满盖"是本民族语言的音译，文中用括号的形式加以注释。作家们对本民族语言语音的书写增加了作品的地方性特征，真实地再现了本民族的文化与思维。

少数民族女性文学的汉语写作在传统少数民族母语思维、口头文学的言说方式与汉语言之间的纠缠、扭结中使汉语在写作中发生民族化、地方化的改造与变形，生成少数民族女性文学特有的地方性话语，显示出"神性思维"特征，少数民族女性文学对汉语加以民族化、地方化的创造性转换的同时也形成了新颖别致的言说方式，丰富了当代汉语写作。例如，雍措在《凹村》中写道："祖辈给人留下过一句话：'峡谷里再硬的雨，也抵不过这里的岩石。'意为，峡谷里的雨是持续不了太久的。"⑦ 简短的一句话写出了康巴地区人们快乐的生活场景。"这种对话式话语一方面将诉求于更广大的读者阅读面，另一方面则要借助藏族思维深处的文化代码来对其进行解读。"⑧ 叶尔克西对自己的哈萨克母语也有着亲切的体认。"哈萨克语是我的母语。这是一个有着长久的历史文化背景的语言。现代哈萨克语中的许多词根远在时空深处。比如，'胸怀'这个词，哈语发音是'KOK-EREKE'，词根'阔克'（KOK）过去和现在都是'天'的意思。哈萨克语

---

① 李惠善：《红蝴蝶》，北京：民族出版社，2000 年，第 15 页。
② 叶尔克西·胡尔曼别克：《黑马归去》，乌鲁木齐：新疆青少年出版社，2006 年，第 9 页。
③ 叶尔克西·胡尔曼别克：《黑马归去》，乌鲁木齐：新疆青少年出版社，2006 年，第 9 页。
④ 杜梅：《木垛上的童话》，《草原》，1986 年第 4 期。
⑤ 杜梅：《木垛上的童话》，《草原》，1986 年第 4 期。
⑥ 杜梅：《木垛上的童话》，《草原》，1986 年第 4 期。
⑦ 雍措：《凹村》，北京：作家出版社，2015 年，第 60 页。
⑧ 吕岩：《藏族女性作家书写主体的构建》，《西藏民族学院学报（哲学社会科学版）》，2012 年第 3 期。

腾格里神'天神'前边就加有这个。"① 少数民族语言与汉语体现的是不同的思维方式，精通两种语言的少数民族女作家在词语的深层内蕴中感受到文化的深沉与多样，并选择用最能表达自己情感体验的语言创作文本。

<h2 style="text-align:center">三</h2>

<h3 style="text-align:center">"双语"写作与文化的交融</h3>

少数民族女作家的母语写作承担着民族认同、身份表述、文化传承等诸多方面的重任，但在强势文化对弱势文化、主流文化对边缘文化的挤压愈加严峻的全球化语境下，母语文学如何参与交流和扩大受众范围确是亟待解决的问题，这一问题不解决会在根本上制约母语文学的持续发展和成熟。毫无疑问，使用本民族语言是民族认同的最直接表现形式，母语能真实准确地反映和传承本民族文化。但从根本上说，语言是与特定历史时期、特定文化生态互动共生的文化载体，任何语言形式都只能适应特定时期、语境下的心理思维和生活形态，是社会环境的产物。当少数民族处于边缘或封闭的环境下时，母语是反映本民族传统的生产生活方式和生命体验最恰当的方式。而在开放的社会环境下，文化交流日益频繁，面对现代文化对本民族传统文化的冲击与交融，民族群体的文化视野被打开，单纯的母语写作只能让文化的传播停留在封闭的状态中。为解决这一问题，学界渐渐重视母语文学的翻译问题。问题的复杂性在于，母语文学的翻译因存在母语文化的耗损现象而难以承担起母语文化的传承功能。文学在翻译过程中，会因语言文字的不对称性和翻译者文化立场的问题，难免会出现民族文化遗产被误读或忽视的现象，因此母语文学的翻译并不能很好地解决本民族文化的传承和民族文学的发展问题②。在历届获"骏马奖"的女作家作品中，柯尔克孜族、塔吉克族、景颇族、维吾尔族 4 个民族的女作家的作品均是母语写作，未能有女作家的汉语写作获奖，这在一定程度上限制了读者或评论者对其作品欣赏价值的挖掘。面对这一现象，少数民族

---

① 叶尔克西·胡尔曼别克：《美好的倾诉来自于文字》，文艺报社主编《文学生长的力量——30 位中国作家创作历程全记录》，合肥：安徽文艺出版社，2013 年，第 371 页。

② 李长中：《当代少数民族文学批评：理论与实践》，北京：民族出版社，2013 年，第 221 页。

作家选择本民族母语和汉语的双语写作，无疑是解决问题的重要方式。哈萨克族女作家叶尔克西说：

> 其实，还有两个名称绑定我：一是哈萨克语，二是汉语写作。这是我的"生活"中最坚实、最实在、最充实的地方。"实"是它的核心。在这样的"生活"里，我心灵的天空晴朗，大地辽阔，呼吸顺畅。在两种民族文化视野中穿梭飞翔，使我多了一双眼睛去看这个世界，多了一颗心去感知这个世界，也多了一个视角思考这个世界。这是我"写作生活"的最大资本。我靠它投入，并从中受益。……有的时候，心中依靠着母语的氛围，去寻找第二语言的感觉；有的时候，也在第二语言的感觉中，寻找母语的氛围。而这也正是一个把写作当作倾诉的人，感到幸运的事情①。

并不是只有母语写作才是传承民族文化的最好方式，汉语写作可以扩大受众面，更有利于少数民族文学的传播和民族文化的传承。多元文化语境下，少数民族与共居于同一地方的他民族相互交融混杂，同一区域的各民族之间相互交流沟通的语言不局限于自己的母语。在文学创作中用他者语言进行书写，既是重构民族记忆的更好手段，也拓展、建构了母语文化的展示平台。

彝族女作家阿蕾、朝鲜族女作家李惠善、藏族女作家央珍，她们均有母语与汉语作品获"骏马奖"，在此可以以她们的创作为案例来考察少数民族女作家双语写作与文化交融的情况。她们在民族内部生活时，用于交流和传递信息的多为母语，但在文学创作中，鉴于阅读对象超越于本民族读者的现实情况，她们更倾向于用汉语进行文学创作。此时，汉语写作是将本民族的思想和文化向本民族以外的世界传播的最好媒介，是沟通少数民族文化与汉文化的桥梁。相对于少数民族语言，应用汉语进行沟通和交流的人数更多，汉语写作相对于少数民族母语写作，其受众面相对来说也更广，唯有用汉语写作才更有利于各民族之间的文化交流，有利于少数民族作家向外部世界传达本民族的声音。针对藏族作家的汉语创作现象，藏

---

① 叶尔克西·胡尔曼别克：《美好的倾诉来自于文字》，文艺报社主编《文学生长的力量——30位中国作家创作历程全记录》，合肥：安徽文艺出版社，2013年，第371页。

族学者德吉草认为："这些用汉语创作的藏族作家，以自我和他者合和的双重文化身份，在汉藏文化的交叉地带，建构着民族文化的另一种话语形态。他们笔下的民族文化不再是为迎合客体视角的审美习惯而制造出肤浅的民族符号来满足陌生化期待，他们的叙述与表达，使话语霸权下被遮蔽甚至被歪曲化的'自我'得到了还原和真实显现的机会。来去自由，穿梭于两种文化中间的自由之身，也使他们获得了比母语作家更多的话语权，赢得了更多进入文化市场的份额。"①

彝族女作家阿蕾是以双语（彝语与汉语）进行文学创作的。她的短篇小说《根与花》获第二届全国少数民族文学创作奖，1999 年出版了彝文版。小说集《嫂子》获第六届"骏马奖"，其中的名篇《嫂子》有汉文版并被各类作品选收录。阿蕾的作品一般皆有彝、汉文版，双语创作使得她的作品既具备浓郁深厚的少数民族文化特色，又具备了十足丰富和强烈的现代性色彩，这种双语创作的习惯，更是让她积累了丰富的文学实践经验。阿蕾从小在彝族村寨长大，耳濡目染彝族的民风、民情，这些都使她的心灵和思维深深地打上了彝族文化的烙印。彝族人民的热情、真诚、正直、朴素、善良、勤劳等民族文化的精神本质是阿蕾在其作品中所要表现的主题之一。除此之外，阿蕾也在更深层面上深刻反思彝族民族文化中流传千古的陋习。毋庸讳言，阿蕾不仅受到了彝族传统文学与文化的深刻影响，也在汉文化及其他异质文化的参照下对本民族文化做出了深入的理性思考。

李惠善生于吉林省延边朝鲜族自治州，这里是朝鲜族聚居区，东与俄罗斯接壤，南与朝鲜以图们江为界。她的朝鲜文小说集《飘落的绿叶》获第五届"骏马奖"，汉语长篇小说《红蝴蝶》获第七届"骏马奖"。她的汉语写作有着浓重的东北地方语言和文化特色。"一幢幢犹如鸡窝式的小草房"，"陌生的山、陌生的小树林，还有新鲜的空气，使他犹如脱去了冬天的大棉袄，顿觉全身轻松"②。"鸡窝"是东北乡村各民族生活中普遍存在的一种事物——用麦秸秆编的圆形篓子状，水平开口置放在高处，利于母鸡在窝内产蛋。作家将草房形容成鸡窝，形象、鲜明、直观。"鸡窝"

---

① 德吉草：《文化多样性视野下的藏族母语写作及解读》，《民族文学研究》，2008 年第 3 期。

② 李惠善：《红蝴蝶》，北京：民族出版社，2000 年，第 3 页。

"大棉袄"这种修辞体现了东北地方特色，呈现出东北乡村的日常生活景观。"一副褪了色的红色对联在风中飘动着，从黑色的大木板门里飘来浓浓的茴香和胡椒粉味。在一个个犹如撅起的屁股、一边凸出的玻璃罐儿中，放着盐水煮的五香花生、瓜籽、松籽儿、干豆腐、地瓜干儿等，还有汉族人特有的各色下酒小菜。许多贴着红色菱形字块儿的坛坛罐罐里，装着红方、青方、灰白色的酸菜、铁锈红的疙瘩菜等，满屋子都是酸丝丝的味道。"① 这些朝鲜族与汉族生活气息相融相生的现象，在东北随处可见。作家试图通过对日常生活的艺术描述以"超越日常的、物质性的、可以理性预期的世界"② 构建地方性文化的存在。东北地方文化是各民族相互杂居共融的文化，李惠善的小说也具有对东北地方性知识重构的意义。李惠善对东北的书写并没有只执着于体现少数民族女性文学的特质上，她将目光投射到全人类更具深度和共性的地方——人的精神世界，这个特点在她的中短篇小说中特别明显。她将历史的、时代的、民族的特质淡化为背景而潜入人的内心中，去挖掘人在命运的沉浮之中内心所泛起的涟漪，去探索人的精神世界的多样化。

央珍的《无性别的神》的语言应用具有藏汉双语思维深度融合的特点，双语写作与作家双语的文化背景密切相关。央珍既受母语的教育，又受汉语的熏陶。央珍从小在藏族地区长大，藏民族文化元素天然地渗透在她的血液之中，成为她创作的根基。而且央珍受过高等教育，文学素养与许多20世纪80年代作家相比要更深厚，因此她的创作视野也更为开阔。少数民族女作家多使用汉语进行文学创作，但她们本身所具有的母语思维在转换成汉语来表达思想意蕴和哲理内涵时，使文本表现出不同的特色。若少数民族女作家单纯用本民族母语进行文学创作，占人口大多数的汉族读者来说就无法阅读和欣赏到这些优秀的作品，这不利于少数民族优秀文学作品的传播。

---

① 李惠善：《红蝴蝶》，北京：民族出版社，2000年，第62页。
② Richard Mathews. *Fantasy：The Liberation of Imagination*. London：Routledge，2002：1.

第二节
对民间文学传统的继承与创新

　　新时期以来，在文化全球化趋势加剧，本土/全球、传统/现代、边缘/中心等多元文化的碰撞与融合之际，少数民族文化视域内的各种问题不断显现，经济建设与生态平衡、民间文化传统与现代转型、家园找寻与身份认同危机等彼此冲击碰撞，导致少数民族文化面对外来冲击较为强烈。这种民族文化由传统向现代的转型所导致的民族身份的不确定，影响着少数民族女作家的创作。通常，文学的发展有时代的创新性，更有历史的继承性。文学之树的壮大离不开传统文学的土壤，不论何时，新的文学产生都离不开以往的文化传统，即必须以既有的文化传统作为再创造的基础才能产生新的文学。丰富发达的民间传统文化作为少数民族女作家创作的文化资源和文化土壤，对少数民族女作家的价值观和审美观产生深远的影响。少数民族女作家自觉地将自我的民族文化身份体现在了自己的创作中。这种体认暗暗契合着少数民族女性文学对于自我创作中的民族现代性构建和对本民族文化传统的反思。

一

融入口头文学的叙述策略

　　多元文化观念和文化思潮的涌入、现代传播媒介的普遍、汉字的普及、西方文学观念文学思潮的传入，都影响着少数民族地区的文化生态和作家的言说方式。在民间文学传统基础上，作家文学在现代转型过程中也生发出一些特殊的文学现象，蕴含着丰富的地方性书写经验。"这两种表达形式的互动产生了良好的效果，书面语言和口头语言相互交融，帮助少数民族形成了独特地方性知识，反过来，他们又为这种特有符号形式对文化传递提供了有效贯穿的平台。"① 我国各少数民族几乎都有着丰富发达的民间口头文学传统，以口耳相传的方式在民族内实现代际传承。口头传承方式凝结着民族深层的文化心理结构，具有强大的生命力，对当代作家文学产生着深远的审美形塑作用。"文化的传承蕴含着两个系统：一个是官方的、经典的、书面的系统；一个是民间的、通俗的、口传的系统。前者来自于文献，居于中心的、主流的地位，代表了一个民族的尊严、智慧和文明程度，是一个民族精神和心灵的支柱；后者来自于田野，处在边缘的、非主流的位置，代表了一个民族的活力、信仰和生存智慧，是一个民族创造力和想象力的体现。"② 丰富发达的民间口头文学传统对少数民族作家的思维方式、审美观念及艺术表现等方面有着或隐或显的影响。民间口头文学如神话、史诗、英雄传奇、说唱文学、民间故事、歌谣谚语等作为民族文化传承的重要的载体，共同建构并承载着少数民族群体的民族精神、文化记忆、宗教信仰、生活习惯等，并以蕴含的道德伦理观念影响着少数民族的精神面貌，也影响着族群成员的民族认同，因而也更强化了少数民族作家对民间文学传统的自觉继承。

少数民族女性文学，在文本组织中往往以多情节并置、多场景共存等空间化的结构形式出现。我们不得不思考，是否地方性知识谱系促成这种文本空间架构的生成？生活在不同民族、不同地方的女作家的文学创作，在民间审美思维、民间艺术语言、民间形象和精神气蕴，以及文学语言、叙事策略等方面都有吸收与创新，体现出对地方性文学传统的传承。如满族庞天舒《落日之战》的满族文学说部传统、朝鲜族金仁顺的长篇小说《春香》对朝鲜族民间故事《春香传》的继承与创新、达斡尔族孟晖的长篇小说《盂兰变》大量的《目连救母》变文的演绎等，既有对民间文学传

---

① 任勇：《公民教育与认同序列重构》，北京：中央编译出版社，2015年，第97页。
② 杨霞：《〈尘埃落定〉的空间化书写研究》，北京：中国社会科学院博士学位论文，2010年。

统的传承，也有互文性叙事策略的运用。民间历史、传说、故事的大量穿插凸显出作家探寻民族历史真实性的叙事目的，通过小说人物之口的讲述，起到保存和弘扬民族传统文化的作用。

《春香传》是朝鲜族民间流传的爱情故事，这一民间故事可谓口传文学经典。但在金仁顺看来，春香故事作为一个历史传说，情节相对简单，人物形象也不够饱满。金仁顺大胆突破民间烈女的形象，挖掘春香人性化的一面，因而在故事的结局设定上也一改"有情人终成眷属"的大团圆结局。"我为小说取名时，把原先的'传'字去掉了，去掉传奇的部分，还原一个真实的春香。"金仁顺说，"小说创作可以说重塑了春香这一人物，丰富了传奇中人物的背景，"① 为此，金仁顺查阅了丰富的历史资料，充分还原了当时的真实样态。特别难能可贵的是，金仁顺将朝鲜族的说唱艺术盘瑟俚融入文本写作中，形成一种新的叙述策略。"作者将盘瑟俚及写作构造成性别化的行为，将这一民间艺术发展为女性抵抗男权社会暴力压制与书写的富有潜能的抵抗行为，通过坚信女性之间理解、交流互助的可能，女性经验的共同性及可传承性，悄然呈现了女性写作的轨迹与潜能，女性视点中的历史与女性创作的力量。"② 正是这种说唱技艺的传承，成为推动小说情节展开的工具，《春香》成功地完成了对《春香传》的改写。《春香传》对于金仁顺来说有着不同寻常的意义，尽管这个故事看上去并不如中国经典的民间故事那样丰满，甚至有些单薄、俗套。但金仁顺在改写的过程中，融入了自己的思考和体验，对这个民间故事赋予新的意义。金仁顺饱含着女性的性别意识，将春香塑造成独立自主的女性形象。"春香"既是民间传奇故事，也是金仁顺自己的传奇故事。金仁顺在对古老故事的重写中，塑造了一个唯美的精神世界，在花之间、水之上、梦之中营造出纯美的东方古韵。

民间文学给作家文学提供诸多方面的滋润，从民族传统到民族思维特性，从文学体裁到语言风格，都深刻地影响着作家文学创作，作家在作品中表现出民族特有的审美理想。作家在童年时代所受到的民间文学的熏染，影响着她的文学创作。民间文学所具有的传统艺术精神、独特的人与

---

① 高剑秋：《"骏马奖"获奖作品：其文、其人、其事》，《中国民族报》，2012 年 9 月 28 日第 9 版。
② 王冰冰：《跨民族视域中的性别书写与身份建构——新时期以来少数民族女性创作研究》，杭州：浙江工商大学出版社，2015 年，第 134 页。

地的默契融合，构建了一种文学理想。杜梅曾搜集整理了《鄂温克族民间故事》（1989 年由内蒙古人民出版社出版）。民歌成为精神家园和灵魂回乡之处、民族认同和文化寻根的源头。民间口头文学有严密的传承逻辑，这造就了少数民族抒情传统，作为一种深层结构对作家文学产生"集体无意识"的影响。正如达斡尔族女作家苏莉所说："我的民族是没有文字的，只有语言。我们的祖先在传说中把装有文字的铁箱丢在了湖底之后，就靠一代代人的口口相传和血液中那神秘的生命密码把我们的民族延续到了今天。"[1]

哈萨克族叶尔克西的获奖小说集《黑马归去》中的一篇《额尔齐斯河小调》真实地记录了哈萨克族民间口头文学。奶奶唱着一种古老的小调《萨丽哈与萨曼》，哄着小盲孙，并能即兴地在小调中填着新词。这是哈萨克著名的爱情长诗，这绵绵的小调里饱含着奶奶对小盲孙无尽的爱，在这首小调里，奶奶送走一个又一个黎明和黄昏。古老的小调的重复回响，表达着叙述者寻找哈萨克历史传统的冲动，以及建构民族记忆的渴盼。奶奶给小盲孙讲哈萨克的传说、神话——天狼（哈萨克神话中的动物）、合牙特巨人（哈萨克神话中的人物）、白天鹅、美丽的娜孜古丽、英雄的叶尔托斯迪克、滑稽的胡尔呼特（哈萨克民间文学中的大乐师）。奶奶把知道的故事全部讲给孙子，希望孙子成为草原上众星捧月的阿肯和冬布拉琴手。"哈萨克人唱着歌来到人间，唱着歌飞向天国。"[2] 奶奶的儿子是草原上有口皆碑的阿肯，他将母亲哼的小调改编成丝布孜格曲《额尔齐斯河之波》，"鹰的翅膀，是靠自己飞出来的。它的翅膀属于蓝天"[3]。孙子要去城里读书，奶奶相信雏鹰总有一天要飞出绝壁的巢。少数民族民间口头文学不仅在女作家们孩童时给予了文学的启蒙教育，而且在她们走上创作道路之后，还不断地滋养着她们的创作思想。她们从民间口头文学中选取创作题材，民间故事的巧妙构思、曲折情节被很多作家所借鉴。少数民族女性文学采用和发展了民间文学的表现形式和手法，是对民间口头传统的继承

---

① 苏莉：《旧屋》，北京：作家出版社，2000 年，第 146 页。

② 叶尔克西·胡尔曼别克：《额尔齐斯河小调》，《黑马归去》，乌鲁木齐：新疆青少年出版社，2006 年，第 4 页。

③ 叶尔克西·胡尔曼别克：《额尔齐斯河小调》，《黑马归去》，乌鲁木齐：新疆青少年出版社，2006 年，第 5 页。

和借鉴。

　　杜梅的《木垛上的童话》将雪兔找红蘑菇的童话贯穿全篇，形成文本叙述与童话讲述的互文性，通过寓言和童话的方式表述弱小民族文化传统在场的必要性、紧迫性，引起人们对"文化断裂"的反思。萨娜的《有关萨满的传说与纪实》是对民间口头文本的重述与再诠释，斯琴高娃与敖德斯尔合作的《骑兵之歌》中的民间故事和蒙古民歌的穿插，都是少数民族女作家对民间口头传统的再利用，这已是她们传承和创新本民族文化的必要方式。她们的文本对民间口头文学资源的再叙述不单纯是一种题材选取的策略，而是一种民族身份建构和民族文化传承的行为，凸显出少数民族女性文学的地方性审美特征。少数民族女作家自童年时期起便受本民族民间故事的滋养，这些故事成为其最为宝贵的记忆资源，她们在从事文学创作时，通过文字讲述民间传说和民间故事，在那些简朴稚拙的小故事中勾勒出民族记忆。作为故事的讲述者，她们对于历史文化和民间传统的传承有着重要的意义，将从先辈那里传承下来的民族经验和智慧以现代方式传承下去。民间口头文化蕴含的智慧和人文精神，对少数民族女作家创作的文化观、价值观有着深远的影响，影响着作家的书写立场和言说方式。"民间口头文化资源又作为民族性或根基性的象征符码"成为少数民族"建构自我认同或回归民族共同体的基本资源"①。民间口头文化使人重新发现那最纵深也是最持久的人类表达之根，凝结着特定的民族情感和生命意志，展现着鲜活的生命律动。就此意义而言，民间口头文化对少数民族深层的心理结构和文化心态产生持久的辐射力。

二

基于哲学精神的文本境界

　　文学与哲学是息息相通的，一个好的文学家在文学创作中往往努力追求哲学深度。在中国文化中，文学与哲学同土而育、同根而生，犹如一奶同胞的两兄弟，是探索人生问题的两大出路。在各国文学发展中，文学与哲学互相渗透，互相影响，共同发展。识字者爱读诗词小说，但从《诗

---

　　① ［美］弗里：《口头诗学：帕里-洛德理论》，朝戈金译，北京：社会科学文献出版社，2000年，第5页。

经》到《红楼梦》，从荷马到托尔斯泰，文学里边都体现出深层的哲学意识。哲学以其独有的思辨性思维向我们展现了一个思想的世界。文学与哲学是互携互渗的，抽象的哲学思想经过优美的文字处理，往往更能广泛地为人们所接受。哲学精神一旦进入文学，就会更加深文学作品的内涵。在女性文学全面发展的今天，女作家们用女性的经验解构男性中心意识，建立女性自身的价值标准。哲学精神进入女性文学领域的时候，女性文学在具有女性特征的同时，还具有独特的哲学精神审美品格。

文学创作的过程是复杂的。在世界文学的漫长历程中，具有哲学化追求的文学作品常常会成为文学经典，文学创作的哲学化追求，能够赋予作品独特的魅力和价值。文学与哲学就这样彼此相依，互为传承，不可分离。中国现代女作家萧红的创作体现出明显的哲学意识。萧红不仅感悟到女性的人生悲苦，更展示出了对生命的深沉思考，因而她的作品"体现出超越时空的哲理性的思想，启发着后来读者的思考"①。美国女诗人狄金森的诗歌、女作家乔治·艾略特的小说等都把哲学观念内化为一种女性特有的情感体验，女性特征与哲学精神相结合更显出女性文学的独特价值。我国少数民族女作家的创作也蕴含着深厚的哲学精神。

云南回族女作家叶多多的散文《我的心在高原》获第十届"骏马奖"。她的散文表达了对云南深沉而炽热的爱，书写了云南旖旎的自然风光和多彩的民族风情。叶多多深入云南各地村寨书写大山的美好与村庄的诗意，她的散文建构着云南的诗意空间和文化空间。正如她在自序中所说："我想，我所能做的，恐怕仅仅是在一种积累的空间和时间里，来面对那些山地生命所传达出来的尊严、尊重、敬畏和信息，来表述一些刚刚过去或正在进行的生活情状、高原周而复始的时光以及人们在相互感染中的恐惧、期盼和愿望。"② 叶多多出生在一个多重文化交融的家庭，对云南这片土地的多元文化有着深刻的认识。云南各民族相濡以沫、彼此尊重的文化环境感染着她。叶多多作品中的高原书写，"象征传统精神的代代传承，文化认同在新的历史条件下，以一种新的形式体现"③。

---

① 黄晓娟：《雪中芭蕉——萧红创作论》，北京：中央编译出版社，2003 年，第 269 页。

② 叶多多：《我的心在高原》，广州：花城出版社，2008 年，"自序"，第 5 页。

③ 黄晓娟：《新世纪少数民族女性文学的中华文化认同与传承研究——以获"骏马奖"的女作家作品为例》，《广西民族大学学报（哲学社会科学版）》，2015 年第 5 期。

满族女作家赵玫出生在艺术家庭，她的家隔河而望是一座肃穆的法国公墓。童年时期，她曾在河北乐亭的一个小村庄里与老祖母相依为命。祖母用真正的智者的眼光来看待和宽容人世，这样的人生态度也影响着赵玫。"文学始自个人体验，它询问生命存在的依据与境遇和精神的状况与责任，追问人与世界的和谐与不和谐关系，承担人性的真实性与世界的合理。"[①] 赵玫在她的散文创作中，更关注女性内心对生命的思考，常常体会到生命中的孤独、忧郁感，从而走入精神、情感与灵魂的内部世界，这在某种程度上与哲学发生了精神上的联系。赵玫在散文中建构了一个充满生命探寻意味的世界。她所居住的城市天津随处可见欧式风格的建筑——充满欧洲文化气息的租界区的街道，以及廊柱、小屋、教堂、外国公墓等场景。赵玫认真研究过这个城市的每一座教堂，经常独自一人徘徊在教堂的大厅，感受来自天国的声音，寻觅逝者留下的印迹。

在获"骏马奖"的女作家中，布依族的罗莲和达斡尔族的孟晖的作品都体现出鲜明的哲学思想。孟晖在《盂兰变》的后半部以互文性手法演绎了《目连救母》的变文，体现的是中国人最基本最朴素的伦理精神和做人的信念。孟晖将权谋争斗、亲情伦理化成五彩的丝线，既铺陈出大唐帝国的恢弘场面，也演绎出尘世人间感动人心的场景。

罗莲 1985 年开始诗歌创作，在海内外报刊发表诗作 300 余首。诗集《另一种禅悟》在海内外引起强烈反响，充满了哲学与禅宗的领悟精神。罗莲善于运用禅宗的典型意象作为其诗意的载体，来表现富有智慧的人生顿悟，建构了一个空灵的精神境界。在中国传统文化中，"花"是一种重要的文化意象，有许多与花有关的成语、典故、诗偈，如拈花微笑、天女散花、花开见佛行、一花一世界等。而"莲"在文学作品中具有其独特的意蕴。莲，历来代表着一种超脱。莲的意象在罗莲诗歌中占有重要的地位，除诗歌以莲命名外，还有许多诗句写到莲，诗人本人亦是以莲为名，可见诗人对莲是情有独钟的。罗莲在诗歌中营构了空灵静寂的禅宗式的意境，在喧闹不安的尘世，诗人用"另一双眼睛"看清"昏暗的思想"，最终"静坐入禅"，达到超脱尘灵、物心交融的境界。

　　经年的尘雾缠绕我们太久/当你放下旧事回眸一望/彼岸已是

---

① 王本朝：《20 世纪中国文学与基督教文化》，合肥：安徽教育出版社，2000 年，第 32 页。

落英缤纷（《彼岸已是落英缤纷》）①

　　我已到达彼岸/在你的歌声中不再回望/只留下残荷一叶/在尘世间听风听雨/若千年的古莲再度开花/并蒂的一朵也留在/红尘之外喧嚣之外（《古莲》）②

　　神灵感召的歌声如风飞扬/我凝目捧出唯一的种子供奉净界/合十的手势如莲开放（《最后的园邸》）③

　　这些诗句印出罗莲对生命的哲性体验和对诗歌的深度追求。她吟咏的是千帆过尽后的一种生命之态，一种物我两相忘的澄明境界。罗莲诗歌的澄明境界不仅来源于对哲学精神的追寻，与云贵高原那特异的文化氛围亦有关，那些寂寞的夜晚营造了罗莲写诗的心境，那些奇谲的想象和哲性的思考就在高原寂静的夜空下呼之而出。罗莲在文学的路上，与诗神相遇，在诗神的护佑下，深入人间万象采撷般若之花，书写哲性之思。"在静虑的状态中，那些唤醒人间纯情、人性纯净的旋律，在似乎已被淡忘的意识深处一圈圈扩大，推衍着我的一生。"④ 罗莲的诗浸润着中国古典诗词的婉约诗风，又向着生命与历史的哲性高度发展，她的诗传承了中华古典美学和传统诗学意境，在哲学思想里获得精神滋养。

　　文学与哲学并生，哲学精神是文学的重要构成因素，就是说，哲学内容包含在文化各领域之中，哲学精神又是文化的重要构成部分，这意味着哲学与文学的其他领域密切关联、相互影响。哲学与文学二者交融的直接成果是形成富有哲学精神的文学作品。少数民族女作家基于对民族文化的认同，将哲学所蕴含的深层意味灌注于文本创作中，体现出更鲜明的艺术追求。哲学精神影响了少数民族女作家的审美方式，使她们的创作向哲学主题、理性精神转化，进而提升了文学的文化品位。女性意识与哲学精神相融为一，使少数民族女作家完成了女性穿越苦难生命历程的灵魂书写，彰显鲜明的文化意识，实现女性精神主体的超越。

---

① 罗莲：《另一种禅悟》，贵阳：贵州民族出版社，1998年，第96页。
② 罗莲：《另一种禅悟》，贵阳：贵州民族出版社，1998年，第25页。
③ 罗莲：《另一种禅悟》，贵阳：贵州民族出版社，1998年，第67页。
④ 罗莲：《拈花一笑·代后记》，《另一种禅悟》，贵阳：贵州民族出版社，1998年，第134页。

三

文化中国的美学形象重塑

　　少数民族女作家的创作突出文化自觉性，发扬主体意识，在对生命和自然的感悟中塑造富有地方特色的美学形象。文学形象的塑造是文化和文学传承的核心，是文学传统延续的中心，与人类的生命经验和生存智慧有着一脉相承的性质。无论生活在什么样的时代、什么样的国家和什么样的环境，对有限生命的困惑、对吊诡命运的无奈、对超越自身的渴望、对美好生活的设想总是缠绕在人们的内心。这意味着各民族和各地方的文化呈现出复杂的样态，既彰显着少数民族女性文学的文化意蕴，又形塑着文化中国的形象。全球化产生的文化认同危机使得地方性认同不断加强。少数民族女性文学的地方认同感也越来越强烈。在全球化的运行过程中，认同的核心是差异，文化认同的发生机制也来源于异质。在地方性认同建构中，少数民族女性文学对本民族认同的同时，又与国家认同同构，在地方书写中完成文化中国的形象建构。

　　中国文化内向型的气质使中华民族形成了极富尊严的自我意识，这种意识又是中国人强烈的民族自尊心和自豪感的精神源泉，而只有具有强烈自尊心和自豪感的民族才能以"天行健，君子以自强不息"的奋斗精神去拼搏、开拓，去发展自己民族的文化，使之尽善尽美。也只有这样的民族、这样的文化，才具有顽强的生命力。中国文化的内向型气质所铸造的深沉执着的爱国主义感情，更是数千年来中华民族保家卫国、发扬文化传统的强有力的精神力量[1]。英雄历来是中国文化价值中重要的内容，英勇无畏的精神气概唤醒了民族和国家的新生。少数民族女作家在创作中，塑造了一批不屈不挠的为民族和国家大义而战的英雄形象。霍达共有三部作品获"骏马奖"，分别是报告文学集《万家忧乐》和长篇小说《穆斯林的葬礼》《补天裂》。三部作品中中华文化意识和国家认同感表现得尤为明显，这与其身居中国政治经济文化中心北京有着必然的联系。在《补天

---

　　[1]　王会昌：《中国文化地理》，武汉：华中师范大学出版社，1992年，第224页。

裂》中，霍达饱含着中华民族的爱国激情，以历史真实为基础，以真情实感为笔墨，着力塑造了易君恕、邓伯雄、邓菁士等爱国志士在中华民族面对灾难时所表现的英雄气概。当古老的中国面临内忧外患时，这些英雄人物以不屈不挠的民族精神形塑了英雄的中国形象。《补天裂》的出版是为香港回归祖国的献礼。"补天裂"出自远古时代的神话传说——女娲炼五色石补苍天，这一凝聚中华民族原初的奋斗精神的神话，是力挽狂澜救危难于水火的民族精神的象征。易君恕等人是爱国英雄人物的化身，也是中国精神的体现。在力挽狂澜的斗争中，他们以一腔爱国热忱铸就了中华民族精神之魂。《万家忧乐》里写了基层领导干部、年轻的电影工作者、名震海外的老画家、远洋渔业的弄潮儿等一批在平凡的岗位上勇于奉献、敢于开拓的建设者，霍达"写出了一个又一个的中国魂！"[1]霍达善于发掘在民族振兴中饱经坎坷而又奋斗不息的当代英雄精神。

萨娜在《有关萨满的传说与纪实》中构建了父亲阿勒楚丹和儿子木格迪两重空间，阿勒楚丹保护经典和兵书，以维系本民族赖以生存的传统文化。在对传统文化追寻之中，萨娜塑造了英雄的男性形象"索伦"和"阿勒楚丹"，彰显了强劲的民族生命力。肖勤在《好花红》中塑造了米摆、柿子、花红、苦根、秀秀等鲜明的人物形象，他们向死而生的生命是一种永生的精神存在。叶梅的小说集《五月飞蛾》写了长江三峡流域鄂西地区土家族的生活。叶梅依附民族文化母体，寻绎民族文化秘密，挖掘山地少数民族地方与民间文化资源，赞扬一种宽容博大的精神体系。伍娘为了化解两个男人的仇恨，在祭祀舍巴的这一天，将自己作为牺牲品供奉给神灵，用自我牺牲消解了两个男人甚至两个民族之间的隔阂和情仇。王华写《雪豆》的最初构想缘自于对一家水泥厂引起的环境污染问题的关切，于是便在小说中构想了一个移民村庄，以"生育"话题展开小说情节的建构。王华关注的是有关民生的命题，也就是说，她把《雪豆》的地方性上升到国家层面的高度看待。她看待问题的出发点不是个人好恶的感受层面，而是从整个国家利益的角度把文学与社会发展联系起来，视野更见开阔。王华小说所具有的文化内蕴，使其具有更高的社会学价值。这些女作家讲述了各族儿女的英勇故事，最终汇成一个英雄中国的形象，谱写了中

---

[1]　陈荒煤：《万家忧乐·序》，霍达：《万家忧乐》，北京：人民文学出版社，1991 年，第 4 页。

华好儿女的颂歌。

少数民族女作家的创作，应该赋予民族文化以新的思想意义，重构中华文化精神体系，由此产生新的文化认同感和文化中国形塑意识。益西卓玛的《美与丑》在甘南藏族独特的地域风光和民风民情的展示中，塑造了松特尔这一人物形象，从他身上我们看到了一个立体的西部汉子的精神气韵。邵长青的《八月》写了发生在东北小城牡丹江的故事，小说散发着北大荒粗犷野性的气息，在自然的险恶中衬托出温暖的人情。马瑞芳的《煎饼花儿》对母爱的歌颂、符玉珍的《年饭》对美好生活的歌颂、李甜芬的《写在弹坑上》对英雄之美的颂歌等，都体现出对中华文化美德的体认与传承。"文化中国"亦是对人类文明共同价值的追求和赞扬，对人世间所有美好品格的书写。少数民族女作家在重塑"文化中国"形象当中，既为少数民族对自身文化精神的体认提供了一种新的认识空间，也为中华优秀传统文化的传承打开了一条路径。

文学是文化传承创新的重要载体，是文化审美性的表达。文学以其先天具有的审美性特点，成为一种诗学意义上的文化呈现。对缺少文字记载的少数民族来说，其书面文学承担着保护、传承和创新少数民族文化的重任。少数民族作家以更为强烈的文化自觉和文化自信意识，既注重对本民族文化的书写，也注重对中华传统文化的书写，注重文学的文化内涵，构建历史记忆与族群记忆。"'文化中国'是一个文化意义上的中国概念，它蕴含着一个在经济上日益现代化的中国向世界展示自己博大浩瀚的文化内涵、开放进取的文化品格、崇尚和平的文化理想的由衷愿望。"[1] 少数民族女作家的创作不仅仅是对本民族文化的追忆，还在地方书写中实现文化中国形象的重塑。

---

[1]　金元浦：《重塑文化中国形象》，《学习时报》，2016 年 10 月 13 日第 6 版。

第三节
地方书写与女性文学的叙事转向

在文化全球化趋势加剧，多元文化之间碰撞、竞争与融合不断加强之时，少数民族场域内的民俗传统、家园意识、身份认同等问题渐趋凸显，受这一创作心态的影响，一种以民族身份建构为价值导向、以文化原乡为精神底蕴、以民间话语资源为叙事题材的文学的地方书写趋向日渐清晰，并日渐成为少数民族女性的书写常态，表述着一种典型的文化寻根情结和文化传承意识。纵观新时期以来的少数民族女性文学可以发现，一方面在共有的中华文化背景下，表现出与主流文学某种程度上相同或相似的艺术特征和精神指向；另一方面，少数民族自身独特的历史文化传统也催生出特殊的文化品性和精神厚度，构建出丰富多样的价值空间。契合中有突破、承继中有创新，这种文化自觉意识不仅成就了少数民族女性文学在多民族文学版图中的重要存在意义与价值，也从根本上承继、彰显出少数民族在坚守本民族文化根脉与吸纳其他各民族多样的文化资源中的创新意识。

一

跨地域写作

"在现代语境中，少数民族的文化身份至少包括了个体种族文化身份、社群文化身份、民族国家身份和全球文化身份四种。"① 各个少数民族的文化记忆共同汇聚成了中华民族的文化记忆共同体，在书写中，少数民族女作家既在传递和拼接着自我民族文化审美的记忆，也在文学史整体发展的脉络中表现了女性的精神关怀。差异性和不可取代性构成了少数民族女性作家的创作特质，独特的地方文化和少数民族文化充实了中华文化版图。少数民族女作家在多元文化的话语体系中，从个体的经验出发，在本民族文化身份、民族国家身份的交织中，呈现出多样的文学选择。她们或是思考中西文化的交融与碰撞，或是以超族别的写作传承人类共同的生命意义，或是在跨地域写作中体现国家认同意识。

　　文学的地方性，并不是对作家出生地和籍贯的简单归类，也不是对纯粹客观的自然世界的描写，而是长期在一地生活的作家与这一地方建立起来的情感、精神和文化的联系。作家迁移的过程，是物理空间的变化过程，完成这个物理空间的迁移，心灵的重构才得以展开。跨域迁移，意味着一种新生活的建立、新的文化认同。布依族女作家杨打铁的小说集《碎麦草》表现出强烈的跨地域写作特征。杨打铁的父亲是黔南布依族知识分子，从贵州大学毕业后分配到东北吉林省吉林市工作，杨打铁便在这里出生长大。杨打铁从吉林市考上中央民族学院汉语系。毕业后，她和当时有志青年一样，想离家远一点，独自闯一闯，于是自愿去新疆工作生活了近10年。20世纪80年代末，她的父亲从吉林调回贵州，为了照顾老父，杨打铁也从新疆调到贵州社会主义学院。杨打铁辗转经历了东北吉林、首都北京、西北新疆、西南贵州的生活，职业从机关报刊编辑到教师，又从教师转为小说编辑。流转的跨域生活和变换的职业身份，使她在创作中具有开阔的视野。从成长之地到求学之地，从工作之地到还乡之地，杨打铁跨越不同城市，在生活空间的转移和精神空间的回归中创作"他乡"的故事，这种现实地理空间的转变直接影响着杨打铁小说的创作视野。《碎麦草》中的12篇中短篇小说是杨打铁跨域创作的重要收获，显现出独特的文本境界。

　　尽管杨打铁血管里流着的是布依人的血液，但命运使她一直生活在别处，因而她与其他少数民族女作家的写作有着完全不同的气质，她的作品

①　刘大先：《现代中国与少数民族文学》，北京：中国社会科学出版社，2013年，第201页。

看不到对布衣族文化的书写与认同。也正是这种别处的生活，使杨打铁拥有在多个省份生活工作的多重人生经验，这对于少数民族女作家来说是一种独特的文化优势。她不再囿于本民族的思维经验，跨地域的生活是她对地方书写的重要文化资源。多重人生经验构成相互交叉的文化视角，形成独特的思考空间和书写风格。在不同民族文化区域内生活，她的视野在不断变化的世界里延伸。杨打铁对东北、新疆、北京、贵州的书写，体现出不同地方的不同特色，在自然景观的描写中蕴含着深层的生活经验。童年生活的东北是一派田园静美，新疆的工作生活更多的是日常纠葛。杨打铁的小说并没有布依族的民族特色，也源于其从小没有生活在布依族聚居地，没有感受到布依族的生活状态。杨打铁与其他布依族作家不同，对所生活过的每一个地方都有深切的体验，使得她在小说创作上视野更开阔，能够运用现代表现手法，将后现代主义思想融入创作中。她的小说有西北的风吹过，有东北的阳光照过，也有西南贵州的水气氤氲过，闪耀着知识女性的智慧光芒，具有现代派气质。跨域写作成就了她的小说，使她成为第一个以小说获得"骏马奖"的布依族女作家。

二

跨族别写作

在全球化的背景下，任何一个民族的文学都不可能在封闭的空间中独立发展，各族文学之间的交流与融合是必然的趋势。在文化的交流与融合中，少数民族女性文学的中华文化认同与传承，也与各民族文化有着精神上的对话与沟通。我国 56 个民族共同构成中华民族的大家庭，共同生活在东方广阔的土地上，共同创造了丰富灿烂的中华文化。其中，55 个少数民族以其不同的民族传统和文化历史形成了竞相发展的文化体系。每个民族都有不同的风俗习惯，以及本民族特有的渊远流长的历史文化。各民族有着千差万别的语言、传统和习俗，各民族的文学创作也是在多种文化互相影响下不断繁荣发展的。少数民族女作家的创作亦表现出跨民族的写作特征，以反映各民族共通的生存境遇与生存感受为基础，以艺术境界和人类精神家园的建构为目标，将地方情结、民族认同意识与人类共同体意识相结合。"如果一部民族史诗要使其他民族和其他时代也长久地感到兴趣，它所描绘的世界就不能专属某一特殊民族，而要使这一特殊民族和它的英雄品质和事迹能深刻地反映一般人类的东西。"① 少数民族女作家始终坚持一种强烈的中华文化认同意识，能够将本民族文化的书写置于中华文化的传承中加以生发，用一种跨族别的写作姿态呈现文化的多样性。少数民族女作家在跨族别写作时，并没有把他民族的风俗文化看成猎奇的资源，而是以普遍的美学原则和人性指向为最高追求。文本往往因为异域质素而散发出独特的魅力，引起读者的共鸣。

岑献青是一位旅居首都的壮族女作家，创作以散文见长。虽在异乡，但她的内心仍一直牵挂着壮乡的土地，她的许多作品中也都书写了对壮乡的回忆和思念。即使是在书写他乡他事的作品中，读者也常常可以读到与故乡有关的元素，这与她的乡情是分不开的。如《大山情》中写到了"我"来到了北方的山村，但故乡却蓦然地在脑海中闪现："我是壮家姑娘，家住在中越边境，那儿终年常绿，门前有弯弯的小溪。"这种情绪也传递给了当地的老乡。故乡从来不是岑献青创作情绪的束缚，也没有划定她创作的地缘，她的作品中，山村、城市、南疆、北国、历史、现实和幻想无限交互，故乡的人和事同样可以自如纵横在其中。故乡的人和事或成为故事的发端，或在他乡他事中审视和反思自我民族、揭示生命的意义。壮汉的互动融合、中华文化和都市现代性的交互洗礼，以及丰富的人生经历，使得岑献青的创作具有了更加多元的文化视角，她在创作中回味故土的点点滴滴，也在首都的生活中意识到故土的局限性，所以她的作品中常常可以看到现代性的观念和事物对于壮家传统生活的巨大冲击，而壮家人在这种现代冲击下的思考与探索也是她观照的切入点。岑献青的民族情感不只体现在对故土的怀恋上，还体现在她时刻关心着故乡人民的精神和思想状态的变化和发展，她用现代性的视角去观照壮族的历史，关注壮族的过去和现在，这其中更隐含着她对壮乡未来发展的关切和思考。

在全球化时代，原有的相对封闭的民族文化只能是一种理想的存在，随着人口流动性的加强，单一封闭的民族文化状态逐渐瓦解，不再固定于某一特定区域，慢慢进入他者的文化空间。而他者文化也通过现代传媒的发展，进入自己的民族文化空间内，各民族多元人生价值的社会格局开始

---

① ［德］黑格尔：《美学》（第三卷·下册），朱光潜译，北京：商务印书馆，1981 年，第 124 页。

形成。尤其是市场化的价值指向，使得大众文艺极大地消解了 20 世纪 30 年代以来的精英文学意识，迫使文学整体观念发生裂变。因此，文学的多元化既有了产生的可能，也成为社会的呼唤与迫切需要。由于现实主义的深化与拓展，"文学是人学"的命题在"文艺复兴"时期得到牢固确认。在此基础上，张扬人性与个体、强调价值多元、削弱政治意识形态诉求、强化民间意识、兼顾娱悦功能等，成为一股强劲的多元文学思潮。一批少数民族女作家已不满足于停留在本民族层面的思考，她们有着强烈的跨民族的创作指向，试图通过地理空间的流转表达别样的人生图景。对于一种文化传统，封闭不是保护，隔绝不是传承；开放才是最好的坚守，发展才能更好地保护，创新才是真正的继承。任何文化的健康发展都要以开放、进取的姿态吸收各民族文化的优秀因子，以补充本民族文化的新鲜血液。少数民族女性文学不只是对本民族的历史和文化的书写，关涉的更是整个中华民族的国家记忆和文化传统。跨越民族界限的写作趋向，具有穿越历史时空、超越民族界限的永恒意义。

结语

　　尽管在文化寻根意识的推动下，当代作家的文化身份认同意识越来越强烈，并深刻影响着文学创作，但是，对于少数民族女作家来说，由于所处地理位置的边地性，她们的边缘体验尤为强烈，文化认同意识更为明显，由此所产生的传统维系、文化认同等问题也更为典型。各少数民族的民间文化资源相对发达，书面文学资源相对匮乏，在这一文化共性基础上孕育而成的少数民族女性文学，具有典型的地域特点、民族特色及地方性知识特征，成为中华多民族文学格局的重要组成部分，同时其鲜明的文化特征汇成独具特色的中华文化的海洋。少数民族女性文学在某种意义上已不同于少数民族男性作家的民族书写，女作家们将本民族的优良文化传统和民族精神内在化，从而在现代的文本结构和故事情节中反思民族的文化传承和一直被搁置的女性问题。无论是在本土性和民族性的双重文化传统的不断"纠葛"中，还是在女作家基于自身的女性性别因素的考量中，她们的文学创作中都蕴含着独特的女性情感体验。当我们把这些女作家作品作为民族文化传承和积累的一种范本去关照时，其文化价值便凸显出来了。这是在主流文化语境或他者的文化价值系统中不被注意的，这也是我们的批评研究的价值所在。

　　一花独放不是春，百花齐放春满园。55个少数民族的文化与汉族文化在中华大地上和谐共生，共同创造了灿烂的中华文化。各少数民族文化相对于中国社会主流文化而言，是同质文化，即中华民族文化内部的一个个族群文化。在中华文化形成和发展过程中，少数民族文化起到了重要作用，促进中华文化形成了统一性和多样性的特征。从秦汉雄风到盛唐气象，各民族共同铸就的文化辉煌对世界产生了深远影响。少数民族女性文学在各自民族文化土壤中孕育繁盛，以其独特的民族气质和情怀，勾勒出中华文化的锦绣图景。少数民族女性文学在对地方的书写中展示民族文化的多元性，自觉探索和传承民族文化的优秀传统，对于保护和传承中华文化的多样性和丰富性做出巨大的贡献。少数民族女作家作品中所表现的各民族文化、各地方文化，其实质都是在博大精深的中华文化光照下的文化传承。也就是说，在多元一体的中华文化之内，少数民族女性文学的地方性审美特征和所表现的文化精神，无疑是对中华文化多元性的传承。

民族的多元性和文化的多样性，构成人类文明的底色。中华文明是世界上唯一一个不曾中断的文明，自古至今绵延不绝，这正源于中华文化具有的包容性和多元性结构。少数民族女性文学的差异性和多样性共同汇成百花齐放的中华文化大花园。从满族女作家对马背民族历史记忆的深切追怀，从蒙古族女作家对宽广豪迈的草原文化的传唱，从藏族女作家对雪域高原女性心灵秘史的探寻……都可以清晰地看到，少数民族女作家们以自觉的文化传承意识，丰富了中华文化独特的美学意蕴，彰显了传统文化的和谐精神，显现了勇敢、善良的少数民族女性精神。少数民族女性文学书写不单单是对民族习惯、民俗风情的记录，还是对民族文化心理的深刻剖析，对民族优秀传统文化的挖掘和继承。少数民族女性文学的文化传承并不是一种个体化的创作行为，而是自觉皈依于中华民族共同体、自觉传承优秀的传统文化的自觉意识。

当然，少数民族女性文学的创作也存在一定的局限性和不足。对于获"骏马奖"的部分女作家来说，在新的时代背景下，其创作对实现民族和地方的传统文化的创新发展没有给予足够的关注。不可否认的是，少数民族女作家深入民族生活和民族心理的更深层次，从民族日常生活中挖掘民族精神和向善向美的文化品格，在绚丽的边地风情的展示中，写出了潜藏于中华民族血缘深处永恒的家园意识和乡土情结。少数民族女性文学展现的异彩纷呈的地方性民族文化和弥足珍贵的民族品格，丰富了中华文化的内涵，只有各民族文化百花齐放，中华文化才会薪火相传、历久弥新。

参考文献

一、图书

［1］［美］E. 西尔斯：《论传统》，傅铿、吕乐译，上海：上海人民出版社，1991 年。

［2］［美］爱德华·W. 萨义德：《东方学》，王宇根译，北京：生活·读书·新知三联书店，1999 年。

［3］［法］巴什拉：《空间诗学》，龚卓军、王静慧译，北京：世界图书出版公司北京公司，2016 年。

［4］［法］柏格森：《创造进化论》，王珍丽、余习广译，长沙：湖南人民出版社，1989 年。

［5］［美］查伦·斯普瑞特奈克：《真实之复兴：极度现代的世界中的身体、自然和地方》，张妮妮译，北京：中央编译出版社，2001 年。

［6］［美］段义孚：《空间与地方——经验的视角》，王志标译，北京：中国人民大学出版社，2017 年。

［7］［美］弗里：《口头诗学：帕里-洛德理论》，朝戈金译，北京：社会科学文献出版社，2000 年。

［8］［英］海伦·加德纳：《宗教与文学》，沈弘、江先春译，成都：四川人民出版社，1989 年。

［9］［阿根廷］豪尔赫·路易斯·博尔赫斯：《阿莱夫》，王永年译，上海：上海译文出版社，2015 年。

［10］［美］赫姆林·加兰：《破碎的偶像》，刘保端，等译《美国作家论文学》，北京：生活·读书·新知三联书店，1984年。

［11］［德］黑格尔：《美学》第三卷（下册），朱光潜译，北京：商务印书馆，1981年。

［12］［美］卡斯腾·哈里斯：《建筑的伦理功能》，申嘉、陈朝晖译，北京：华夏出版社，2001年。

［13］［法］马赛尔·普鲁斯特：《驳圣伯夫》，王道乾译，南昌：百花洲文艺出版社，2010年。

［14］［法］玛格丽特·杜拉斯：《物质生活》，王道乾译，天津：百花文艺出版社，1997年。

［15］［英］迈克·克朗：《文化地理学》（修订版），杨淑华、宋慧敏译，南京：南京大学出版社，2005年。

［16］［美］莫里斯·迪克斯坦：《伊甸园之门——六十年代美国文化》，方晓光译，上海：上海外语教育出版社，1985年。

［17］［瑞士］皮亚杰：《调节与平衡化》，左任侠、李其维主编《皮亚杰发生认识论文选》，上海：华东师范大学出版社，1991年。

［18］［古希腊］亚里士多德：《政治学》，吴寿彭译，北京：商务印书馆，1965年。

［19］宝力格、巴特尔、乌恩主编：《草原文化概论》，呼和浩特：内蒙古教育出版社，2007年。

［20］车红梅：《北大荒知青文学——地缘文学的另一副面孔》，北京：中国社会科学出版社，2012年。

［21］陈荒煤：《万家忧乐·序》，霍达：《万家忧乐》，北京：人民文学出版社，1991年。

［22］丹珍草：《藏族当代作家汉语创作论》，北京：民族出版社，2008年。

［23］单纯、旷昕主编：《良知的感叹——二十世纪中国学人序跋精粹》，深圳：海天出版社，1998年。

［24］当代云南佤族简史编辑委员会编，赵明生主编：《当代云南佤族简史》，昆明：云南人民出版社，2015年。

［25］邓玉环：《中国当代文学中的"屋"与"人"》，北京：商务印

书馆，2014 年。

［26］费孝通：《费孝通论文化与文化自觉》，北京：群言出版社，2007 年。

［27］费孝通著，刘豪兴编：《文化的生与死》，上海：上海人民出版社，2013 年。

［28］傅道彬：《中国文学的文化批评》，哈尔滨：黑龙江人民出版社，2000 年。

［29］傅利、杨金才主编：《写尽女性的爱与哀愁——艾丽丝·门罗研究论集》，南京：译林出版社，2015 年。

［30］富有光：《萨满教与神话》，沈阳：辽宁大学出版社，1990 年。

［31］胡志红：《西方生态批评史》，北京：人民出版社，2015 年。

［32］黄继刚：《空间的迷误与反思——爱德华·索雅的空间思想研究》，武汉：武汉大学出版社，2016 年。

［33］黄继刚：《空间的现代性想象——新时期文学中的城市景观书写》，武汉：武汉大学出版社，2017 年。

［34］黄玲：《高原女性的精神咏叹：云南当代女性文学综论》，昆明：云南人民出版社，2007 年。

［35］黄晓娟：《文学风景线》，天津：南开大学出版社，2018 年。

［36］黄晓娟、晁正蓉、张淑云：《中国当代少数民族女性文学研究》，上海：上海文艺出版社，2014 年。

［37］黄晓娟、张淑云、吴晓芬：《多元文化背景下的边缘书写：东南亚女性文学与中国少数民族女性文学的比较研究》，北京：民族出版社，2009 年。

［38］黄晓娟：《雪中芭蕉——萧红创作论》，北京：中央编译出版社，2003 年。

［39］蒋勋：《美的沉思》，长沙：湖南美术出版社，2014 年。

［40］李丹梦：《文学“乡土”的地方精神》，北京：北京大学出版社，2014 年。

［41］李鸿然：《中国当代少数民族文学史论（上）》，昆明：云南教育出版社，2004 年。

［42］李鸿然：《中国当代少数民族文学史论（下）》，昆明：云南教

育出版社，2004年。

［43］李强：《金太祖阿骨打的完颜家族》，北京：金城出版社，2014年。

［44］李长中：《当代人口较少民族文学的审美观照》，北京：社会科学文献出版社，2015年。

［45］李长中：《当代少数民族文学批评：理论与实践》，北京：民族出版社，2013年。

［46］李志华主编：《中国民族地理》，上海：上海教育出版社，1997年。

［47］刘大先：《文学的共和》，北京：北京大学出版社，2014年。

［48］刘大先：《现代中国与少数民族文学》，北京：中国社会科学出版社，2013年。

［49］刘方：《中国美学的基本精神及其现代意义》，成都：巴蜀书社，2003年。

［50］刘建华、［奥］巩昕頔：《民族文化传媒化》，昆明：云南大学出版社，2011年。

［51］马佳：《十字架下的徘徊》，上海：学林出版社，1995年。

［52］马兰：《牛街》，北京：北京出版社，2015年。

［53］内蒙古师范大学中国少数民族作家研究中心编：《萨仁图娅研究专集》，北京：中央民族大学出版社，2005年。

［54］乔以钢：《中国当代女性文学的文化探析》，北京：北京大学出版社，2006年。

［55］任勇：《公民教育与认同序列重构》，北京：中央编译出版社，2015年。

［56］十月杂志社主编：《惊蛰文库：何时灿烂》，北京：华艺出版社，2004年。

［57］苏发祥：《藏族历史》，成都：巴蜀书社，2003年。

［58］孙力：《伊斯兰生态文化与西北回族社会可持续发展》，银川：宁夏人民出版社，2006年。

［59］索南才让：《神圣与世俗——宗教文化与藏族社会》，拉萨：西藏人民出版社，2014年。

［60］涂鸿：《文化嬗变中的中国当代少数民族文学》，北京：中国社

会科学出版社，2014 年。

　　［61］王爱民：《地理学思想史》，北京：科学出版社，2010 年。

　　［62］王本朝：《20 世纪中国文学与基督教文化》，合肥：安徽教育出版社，2000 年。

　　［63］王冰冰：《跨民族视域中的性别书写与身份建构——新时期以来少数民族女性创作研究》，杭州：浙江工商大学出版社，2015 年。

　　［64］王光东主编：《中国现当代乡土文学研究》（上卷），上海：东方出版中心，2011 年。

　　［65］王会昌：《中国文化地理》，武汉：华中师范大学出版社，1992 年。

　　［66］文艺报社主编：《文学生长的力量——30 位中国作家创作历程全记录》，合肥：安徽文艺出版社，2013 年。

　　［67］晓雪：《晓雪选集 4·评论卷（二）》，昆明：云南教育出版社，2008 年。

　　［68］徐新建：《多民族国家的文学与文化》，北京：人民出版社，2016 年。

　　［69］闫秋红：《现代东北文学与萨满教文化》，广州：暨南大学出版社，2012 年。

　　［70］杨帆：《我的经验——少数民族作家谈创作》，西宁：青海人民出版社，1982 年。

　　［71］杨恒灿主编：《大理当代文化名人——文史篇》，昆明：云南民族出版社，2005 年。

　　［72］杨文炯：《传统与现代性的殊相：人类学视阈下的西北少数民族历史与文化》，北京：民族出版社，2002 年。

　　［73］杨玉梅：《民族文学的坚守与超越评论集》，北京：作家出版社，2013 年。

　　［74］叶舒宪：《中华文明探源的神话学研究》，北京：社会科学文献出版社，2015 年。

　　［75］袁红、王英哲编著：《楚城春秋：荆楚古城文化》，天津：天津大学出版社，2015 年。

　　［76］袁玲红：《生态女性主义伦理形态研究》，上海：上海人民出版社，2011 年。

［77］张岱年：《心灵与境界》，北京：北京联合出版公司，2014年。

［78］张京媛主编：《当代女性主义文学批评》，北京：京大学出版社，1992年。

［79］张丽军：《乡土中国现代性的文学想象——现代作家的农民观与农民形象嬗变研究》，上海：上海三联书店，2009年。

［80］张全明：《中国历史地理学导论》，武汉：华中师范大学出版社，2006年。

［81］赵世林：《云南少数民族文化传承论纲》，昆明：云南人民出版社，2011年。

［82］赵园：《城与人》，北京：北京大学出版社，2002年。

［83］朱道清编：《中国水系大辞典》，青岛：青岛出版社，1993年。

［84］艾傈木诺：《以我命名》，昆明：云南民族出版社，2007年。

［85］敖德斯尔、斯琴高娃：《骑兵之歌》，北京：人民文学出版社，1979年。

［86］岑献青：《秋萤》，南宁：广西民族出版社，1988年。

［87］董秀英：《马桑部落的三代女人》，昆明：云南人民出版社，1991年。

［88］格致：《从容起舞》，长春：时代文艺出版社，2007年。

［89］韩静慧：《恐怖地带101》，呼和浩特：内蒙古人民出版社，2001年。

［90］和晓梅：《呼喊到达的距离》，昆明：云南人民出版社，2012年。

［91］贺晓彤：《爱的折磨》，南宁：广西民族出版社，1996年。

［92］贺晓彤：《美丽的丑小丫》，长沙：湖南儿童出版社，1986年。

［93］黄晓娟编选：《中国当代少数民族女性文学作品选》，上海：上海文艺出版社，2017年。

［94］霍达：《补天裂》，北京：北京十月文艺出版社，2015年。

［95］霍达：《穆斯林的葬礼》，北京：北京十月文艺出版社，2015年。

［96］金仁顺：《春香》，长春：时代文艺出版社，2014年。

［97］景宜：《谁有美丽的红指甲》，北京：文化艺术出版社，1989年。

［98］雷子：《雪灼》，北京：中央文献出版社，2006年。

［99］李惠善：《红蝴蝶》，北京：民族出版社，2000年。

［100］梁琴：《回眸》，天津：百花文艺出版社，1994 年。

［101］龙宁英：《逐梦——湘西扶贫纪事》，长沙：湖南文艺出版社，
2017 年。

［102］禄琴：《面向阳光》，贵阳：贵州民族出版社，1996 年。

［103］梅卓：《太阳部落》，北京：中国文联出版公司，1998 年。

［104］梅卓：《走马安多》，西宁：青海人民出版社，2009 年。

［105］孟晖：《盂兰变》，南京：南京大学出版社，2014 年。

［106］庞天舒：《落日之战》，北京：人民文学出版社，1994 年。

［107］萨娜：《你脸上有把刀》，北京：大众文艺出版社，2003 年。

［108］萨仁图娅：《当暮色渐蓝》，沈阳：春风文艺出版社，1986 年。

［109］萨仁图娅：《尹湛纳希》，沈阳：辽宁民族出版社，2002 年。

［110］上海文艺出版社选编：《八十年代散文选（1980）》，上海：
上海文艺出版社，1981 年。

［111］苏莉：《旧屋》，北京：作家出版社，2000 年。

［112］王华：《雪豆》，北京：中国电影出版社，2007 年。

［113］肖勤：《丹砂》，北京：作家出版社，2011 年。

［114］央珍：《无性别的神》，北京：中国青年出版社，1994 年。

［115］杨打铁：《碎麦草》，贵阳：贵州人民出版社，2004 年。

［116］叶多多：《我的心在高原》，广州：花城出版社，2008 年。

［117］叶尔克西·胡尔曼别克：《黑马归去》，乌鲁木齐：新疆青少年
出版社，2006 年。

［118］叶广芩：《没有日记的罗敷河》，长春：吉林人民出版社，1998 年。

［119］叶梅：《五月飞蛾》，北京：中国文联出版社，2004 年。

［120］雍措：《凹村》，北京：作家出版社，2015 年。

［121］袁智中：《佤文化探秘之旅：远古部落的访问》，昆明：云南民
族出版社，2007 年。

［122］张顺琼：《绿梦》，贵阳：贵州民族出版社，1991 年。

［123］赵玫：《一本打开的书》，沈阳：春风文艺出版社，1994 年。

［124］赵玫：《以爱心以沉静》，合肥：安徽文艺出版社，1991 年。

［125］中国作家协会编：《新时期中国少数民族文学作品选集·达斡
尔族卷》，北京：作家出版社，2015 年。

［126］Crang，Mike. Cultural Geography. London：Routledg. 1998.

［127］Edward Relph. Place and Placeless. London：Pion Limited. 1976.

［128］Richard Mathews. Fantasy：The Liberation of Imagination. London：Routledge. 2002.

［129］Yi-Fu Tuan. Topophilia：A Study of Environmental Perceptions，Attitudes，and Values. New York：Columbia University Press. 1990.

二、报刊

［130］边玲玲：《丹顶鹤的故事》，《民族文学》，1984 年第 1 期。

［131］陈惠芬：《空间、性别与认同——女性写作的"地理学"转向》，《社会科学》，2017 年第 10 期。

［132］丹珍措：《阿来作品文化心理透视》，《民族文学研究》，2003 年第 4 期。

［133］德吉草：《文化多样性视野下的藏族母语写作及解读》，《民族文学研究》，2008 年第 3 期。

［134］董秀英：《最后的微笑》，《青春》，1983 年 11 期。

［135］杜梅：《北方丢失的童话》，《民族文学》，1997 年第 4 期。

［136］杜梅：《木垛上的童话》，《草原》，1986 年第 4 期。

［137］高剑秋：《"骏马奖"获奖作品：其文、其人、其事》，《中国民族报》，2012 年 9 月 28 日第 9 版。

［138］葛红兵、宋桂林：《小说：作为地方性语言和知识的可能——现代汉语小说的语言》，《中国现代文学研究丛刊》，2011 年第 10 期。

［139］郭景华：《民族性、地方性和现代性的交响——新世纪以来新晃小说创作述评》，《怀化学院学报》，2016 年第 4 期。

［140］哈依霞：《魂在人间》，《民族作家》，1989 年第 2 期。

［141］黄雁：《胯门》，《边疆文学》，1995 年第 1 期。

［142］韩晓晔：《为女性和民族代言——现代语境下少数民族女作家的文化自觉》，《贵州民族研究》，2016 年第 8 期。

［143］何卫青：《近二十年来中国小说的儿童视野》，《四川大学学报（哲学社会科学版）》，2003 年第 4 期。

［144］胡凡：《关东文化特点刍议》，《光明日报》史学版，2006 年 4

月 18 日。

［145］黄灯：《一个返乡书写者的自我追问》，《文艺理论与批评》，2017 年第 1 期。

［146］黄向、吴亚云：《地方记忆：空间感知基点影响地方依恋的关键因素》，《人文地理》，2013 年第 6 期。

［147］黄晓娟：《民族身份与作家身份的建构与交融——以作家鬼子为例》，《民族文学研究》，2006 年第 3 期。

［148］黄晓娟：《民族文化记忆的女性书写——论藏族女作家梅卓的小说》，《民族文学研究》，2012 年第 6 期。

［149］黄晓娟：《生存的渴望与艺术审美的知觉——花山岩画的艺术人类学探析》，《杭州师范学院学报（社会科学版）》，2007 年第 3 期。

［150］黄晓娟：《新世纪少数民族女性文学的中华文化认同与传承研究——以获"骏马奖"的女作家作品为例》，《广西民族大学学报（哲学社会科学版）》，2015 年第 5 期。

［151］黄晓娟：《用美构筑传统文化的圣殿——论孟晖的〈盂兰变〉》，《南方文坛》，2017 年第 1 期。

［152］季红真：《历史的命题与时代抉择中的艺术嬗变——论"寻根文学"的发生与意义》，《当代作家评论》，1989 年第 2 期。

［153］蒋敏华：《全球化语境中的文化心理——兼评马原、央珍、阿来的西藏题材小说》，《江淮论坛》，2003 年第 5 期。

［154］蒋昭侠、王丽、曹诗图：《三峡地域文化探讨》，《云南地理环境研究》，1998 年第 2 期。

［155］金仁顺：《关于长篇小说〈春香〉的对话》，《作家》，2010 年第 12 期。

［156］金元浦：《重塑文化中国形象》，《学习时报》，2016 年 10 月 13 日第 6 版。

［157］李丹梦：《文学"乡土"的历史书写与地方意志——以"文学豫军" 20 世纪 90 年代以来的创作为中心》，《文艺研究》，2013 年第 10 期。

［158］李喜辰：《试论器物对人的塑造》，《洛阳工学院学报（社会科学版）》，2002 年第 4 期。

［159］李秀梅：《试析霍达创作中的北京情结》，《淮阴工学院学报》，2011 年第 2 期。

［160］李占录：《现代化进程中族群认同、地域认同与国家认同之间关系探讨》，《中南民族大学学报（哲学社会科学版）》，2015 年第 3 期。

［161］刘芳：《中华优秀传统文化：社会主义核心价值观的精神滋养》，《思想理论教育》，2015 年第 1 期。

［162］刘锦：《中国文化多样性与民族国家——从费孝通〈中华民族的多元一体格局〉谈起》，《探求》，2014 年第 4 期。

［163］吕岩：《藏族女性作家书写主体的构建》，《西藏民族学院学报（哲学社会科学版）》，2012 年第 3 期。

［164］马金莲：《长河》，《民族文学》，2013 年第 9 期。

［165］潘照东、刘俊宝：《草原文化的区域分布及其特点》，《前沿》，2005 年第 19 期。

［166］任一鸣：《多元视角的文化优势与困惑——从哈萨克女作家哈依霞、叶尔克西的创作谈起》，《民族文学研究》，2006 年第 2 期。

［167］王春荣、蒋尧尧：《"区域女性文学史"的写作实践及理论建构》，《湘潭大学学报（哲学社会科学版）》，2018 年第 1 期。

［168］王光东：《新世纪小说创作中的"地方经验"问题》，《社会科学》，2017 年第 5 期。

［169］王辉、李宝军：《论匠人精神》，《山东青年政治学院学报》，2018 年第 1 期。

［170］王亚玲：《韩静慧儿童文学的文化内涵》，《沈阳师范大学学报（社会科学版）》，2010 年第 6 期。

［171］肖惊鸿：《山那边传来大地的气息——与叶尔克西关于〈黑马归去〉的对话》，《民族文学》，2009 年第 3 期。

［172］谢明洋：《晚清扬州私家园林造园理法研究》，博士学位论文，北京：北京林业大学，2015 年。

［173］兴安：《女性与少数族：叶梅小说中双重身份的文本解读》，《中华读书报》，2010 年 02 月 24 日第 11 版。

［174］徐寅：《当代中国藏族女作家汉语写作研究的困境与出路》，《西北民族大学学报（哲学社会科学版）》，2017 年第 6 期。

［175］许心宏：《文学地图上的城市与乡村——二十世纪中国小说"城—乡"符号结构研究》，博士学位论文，杭州：浙江大学，2010 年。

［176］杨胜修：《铜仁土家族特色文化的形成与发展》，《铜仁职业技术学院学报（社会科学版）》，2009 年第 6 期。

［177］杨太：《论东北民俗文化的喜剧精神》，《辽宁大学学报（哲学社会科学版）》，2007 年第 5 期。

［178］杨霞：《〈尘埃落定〉的空间化书写研究》，博士学位论文，北京：中国社会科学院，2010 年。

［179］杨玉梅：《略论新时期民族文学的自觉求索》，《百色学院学报》，2011 年第 2 期。

［180］杨中举：《多元文化对话场中的移民作家的文化身份建构——以奈保尔为个案》，《山东文学》，2005 年第 3 期。

［181］叶梅：《寻找爱和生命快乐的民族女性话语》，《民族文学研究》，2008 年第 2 期。

［182］曾娟：《论叶梅小说的生态书写》，《小说评论》，2015 年第 2 期。

［183］曾军：《地方性的生产：〈繁花〉的上海叙述》，《华中师范大学学报（人文社会科学版）》，2014 年第 6 期。

［184］张碧波、高国兴：《北方民族文化形成与发展问题略论》，《学习与探索》，1989 年第 4-5 期。

［185］张鸿彬：《叶梅小说中峡江女性形象的文化价值》，《汉江师范学院学报》，2017 年第 2 期。

［186］张淑云：《世纪转型：文学地理学视域下的当代壮族文学》，《广西教育学院学报》，2017 年第 1 期。

［187］张中华、王岚、张沛：《国外地方理论应用旅游意象研究的空间解构》，《现代城市研究》，2009 年第 5 期。

［188］张中华：《浅议地方理论及其构成》，《建筑与文化》，2014 年第 1 期。

［189］赵敏艳：《北方游牧民族的交通工具勒勒车》，《赤峰学院学报（汉文哲学社会科学版）》，2016 年第 2 期。

［190］赵文英：《当代白族作家文学的艺术语言研究》，博士学位论

文，武汉：华中师范大学，2016 年。

　　［191］周培勤：《社会性别视角下的人地关系——国外女性主义地理学研究进展和启示》，《人文地理》，2014 年第 3 期。

　　［192］周小艺：《兴盛、衰落与重建——黔北仡佬族历史演变的研究》，博士学位论文，北京：中央民族大学，2011 年。

　　［193］卓今：《新乡土主义的新景观——评第十一届"骏马奖"散文奖汉语获奖作品》，《文艺报》，2016 年 10 月 26 日第 7 版。

　　［194］仁增措姆：《"饥饿山谷"的变迁》，《中国西藏》，1989 年冬季号。

　　［195］邵长青：《八月》，《民族文学》，1982 年第 3 期。

　　［196］石尚竹：《竹叶声声》，《山花》，1984 年第 6 期。

　　［197］司仙华：《铓锣的黄昏》，《大西南文学》，1989 年第 8 期。

　　［198］陶丽群：《母亲的岛》，《野草》，2015 年第 1 期。

　　［199］肖勤：《丹砂的记忆》，《民族文学》，2009 年第 10 期。

　　［200］肖勤：《丹砂的味道》，《山花》，2009 年第 20 期。

　　［201］益希卓玛：《美与丑》，《人民文学》，1980 年第 6 期。

全国少数民族文学创作"骏马奖"获奖女作家篇目①

一、第一届全国少数民族文学创作奖（1976.10—1980）1981年12月30日颁奖

荣誉奖（短篇小说）	
美与丑	益希卓玛（女）藏族
长篇小说集	
骑兵之歌	敖德斯尔（男）斯琴高娃（女）蒙古族
短篇小说	
八月	邵长青（女）满族
短诗	
写在弹坑上	李甜芬（女）壮族
散文	
煎饼花儿	马瑞芳（女）回族
年饭	符圡坽（女）黎族

---

① 笔者参与整理的"全国少数民族文学创作'骏马奖'获奖女作家篇目"属于广西民族大学黄晓娟教授主持的国家社会科学基金项目"少数民族女性文学的中华文化认同与传承研究"成果之一，已收录在项目的终期成果里。

二、第二届全国少数民族文学创作奖（1981—1984）1985 年 12 月 9 日颁奖

一等奖（中篇小说）	
谁有美丽的红指甲	景宜（女）白族
二等奖（短篇小说）	
丹顶鹤的故事	边玲玲（女）满族
最后的微笑	董秀英（女）佤族
根与花	杨阿洛（女）（笔名阿蕾）彝族
二等奖（短诗）	
竹叶声声	石尚竹（女）水族

三、第三届全国少数民族文学创作奖（1985—1987）

长篇小说	
穆斯林的葬礼	霍达（女）回族
诗集	
当暮色渐蓝	萨仁图娅（女）蒙古族
儿童文学集	
美丽的丑小丫	贺晓彤（女）苗族
新人新作中、短篇小说	
苦寒的心（柯尔克孜文短篇）	阿尔曼诺娃（女）柯尔克孜族
卍字的边缘（短篇）	央珍（女）藏族
特别奖	
诺仁（景颇文长篇）	玛波（女）景颇族
咳，女人（短篇）	阿凤（女）达斡尔族
木垛上的童话（短篇）	杜梅（女）鄂温克族
甘孜河——雨季（诗）	米拉（女）俄罗斯族
注：根据评奖"通知"规定的宗旨，凡推荐作品而未列入获奖篇目的民族，均择优选一篇作品获特别奖。	

四、第四届全国少数民族文学创作奖（1988—1991）1993 年 8 月中旬揭晓

中短篇小说集	
马桑部落的三代女人	董秀英（女）佤族
谁有美丽的红指甲	景宜（女）白族
阿尔查河畔	齐·敖特根其木格（女）蒙古族
诗歌集	
绿梦	张顺琼（女）布依族
散文、报告文学集	
万家忧乐	霍达（女）回族
以爱心以沉静	赵玫（女）满族
秋萤	岑献青（女）壮族
新人新作	
草原恋情（诗）	乌云其木格（女）蒙古族
铓锣的黄昏	司仙华（女）傈僳族
魂在人间（中篇）	哈依霞（女）哈萨克
多彩的云（维吾尔文）	哈里达·斯拉因（女）维吾尔族
蕨蕨草	娜朵（女）拉祜族
饥饿山谷的变迁	仁增措姆（女）门巴族

五、第五届全国少数民族文学创作奖（1992—1995）1997 年 11 月 17 日颁奖

长篇小说	
无性别的神	央珍（女）藏族
落日之战	庞天舒（女）满族
太阳部落	梅卓（女）藏族
小说集	
飘落的绿叶（朝鲜文）	李惠善（女）朝鲜族

续表

散文集	
一本打开的书	赵玫（女）满族
回眸	梁琴（女）回族
报告文学集	
血线——滇缅公路纪实	白山（女）回族
新人新作	
最后一封情书（小说）	袁智中（女）佤族
胯门（小说）	黄雁（女）哈尼族
年年花开（诗）	罗莲（女）布依族

六、第六届全国少数民族文学"骏马奖"（1996—1998）1999 年 10 月 19 日颁奖

长篇小说	
补天裂	霍达（女）回族
无根花（朝文）	许莲顺（女）朝鲜族
中、短篇小说集	
木轮悠悠	阿凤（女）达斡尔族
嫂子（彝文）	阿蕾（女）彝族
爱的折磨	贺晓彤（女）苗族
冰山之心（维吾尔文）	阿提克木·则米尔（女）塔吉克族
诗集	
面向阳光	禄琴（女）彝族
另一种禅悟	罗莲（女）布依族
散文集	
没有日记的罗敷河	叶广芩（女）满族
在北方丢失的童话	杜拉尔·梅（女）鄂温克族
报告文学集	
时代骄子（朝文）	金英锦（女）朝鲜族

七、第七届全国少数民族文学"骏马奖"（1999—2001）2002 年 9 月 9 日颁奖

长篇小说	
红蝴蝶	李惠善（女）朝鲜族
盂兰变	孟晖（女）达斡尔族
中、短篇小说集	
红遍乡村（维吾尔文）	热孜莞古丽·玉苏甫（女）维吾尔族
诗集	
西藏在上	唯色（女）藏族
从秋天到冬天	冉冉（女）土家族
散文集	
旧屋	苏莉（女）达斡尔族
天痕（蒙古文）	乌仁高娃（女）蒙古族
儿童文学	
恐怖地带 101	韩静慧（女）蒙古族

八、第八届全国少数民族文学创作"骏马奖"（2002—2004）2005 年 11 月颁奖

中、短篇小说集	
你脸上有把刀	萨娜（女）达斡尔族
五月飞蛾	叶梅（女）土家族
碎麦草	杨打铁（女）布依族
散文集	
母爱（朝鲜文）	李善姬（女）朝鲜族
报告文学	
尹湛纳希	萨仁图娅（女）蒙古族

九、第九届全国少数民族文学创作"骏马奖"（2005—2007）2008 年11 月 16 日颁奖

长篇小说	
雪豆	王华（女）仡佬族
罗孔札定（景颇文）	玛波（女）景颇族
中、短篇小说集	
黑马归去	叶尔克西·胡尔曼别克（女）哈萨克族
山峰云朵（藏文）	次仁央吉（女）藏族
诗集	
雪灼	雷子（女）羌族
其曼古丽诗选（维吾尔文）	其曼古丽·阿吾提（女）维吾尔族
散文集	
从容起舞	格致（女）满族
报告文学集	
佤文化探秘之旅：远古部落的访问	袁智中（女）佤族
理论、评论集	
高原女性的精神咏叹	黄玲（女）彝族
人口较少民族特别奖	
以我命名（诗集）	艾傈木诺（女）德昂族

十、第十届全国少数民族文学创作"骏马奖"（2008—2011）2012 年9 月 19 日颁奖

长篇小说	
春香	金仁顺（女）朝鲜族
中短篇小说	
丹砂	肖勤（女）仡佬族
散文	
我的心在高原	叶多多（女）回族
诗歌	
我的灵魂写在脸上	王雪莹（女）满族

十一、第十一届全国少数民族文学创作奖（2012-2015）2016年9月27日颁奖

中、短篇小说奖	
长河	马金莲（女）回族
呼喊到达的距离	和晓梅（女）纳西族
母亲的岛	陶丽群（女）壮族
幸福的气息（哈萨克文）	努瑞拉·合孜汗（女）哈萨克族
报告文学奖	
逐梦——湘西扶贫纪事	龙宁英（女）苗族
最后的秘境——佤族山寨的文化生存报告	伊蒙红木（女）佤族
诗歌奖	
好时光	鲁娟（女）彝族
散文奖	
凹村	雍措（女）藏族

后记

我的故乡在遥远的东北黑龙江省，我在那里出生、成长，直至读完大学。自从 2004 年进入广西民族大学文学院进行中国少数民族语言文学的学习与研究以来，我与广西这片热土结下了不解之缘，美丽的相思湖成为我记忆深处抹不去的风景。我的导师黄晓娟教授，她的悉心指导把我引入学术研究的殿堂，让我在人生的道路上找到了前进的方向，指导我取得硕士学位，使我毕业后顺利进入广西教育学院工作。没有导师的指引和教诲，我也不会在学术研究的道路上坚持走下去。

2015 年，在硕士研究生毕业 8 年后，我继续跟随黄老师攻读博士学位，并很庆幸能参与黄老师的国家社会科学基金项目"少数民族女性文学的中华文化认同与传承研究"。我在参与这一项目研究的基础上，确定博士论文研究对象为少数民族女性文学，以获全国少数民族文学创作"骏马奖"的女作家的作品为例，研究少数民族女作家通过地方书写体现对中华优秀文化的自觉传承。这一研究过程贯穿了我的学术经历和我过往的人生体验，我将全部的热情和精力投入研究当中。在遥远的故土，滔滔的松花江水从脚下流过，大兴安岭的四季风光在我本科的求学路上更迭变换。读萨娜、庞天舒、金仁顺、王雪莹等作家的作品，让我有种回家的感觉，她们所描述的那些场景和感受我太熟悉了，那片黑土地孕育了关东文化精神，也给了我面对生活中的困难能够不妥协的韧性。撰写博士学位论文既是对我以往研究的深入与延伸，也是我研究层次、学术能力的进一步提升。

在本书付梓之际，我要特别感谢我的导师黄晓娟教授，感恩于我的导师严格的指导和无私的奉献，黄老师将学术经验无私地传授给我们。在我论文写作、职称晋升的过程中，她都给予了无私的指导和帮助，使我在攻读博士学位期间取得了高校副研究员的职称。没有黄老师一路的引领，我无法在学术研究道路上坚持下去，更无法在当代少数民族女性文学的研究路径中向纵深开掘下去。恩师的教诲已融于我的血液中，将伴随我的一生，我无以为报，唯有在学术研究的路上矢志不渝，一路前行。

感谢容本镇教授在我求学过程、学术研究及工作中所给予的悉心指导。我在广西民族大学文学院攻读中国少数民族语言文学专业的硕士学位时，容本镇教授是现当代少数民族作家作品研究方向的导师之一，作为广西文艺评论界的掌灯人和桂海文坛的重要推手，容教授引领我们关注广西本土作家，给我们后辈学人以极大的肯定和鼓励。我在广西教育学院工作期间，容本镇教授又将我纳入他的科研团队，更加锻炼了我的科研能力。

感谢厦门大学的王烨教授、中山大学的谢有顺教授、广西师范大学的黄伟林教授、华侨大学的常彬教授、山东师范大学的张丽军教授，以及广西民族大学文学院的李运抟教授、张柱林教授、魏继洲教授、马卫华教授、苗军教授，对我的悉心指导，他们提出了很多中肯的意见，使我能够一步步不断修改完善。他们的肯定是对我莫大的鼓励，他们的建议也进一步拓展了我的研究视野。

感谢我工作的学校广西教育学院的领导和同事们对我的大力支持，没有他们的支持与包融，我的求学之路将格外艰难。感谢黄尧教授、蒋红星教授在工作中给予我的支持并无私地分享他们在攻读博士学位期间的经验与感悟，时时督促我推进写作的进程。感谢科研处韦吉锋教授为本书的出版提供的支持。

感谢我远在故乡的父母和亲人，他们的默默付出和支持是我前行的动力。感谢我的公公、婆婆和爱人，他们承担了所有的家务和照顾孩子的重任，使我少了后顾之忧，能够全身心投入学术研究中。

感谢江苏大学出版社张平女士、我的同窗好友顾正彤女士为本书的出版付出的辛勤努力。

时光荏苒,岁月无羁。本书的完成,不是学术研究的终结,而是一个新的起点,还有很多问题值得我继续研究和探讨。

张淑云

2021 年 5 月